肖复兴散文精选

忧郁的色彩

肖复兴／著

新世界出版社
NEW WORLD PRESS

图书在版编目（CIP）数据

忧郁的色彩 / 肖复兴著. — 北京 : 新世界出版社, 2017.1

（肖复兴散文精选）

ISBN 978-7-5104-5902-3

Ⅰ. ①忧… Ⅱ. ①肖… Ⅲ. ①散文集－中国－当代 Ⅳ. ① I267

中国版本图书馆 CIP 数据核字（2016）第 257833 号

忧郁的色彩

作　　者：肖复兴
策划编辑：张　娟
责任编辑：秦彦杰　杜　力　张晓翠
责任校对：宣　慧
责任印制：李一鸣　黄厚清
出版发行：新世界出版社
社　　址：北京西城区百万庄大街 24 号（100037）
发 行 部：（010）6899 5968　（010）6899 8705（传真）
总 编 室：（010）6899 5424　（010）6832 6679（传真）
http://www.nwp.cn
http://www.nwp.com.cn
版权部：+8610 6899 6306
版权部电子信箱：nwpcd@sina.com
印　　刷：北京市兆成印刷有限责任公司
经　　销：新华书店
开　　本：787mm×1092mm　1/16
字　　数：230 千字　印张：18
版　　次：2017 年 1 月第 1 版　2017 年 1 月第 1 次印刷
书　　号：ISBN 978-7-5104-5902-3
定　　价：29.80 元

版权所有，侵权必究
凡购买本社图书，如有缺页、倒页、脱页等印装错误，可随时退换。
客服电话：（010）6899 8638

目录

contents

第一辑　人生除以七

第二辑　青木瓜之味

第三辑　到天堂的距离

第四辑　风中华尔兹

第五辑　二十四节气笔记

第一辑 人生除以七

下午茶

没想到喧嚣的市中心还有这样清静的地方。

天伦王朝饭店坐落在市中心，一位多日不见的朋友约我到这里二楼的大厅来喝下午茶，想必是要清静些，好说点儿什么。

占满整个二楼的大厅，晚上是自助餐，白天是早茶和下午茶，利用率极高。高挑的屋顶直通楼顶透明的玻璃天棚，折射进来的阳光洒着乐谱一样柔和的光线，高高的棕榈树一枝独秀，象征性志在必得地插向楼顶，挥洒着一点儿显得有些假模假式的亚热带风情。铺着镂花的白色亚麻台布的桌子，星罗棋布摆放在大厅里，干干净净如同等候舞会开始的村姑。最醒目的是大厅一角的高台上放着一架三角钢琴，弹奏者是个男的，拉小提琴和拉大提琴的都是女的，琴遮挡住他们的脸庞，看不见他们的眉目。他们合奏得有几分优雅，也有几分慵散，惺忪的音符散落开来，和着咖啡和着茶香一起弥漫在大厅的四周。

市中心车水马龙的喧嚣和嘈杂，下午时分的燥热和困顿，一切都被挡在外面了。

我们开始选在大厅中间的桌前坐下的时候，四周还没有什么人，北京人虽然爱喝茶，毕竟没有英国人喝下午茶的习惯。况且，北京人讲究的是泡茶馆，要的是嗑瓜子甩毛巾把听大鼓词的那种热闹劲儿，难得这样的消闲幽雅。

两份红茶，两份西点，一个下午，唤回来往昔的日子，浓缩着许多的心情。安静的环境，让说话声都变得格外的轻，偌大的大厅里除了服务小姐柔弱无骨的脚步声，只有音乐在轻柔地荡漾。

当茶水续得有些淡的时候，我忽然发现四周的桌前已经坐了许多人，有男有女，有老有少，仿佛一下子许多人对下午茶都感起了兴趣。每一张桌前的人们都在讲着什么，但说话的声音都很轻，谁也不知道谁在说些什么，只见嘴巴在动，圆的阔的长胡子的涂唇膏的性感的稚拙的，一张张嘴此起彼伏在动，仿佛彼此在看一部默片。

坐在远处角落里的是一个年轻的女子。她的孤零零和她的模样，引起我的注意。她长得很像儿子的一个同学，从高中到大学常到我家里来。不过，儿子他们还只是学生，紧张地学习，整天忙得脚后跟直打后脑勺，哪里会有闲工夫和闲钱跑到这里来喝下午茶？不过，长得确实很像，连穿的连衣裙的色彩和样式都很像。

坐在我们邻桌前的是刚刚来的一对男女，男的胖胖的，年纪不小了，女的矮矮的，小巧玲珑，年纪不大。他们坐下来放好提包就分别去了卫生间，然后要了满满一桌子的东西，哪里像是在喝茶，倒像是在摆宴席。

坐在钢琴旁的是四个老人。花白的头发，棕色的咖啡具，映衬得很分明。他们端咖啡时的样子，非常优雅，那是上个世纪遗留下来的姿势，是逝去的时光雕刻下来的姿势，不是能够学得来的，更不是那种东施效颦端起咖啡只会翘起兰花指，除了造作，哪里去找得到那般悠长的韵味。

很快，那个孤独的年轻女子旁边就来了一个男孩子，和儿子一样年轻一样帅气的男孩子。他们开始了交谈，好像有着谈不完的话，谈得那样亲密，有时头碰头像蒜瓣一样聚在一起轻轻地笑，其余时间除了偶尔抿一口咖啡，就是在不停地谈话，好像他们到这里来就是谈话，咖啡只是点缀，即使全是废话也说得那样津津有味，滴水不漏地全部就着咖啡饮进肚子里。我真是充满了好奇心，想知道他们到底谈的是什么，却什么也听不见。

四位老人，两男两女，他们的话不太多，只是一边品着咖啡一边偶尔想起什么就说了起来似的，几个人的头随着说话的人在动，花白的头发像是电影慢镜头里在风中轻轻摇曳的草一样优美。似乎总有些让人发笑的话题，按下葫芦起了瓢，拔出萝卜就带出泥，总能够看见他们端着咖啡微微在笑，甚至能够感觉到在他们的笑声中杯子里的咖啡微微抖动的样子。他们在笑什么呢？岁月的沧桑，生命的流逝，满脸的皱纹和满头的白发，难道还不能让他们感慨良多唏嘘不已吗？不过，大概好不容易才聚在一起，干吗哪壶不开提哪壶？干吗不说些高兴的事情？岁月即使酿成了一壶老酒，辣辣的味道中也有些醇香绵绵而值得一点回味吧？只是到底是什么样的话题让他们这样忍不住一个劲儿地笑个不停？是现在的，是过去的，是自己的，还是孩子的？

可能那个胖胖的男人是个土老板吧？而那个娇小玲珑的女子到底是干什么的，我实在猜不出来，更猜不出来他们在谈什么，看样子他们谈得挺投机，谈得很开心。像是从外地来旅游的，逛了一天，累了，渴了，饿了，到这里来打个尖儿，歇歇脚。轩豁的大厅和不错的下午茶，都很对他们的胃口。他们一边喝一边吃一边说，越吃越喝越说得来情绪，以至渐渐身上发热。胖子把外衣脱了，只剩下一件衬衣，领带却打得一丝不苟。我只是听不见他们一直在马不停蹄地说些什么，虽然他们离我最近。

我什么也听不见，正像是他们听不见我们在说什么一样，我听不见他们到底在说着什么。每一张桌前成了一个独立的世界，虽然门户大开，却谁也走不进谁的世界里；虽然彼此的距离很近，却谁也无法缩短这个距离，逾越这条楚河汉界。

我在走神，连我们在说什么也有些恍惚了。细想一想，其实我们一个下午光喝茶了，并没有真的说什么或说什么真的有意义的事情。原来是想清静点儿要说些什么来着，似乎由于太清静都融化在茶水里面了。一个下午茶喝得恍若物是而人非，迷离在他处。

天棚顶的阳光的光线在偏移，渐渐地有些发暗。人们似乎还没有要退的意思。这里的咖啡也好，茶也好，都是免费续杯的，而晚餐要到六点才开始。大家还在喝着说着，兴致未尽。如果把大家这一下午所说的话统统放在一起，也像是把咖啡和茶倒进壶里，这些话大概要把整个大厅这把壶涨满了。只是到底我也不知道他们在说着些什么。

钢琴和提琴什么时候下去的，都不知道了。只看见三个人这时又上来了，抱着大提琴的女的拖着曳地长裙，走的步子有些蹒跚。惯性的演奏，他们已经习惯了这一切，并不关心每张桌前的谈话，也不关心自己的演奏，上了台，连招呼都不用打，很快就轻车熟路地演奏了起来。刚才演奏的什么，我没有注意，这回我听清了，是电影《花样年华》里的插曲。轻柔而有几分怅惘的旋律，水珠四溅般流淌开来，渐渐地湿润了整个大厅，像是忽然跑出来的一条毛茸茸的小狗，向每一张桌前喝下午茶的每一个人伸出了舌头，温柔地舔着人们的衣襟、鞋跟或手心……

或者，是在给所有的人们的谈话伴奏。

2000 年 7 月 10 日写毕于北京

谁更快乐和幸福

前些天，去了一趟武夷山，在山清水秀之中，前后遇到三位导游，风格各自不同，收获也就各自不同。

第一位导游，是位壮壮的年轻汉子，我们乘坐竹排游览九曲十八溪时的撑排人。那该是武夷山风景最美的一段了，水清澈到底，山绮丽宜人，导游把竹排撑得如蜻蜓点水一般轻盈，沿着山势曲曲弯弯快乐地行进。他是个性情开朗的人，一路近十公里的水路上，脸上一直呈现着灿烂的笑容，嘴始终没有闲着，不是在介绍着两岸的风光和历史，就是在说着这里流传的笑话与传说，时不时地还要唱几首武夷山歌，要不就是站在竹排的排头，帮我们拍照，忙得不亦乐乎，却也高兴得不亦乐乎。

第二位导游，是位戴眼镜的年轻姑娘，带我们乘车几十公里去爬黄花岗。黄花岗是华东最高峰，春天漫山遍野开满金黄的黄花，是分外壮观的。这位导游似乎不大爱说话，除了刚上车时做了一个简单是自我介绍，并把要去的景点做了一个概述，或者是我们问她什么，她简要地回答外，她都只是独自一人坐在前面靠司机的座位上，望着窗外，一言不发，好像心事重重的样子。一路山路逶迤而颠簸，便显得更加漫长。私下悄悄地问陪我们来玩的当地朋友，朋友告诉我，因为我们这个团是纯玩，不到商店去买东西，导游的外快就一点儿也挣不到手，她能够高兴吗？不过，她一直是尽职尽守，把该带我们去的地方一一玩遍，虽然每一个地方，我们都耽搁得过久，她一直都等着，并无怨言，延误了她收工的时间。

第三位导游，是位精瘦精瘦的小姑娘，带我们去天游峰，这里靠着武夷溪的六曲，挂布山在山脚下，水美山奇。小姑娘说话利落，介绍得很专业，面带的微笑很职业，带我们爬山爬得如风一样矫捷，又不忘时时体贴地照顾一下老年人。只是下了山，本来还有一个御茶园去游览，她却指指御茶园的方向告诉我们怎么走，微笑着说她的男朋友今天要从厦门来看她，便飞快地告辞，如烟而逝。当地的朋友告诉我，哪里是什么男朋友，分明是我们不去商店买东西，她没有什么油水，便半路撤兵，赶紧去接下一个旅游团了。

我问朋友："同样性质的工作，同样风光的背景，三位导游，哪一位会感到更快乐更幸福？"朋友笑而不答，反问我："你说呢？"

我说："显然感到最不快乐不幸福的是第二位，因为没有钱可赚，她郁闷不乐，还要强打着精神陪我们到底。第三位也感到不快乐不幸福，起码把这不快乐不幸福暂时藏在心里，表面上还是笑容可掬，虽然半路撤兵去挣钱，但做得也滴水不漏。当然，最快乐和幸福的，应该是第一位，他在他的导游工作中极大地发挥了他的能量，给我们带来快乐的同时，他自己不也是把笑声和歌声撒满一路上吗？"

朋友说："你分析得当然不错，从表面上来看，第一位应该是最快乐和幸福的。"

我很奇怪，忙问："为什么你说是从表面上看？"

朋友笑笑，告诉我："你不知道，在上竹排之前，我已经给了他 100 元的小费。你知道，他每撑一次竹排，只能够挣 20 元的工钱。"

也就是说，如果没有这笔小费，第一位导游不会那么卖力地为我们又说又唱又帮我拍照？他那一路的欢声笑语，都只是我们花钱买来的，具有了一分表演的色彩？而在表面上所呈现的快乐和幸福，也都只是因为挣得了钱才拥有的吗？

那么，什么才是最快乐和幸福的呢？难道，本来属于精神方面的快乐和幸福，也同一切物质一样，必须要拥有了金钱，才能够换来吗？如果没有了钱的等价交换，或者钱少了就觉得不等值，觉得吃了亏，快乐和幸福就打了折扣甚至没有了，那么，快乐和幸福就真的只是金钱的一个投影，投影的大小长短，是随着钱的多少而伸缩的吗？或者快乐和幸福真的只是建筑在金钱之中才能够开放的花朵，金钱越丰厚，就像泥土越肥沃，花开得才能够越旺盛吗？

我想起罗曼·罗兰在《约翰·克利斯朵夫》里曾经说过的一句话："快乐和幸福是灵魂的一种香味，是一颗歌唱的心的和声。"在人生追求的过程中，我们常常如一只追逐毛线团的猫，在物质与精神之间盘旋打转，顾此而失彼。于是，我们便也自觉不自觉地和那三位导游一样，让金钱锈蚀我们本来可以在日常生活和工作中得到的快乐和幸福，我们便也忽略了罗曼·罗兰曾经说过的至理名言，遗忘了快乐和幸福其实是灵魂的一种香味，是一颗歌唱的心的和声。从本质上讲，快乐和幸福是属于灵魂和心灵的，而不是属于金钱的。金钱，可以买来香车宝马、豪宅美色，甚至官位奖项，但很难买得到快乐和幸福——在金钱与快乐幸福之间，是一道不等式。虽然这不是一道难题，却不仅值得三位导游想一想，也值得我们一起想一想。

2002 年秋雨武夷山归来

喝得很慢的土豆汤

那天下午两点多，我和妻子路过北大，因为还没有吃午饭，忽然想起儿子曾经特意带我们去过的一家朝鲜小馆，就在附近，离北大的西门不远，一拐弯儿就到，便进了这家朝鲜小馆。

大概由于早过了饭点儿，小馆里没有一个客人，空荡荡的，只有风扇寂寞呼呼地吹着。一个服务员，是个胖乎乎的小姑娘走了过来，把我们领到靠窗的风扇前坐下，说这里凉快，然后递过菜谱问我们吃点儿什么。我想起上次儿子带我们来，点了一个土豆汤，非常好吃，很浓的汤，却很润滑细腻，微辣中有一种特殊的清香味儿，湿润的艾草似的撩人胃口。不过已经过去了两个多月的时间，我忘记是用鸡块炖的，还是用牛肉炖的了，便对妻子嘀咕："你还记得吗？"妻子也忘记了。儿子在北大读书的时候，常常和同学到这家小馆里吃饭。由于是 24 小时营业，价格和朝鲜风味又都特别对他们的口味，非常受他们的欢迎，对这里的菜当然比我们要熟悉。大学毕业，儿子去美国读研，放假回来，和同学聚会，总还要跑到这里，点他们最爱吃的菜。可惜，儿子假期已满，又回美国接着读书去了，天远地远，没法子问他了。

没有想到，小姑娘这时对我们说道："上次你们是不是和你们的儿子一起来的，就坐在里面那个位子？"她说着一口浓郁的东北话，用胖乎乎的小手指了指里面靠墙的位子。

我和妻子都惊住了。她居然记得这样清楚，那时，我们和儿子确实就坐在那里。

我更没有想到的是，她接着用一种很肯定的口吻对我们说："那次你们要的是鸡块炖土豆汤。"

这样地肯定，让我心里相信了她，不过，开玩笑地对她说："你就这么肯定？"

她笑了："没错，你们要的就是鸡块炖土豆汤。"

我也笑了："那就要鸡块炖土豆汤。"

她望望我和妻子，像考试成绩不错得到了赞扬似的，高声向后厨报着菜名："鸡块炖土豆汤！"高兴地风摆柳枝地走去。

刚才和小姑娘的对话，让我和妻子在那一瞬间都想起了儿子。思念，变得一下子那么近，近得可触可摸，就在只隔几排座位的那个位子上，走过去，一伸手，就能够抓到。两个多月前，儿子要离开我们回美国读书的时候，特意带我们到这家小馆，让我们尝尝他和他的同学的青春滋味。那一次，他特别向我们推荐了这个鸡块炖土豆汤，他说他和他们同学都特别爱喝，每次来都点这个土豆汤，让我们一定要尝尝。因为儿子临行前的时间安排得很满，我和妻子知道，那一次，也是他和我们的告别宴。所以，那一次的土豆汤，我们喝得格外慢，边聊边喝，临行密密缝一般，彼此嘱咐着，诉说着没完没了的话，一直从中午喝到了黄昏，一锅汤让服务员续了几次，又热了几次。许多的味道，浓浓的，都搅拌在那土豆汤里了。

不过，事情已经过去了两个多月，我都忘记了到底喝的什么土豆汤了，这个胖乎乎的小姑娘居然还能够如此清楚地记得我们喝的是鸡块炖土豆汤，而且记得我们坐的具体位置，真让我有些奇怪。小馆24小时营业，一直热闹非常，来来往往那么多的客人，点的那么多不同品种的菜和汤，她怎么就能够一下子记住了我们，而且准确无误地判断出那就是我们的儿子，同时记住了我们要的是什么样的土豆汤？这确实让我好奇，百思不解。

汤上来了，鸡块炖土豆汤，浓浓的，热气缭绕，清香味扑鼻，抿了一小口，两个多月前的味道和情景立刻又回到了眼前，熟悉而亲切，仿佛儿子就坐在面前。

“是吧，是这个土豆汤吧？”小姑娘望着我，笑着问我。

“是，就是这个汤。”

然后，我问小姑娘：“你怎么记得我们当初要的是这个汤？”

她笑笑望望我和妻子，没有说话，转身走去。

那一天下午的土豆汤，我们喝得很慢。

结完账，临走的时候，小姑娘早早地等候在门口，为我们撩起珠子串起的门帘，向我们道了声再见。我心里的谜团没有解开，刚才一边喝着汤一边还在琢磨，小姑娘怎么就能够那么清楚地记得我们和儿子那次到这里来吃饭坐的位置和要的土豆汤？总觉得一定是有原因的。那么，是什么原因呢？是因为那一次我们的土豆汤喝得太慢，麻烦让她来回热了好几次的缘故，让她记住了？还是因为来这家小馆的大多是附近年轻的大学生，一下子出现我们这样大年纪的客人，显得格外扎眼？我不大甘心，出门前再一次问她：“小姑娘，你是怎么就能记住我们要的是鸡块炖土豆汤的呢？”

她还是那样抿着嘴微微地笑着，没有回答。

我只好夸奖她：“你真是好记性！”

一路上，我和妻子都一直嘀咕着这个小姑娘和对于我们有些奇怪的土豆汤。星期天，和儿子通电话时，我对他讲起了这件事，他也非常好奇，一个劲儿直问我：“这太有意思了，你没问问她到底是怎么回事吗？”我告诉他：

“我问了，小姑娘光是笑，不回答我为什么呀。”

被人记住，总是一件让人高兴的事，不过，对于我们一家三口，这确实是一个谜。也许，人生本来就有许多解不开的谜，让生活充满着迷离的想象，让人和人之间有着神奇的交流，让庸常的日子有了温馨的念想和悬念。

又过去了好几个月，树叶都渐渐地黄了，天都渐渐地冷了。那天下午，还是两点多钟，我去中关村办事，那家小馆，那个小姑娘，和那锅鸡块炖土豆汤，立刻又从沉睡中苏醒过来似的，闯进我的心头。离着不远，干吗不去那里再喝一喝鸡块炖土豆汤？便一拐弯儿，又进了那家小馆。

因为不是饭点儿，小馆里依然很清静，不过，里面已经有了客人，一男一女正面对面坐着吃饭，蒸腾的热气弥漫在他们的头顶。见我进门，一个小伙子迎上前来，让我坐下，递给我菜谱。我正奇怪，服务员怎么换成男的，那个小姑娘哪里去了？扭头看见了那一对面对面坐在那里吃饭的人中的那个女的，就是那个胖乎乎的小姑娘，对面坐着的是一个年龄四五十岁的男人，看那模样长得和小姑娘很像，不用说，一定是她的父亲。她也看见了我，向我笑笑，算是打了招呼。

我要的还是鸡块炖土豆汤。因为炖汤要有一些时间，我走过去和小姑娘聊天，看见他们父女俩要的也是鸡块炖土豆汤。我笑了，她也笑了，那笑中含有的意思，只有我们两人明白，她的父亲看着有些蹊跷。

我问：“这位是你父亲？”

她点点头，有些兴奋地说：“刚刚从我老家来。我都和我爸爸好几年没见了。”

“想你爸爸了！”

她笑了，她的父亲也很憨厚地笑着，望望我，又望望女儿。

难得的父女相见，我能想象得出，一定是女儿跑到北京打工好几年了，终于有了父女见面的机会，是难得的。我不想打搅他们，走回自己的座位，要了一瓶啤酒，静静地等我的土豆汤。我的心里充满着感动，我忽然明白了，这个小姑娘当初为什么一下子就记住了我们和儿子，记住了我们要的土豆汤。人同此情，情同此理，没有比亲人之间分别的思念和相逢的欢欣，更能够让人感动和难忘的了。亲情，在那一刻流淌着，洇湿了所有时间和空间的距离。

土豆汤上来了，抬头一看，我没有想到，是小姑娘为我端上来的。我还没有责怪她怎么不陪父亲，她已经看出了我的意思，先对我说："我们店里的人手少，老板让我和我爸爸一起吃饭，已经是很不错了。"和上次她像个扎嘴的葫芦大不一样，小姑娘的话明显地多了起来。说罢，她转身走去，走到他父亲的旁边，从袅娜的背影，也能看出她的快乐。

那一个下午，我的土豆汤喝得很慢。我看见，小姑娘和她的爸爸那一锅土豆汤喝得也很慢。

2004 年 9 月 15 日于北京雨中

花布和苹果

开会时随手翻邻座带的一本书，看见有一首题名为《一块花布》的短诗，作者叫代薇，诗写得很有意思。她说："如果你爱上一块花布，还必须爱上日后：它褪掉的颜色，撕碎的声音。花布的一生，除了洗净和晾干，还有左边的灰尘，右边的抹布。"

我明白，花布就是人，而且应该是女人。花布颜色鲜艳的时候，正是女人沉鱼落雁、闭月羞花的最佳状态，一般容易讨得男人的爱。但当花布的颜色褪尽，在日复一日一次次的洗净晾干之后，最后落满灰尘，变成抹布的时候，男人还能不能坚持最初的爱，就难说了。随手把抹布抛进垃圾箱，然后另寻一块新的花布，是如今一些男人司空见惯的选择。

我想起童年住过的大院里，曾经有一对夫妇，男的是一位工程师，女的是一位中学老师。他们刚刚搬进大院来的时候，也就三十来岁，我还没有上小学，虽然懵懵懂懂不大懂事，但从全院街坊们齐刷刷惊艳的眼神中，看得出来女教师非常漂亮，男工程师英俊潇洒，属于那种天设一对地造一双的绝配，每天蝶双飞一样出入我们的大院，成为全院家长教育自己子女选择对象的课本。

那时候，最让全院街坊们羡慕而且叹为观止的是，女教师非常爱吃苹果。爱吃苹果并不是什么新奇的事，苹果谁不爱吃呀？关键是每次女的吃苹果的时候，男工程师都要坐在她的旁边亲自为她削苹果皮。削苹果皮，也不是什么新鲜的事，关键是每次削下的苹果皮，都是完完全全地连在一起，弯弯曲曲的从苹果上一圈圈地垂落下来，像是飘曳着一条长长的红丝带。这确实让街坊们惊讶。不仅惊讶男工程师削苹果皮的水平，也惊讶他有这样恒久的坚持，只要是削苹果，一定会出现这样红红的苹果皮长长不断的奇迹。每一次，街坊们从宽敞明亮的玻璃窗前看到这温馨的一幕时，总能够看到女的眼睛不是望着苹果，而是望着丈夫，静静地等待着，仿佛那是一场精彩的演出，最好总不落幕才好。街坊们总会说，这样漂亮的女人，就应该享受这样的待遇。

我中学毕业的时候，这对夫妇五十多岁了。那一年开春的时候，倒春寒，突然下了一场雪，雪后的街道上结了冰，女教师骑车到学校上课，躲一辆公共汽车，摔倒在冰面上，左腿摔断了骨头。一个来月以后，从医院里出来，腿上还打着石膏。是男工程师抱着她走进我们的大院，我们的大院很深，一路上，他们的身上便落有一院人的目光，和男工程师脸上淌满的汗珠一起闪闪发光。

那一年的夏天，她的腿还没有完全好，伤筋动骨一百天嘛，“文革”来了，她教的那些中学生闯进我们的大院，硬是把她揪到学校去批斗。等她狼狈不堪地从学校回来，她的那条还没有伤愈的左腿坏得更厉害了。“文革”结束了，她的腿彻底残疾了。每天再看到她的时候，都是丈夫搀扶着她出出进进。她一下子苍老得那样的厉害，当年漂亮的模样，仿佛被风吹尽，再也看不出来了。

他们夫妇有两个孩子，都和我一样前后脚到农村插队，等他们和我一样从农村插队回到北京的时候，他们夫妇已经是快七十岁的人了。那时，她已经患上了肝癌，她和她的那两个孩子都还不知道，知道的只有她的丈夫。

那时候，北京城里的苹果只有到秋天苹果上市时才能够买到。而且，那时也没有现在的红星、富士或美国蛇果那样多的品种，只有国光和红香蕉。每年秋天苹果上市的时候，我们常常看到她家玻璃窗前那熟悉的一幕，男工程师为她削苹果，她瘦削得有些脱形，还是如以前那样静静地坐在旁边，望着自己的丈夫。只有这一幕重复的场景，仿佛时光倒流，让街坊们又能够想起当年她那年轻漂亮的模样。可谁知道她已经是病入膏肓的人了呢？

细心的街坊看出，男工程师削的苹果，一定是红香蕉，这没什么可奇怪的，这种苹果比国光的个儿大，颜色红，口感也甜，而且果肉比较绵软，适合老年人的牙口。男的手已经有些颤抖，这也没有什么可奇怪的，这是人老的原因。让人们奇怪的是，这么多年过去了，男的一直坚持给女的削苹果，更让人们奇怪的是，削下的苹果皮居然还是完完全全地连在一起，弯弯曲曲的从苹果上一圈圈地垂落下来，像是飘曳着一条长长的红丝带。

女教师走得很安详，按照我国传统讲究的五福，即寿、富、康、德和善终，她的一生虽然算不上富贵、健康，也说不上长寿，却是占了德和善终两样，应该算是福气之人。送葬的那天，她以前在中学里曾经教过的很多学生来到她家里，向她的遗照鞠躬致哀，有的学生甚至掉了眼泪。那天，我也去了她家，看见她的遗照前摆着两盘苹果，每盘四个，每个都削了皮，那皮都还是完完全全地连在一起，摆放在苹果的旁边，垂落下来，像是飘曳着一道道挽联。

因为读到了《一块花布》这首诗，让我想起了这段往事。

花布的一生，有簇新鲜艳的时候，也有颜色褪尽和声音撕碎的时候，也有在日常琐碎的日子里一次次的洗净晾干之后，最后落满灰尘，变成抹布的时候。爱上花布是容易的，始终如一爱花布的一生，如同始终如一能够为自己的爱人削苹果，而且把苹果皮削得一直都完完全全地连在一起，是不容易的。

想起这样的苹果，对照着《一块花布》这首诗，让我感到，对于爱情和人生，花布从鲜艳的布料到抹布的一生，如果像是散文，象征着现实主义的话，那么，苹果始终如一能够将皮削成一条长长不断线的红丝带，则像是诗，象征着浪漫主义了。我们需要向花布示爱，更需要向苹果致敬。

2007 年 6 月 7 日于北京

阳光的感觉

自从今年年初腰伤之后，我像一株颓败的向日葵，开始对阳光格外敏感，可以说是整天追着阳光转。因为大夫嘱咐我要多晒阳光，每天晒一小时阳光，等于喝一袋牛奶，对于补钙极有益处，有助于腰伤的恢复。

我住医院的时候，病房的窗户朝南，能够下地了，我每天都要站在窗前，好像阳光早早就等在那里，和我有个约会，不见不散，一见倾心。出院了，我家的窗户几乎都没有朝阳的，我便每天早晨到家住的小区里的小花园，朝东的高楼遮挡住了天空，要耐心地等到九点钟以后，太阳才能够跃出楼顶。我才好像突然发现，平日里司空见惯的阳光，原来是那么的珍贵，不是你想什么时候要它，它就能够如婢女一样随叫随到。城市的高楼无情地切割了天空，阳光不再如在田野里一样，可以无遮无拦，尽情挥洒。

冬天刚刚来临，暖气还没有来的时候，阳光就更加珍贵无比。那时候，我像一只投火的飞蛾，在小区里寻找着阳光飘落的地方。阳光如同顽皮的小孩子，东躲西藏，在楼群之间、在树枝之间，一闪一闪似的，稍纵即逝。在时钟的拨弄下，阳光就像瞬息万变的万花筒，跳跃着，和我捉迷藏，让我想起小时候玩过的一种游戏，小伙伴拿着一面镜子对着阳光照出的反光打在地上，我去用脚踩这个光斑，他便把镜子迅速地移动，比赛谁的速度更快。

终于，暖气来了，暖气流动中的房间，很快暖和了过来。暖气解决了寒冷，却代替不了阳光。坐在房间里，和坐在阳光下的感觉完全不同，腰就是最敏感的显示器。现代化机器制造的温暖，如同格式化的打印文件，缺少了手写的流畅和亲切，就像尼龙布料和棉布的区别。我才体味到阳光含有大自然的气息，泥土和花草树木的呼吸和体温，都吸收进阳光里面，还有来自云层的清新与湿润，都不仅是一个温度计所能够显示得了的。同暖气制造的温暖相比，阳光更像是母亲的拥抱、情人的抚摸、朋友的呵气如兰。在暖气和在阳光下，都会出汗，在暖气下的汗里面含有工业的元素，而在阳光下的汗里有着大自然和亲情的因子。

我也就明白了，为什么国外有那么多人热衷于到海边晒太阳、到街头咖啡馆前的露天座椅上晒太阳；为什么北京的老头儿、老太太特别愿意在胡同口挤在墙角晒太阳。过去说：清风朗月不用一文钱。这句话也应该把阳光包括在内，阳光和水一样是世界上最为平等民主的东西，它一视同仁，无论贫富贵贱，慷慨地给予一切人以照耀和抚摸。记得我国过去有一则这样的寓言：地主在屋子里烤火冻得揣着手直跺脚，长工在屋外的阳光下干活却热得脱光了衣服还不住地出汗。阳光给予人们的温暖，是发乎天、止于心的温暖。

有几天，朋友请我到郊外小住，卧室和阳台有一道推拉门，阳台三面是玻璃窗，灿烂的阳光，一整天都可以从不同方位照射进来，金子般在玻璃窗上闪烁，在地板上跳跃。出门时，朋友把推拉门关上了，黄昏时回来，把推拉门打开，忽然一股热流如水一样从阳台涌进屋里。那是阳光，在阳台憋了一天的阳光出笼的鸟似的扑满整个房间。我才发现，阳光和水一样也可以储存，看不见的阳光，精灵一样能够立刻簇拥在你的身旁；握不住的阳光，水珠一样可以掬捧盈盈一手。太阳落山了，阳光却还温暖地留在房间里，恋人一般迟迟不肯离去。

我想起日本的一则童话，讲的是林子深处住着一个4岁的叫夏子的可爱的小姑娘，她有个奶奶，腿脚不好，天天待在家里出不了屋。冬天到了，屋里很冷，小姑娘跑到林子里，用围裙兜了一兜阳光跑回来给奶奶，跑得急了，刚进家门，摔了一跤，阳光撒了一地，没法给奶奶了，小姑娘哭了，对奶奶说："阳光都没了，没法儿给您了。"奶奶对她说："阳光都跳在你的眼睛里了呀。"

这则童话，是我二十多年前读过的了，却记忆犹新，就在于奶奶说的话让我感动。老奶奶说得多么好啊，阳光不仅是可以看见，可以储存，可以兜住，也是有情感有生命的，可以传递在你我之间。

有一天，晒着阳光的时候，我想起了这则美丽的童话，忽然想：如果小姑娘从林子里不是用衣服兜阳光，而是用衣服兜满一兜柴火，然后用柴火生火，会怎样呢？柴火燃起的火苗，当然也可以让奶奶感到温暖，但是，还有阳光都跳在小姑娘的眼睛里的那种奇妙而美好的感觉吗？

没有了。童话也没有了。

2007年11月3日于北京

佛手之香

那个星期天，我在潘家园旧货市场外面的街上，买了一个佛手。那时，这条街和市场里面一样热闹，摆满了小摊，其中一个小摊卖的就是佛手。卖货的是个山东妇女，十几个大小不一有青有黄的佛手，浑身疙疙瘩瘩的，躺在她脚前的一个竹篮里，百无聊赖的样子，像伸出来长短不一粗细不均的枝杈来勾引人们的注意。很多人不认识这玩意儿，路过这里都问问：“这是什么呀，这么难看？”扭头就走了，没有人买。我买了一个黄中带绿的大佛手，她很高兴，便宜了我两块钱，说：“我是大老远从山东带来的，谁知道你们北京人不认！”

这东西好长时间没有在北京卖了。记得上一次见到它，起码是四十多年前了。那时，我还在读中学，是春节前，在街上买回一个，个头儿没有这个大，但小巧玲珑，长得比这个秀气。那时，父母都还健在，把它放在柜子上，像供奉小小的一尊佛，满屋飘香。

我不知道佛手能不能称为水果，它可以吃，记得那时我偷偷掐下它的一小角，皮的味道像橘子皮，肉没有橘子好吃，发酸发苦，很涩。那时，我查过词典，说它是枸橼的变种，初夏时开上白下紫两种颜色的小花，冬天结果，但果实变形，像是过于饱满炸开了，裂成如今这般模样。它的用途很多，可以入药，可以泡酒，也可以做成蜜饯。那时我买的那个佛手没有摆到过年，就被父亲泡酒了，母亲一再埋怨父亲，说是摆到过年，多喜兴呀。

以后，我在唐花坞和植物园里看到过佛手，但都是盆栽的，很袖珍，只是看花一样赏景的。插队北大荒时，每次回北京探亲结束都要去六必居买咸菜带走，好度过北大荒没有青菜的漫长冬春两季，在六必居我见过腌制的佛手，不过，已经切成片，变成了酱黄色，看不出一点儿佛指如仙的样子了。

我们中国人很会给水果起名字，我以为起得最好的便是佛手了，它不仅最象形，而且最具有超尘拔俗的境界。它伸出的杈杈，确实像佛手，只有佛的手指才会这样如兰花瓣婉转修长，曲折中有这样的韵致。这在敦煌壁画中看那些端坐于莲花座上和飞天于彩云间的各式佛的手指，确实和它有几分相似。前不久看到了残疾人艺术团表演的《千手观音》，那伸展自如风姿绰约的金色手指，确实能够让人把它们和佛手联系在一起。我买的这个佛手，回家后我细细数了数，一共二十四支手指。我不知道一般佛手长多少佛指，我猜想，二十四支，除了和千手观音比，它应该不算少了。

我把它放在卧室里，没有想到它会如此的香。特别是它身上的绿色完全变黄的时候，香味扑满了整个卧室，甚至长上了翅膀似的，飞出我的卧室，每当我从外面回来，刚刚打开房间的门，香味就像家里有条宠物狗一样扑了过来，毛茸茸的感觉，萦绕在身旁。我相信世界上所有的水果都没有它这种独特的香味。在水果里，只有菲律宾的菠萝才可以和它相比，但那种菠萝香味清新倒是清新，没有它的浓郁；有的水果，倒是很浓郁，比如榴梿，却有些浓郁得刺鼻。它的香味，真的是少一分则欠缺，多一分则过了界，拿捏得那样恰到好处，仿佛妙手天成，是上天的赐予，称它为佛手，确为得天独厚，别无二致，只有天国境界，才会有如此如梵乐清音一般的香味。西方是将亨德尔宗教色彩浓郁的清唱剧《弥赛亚》中那段清澈透明、高蹈如云的《哈利路亚》，视为“天国的国歌”的，我想我们东方可以把佛手之香称为天国之香的。这样说，也许并非没有道理，过去文字中常见珠玉成诗，兰露滋香，我想，香与花的供奉是佛教的一种虔诚的仪式，那种仪式中所供奉的香所散发的香味，大概就是这样的吧？《金刚经》里所说的处处花香散处的香味大概也就是这样的吧？

它的香味那样持久，也是我所料未及的。一个多月过去了，房间里还是香飘不断，可以说没有一朵花的香味能够存留如此长久，越是花香浓郁的花，凋零得越快，香味便也随之玉殒色残了。它却还像当初一样，依旧香如故。但看看它的皮，已经从青绿到鹅黄到柠檬黄到芥末黄到土黄，到如今黄中带黑的斑斑点点了，而且，它的皮已经发干发皱，萎缩了，像是瘦筋筋的，只剩下了皮包骨。想想刚买回它时那丰满妖娆的样子，但让我感到的却不是美人迟暮的感觉，而是和日子一起变老的沧桑。

它已经老了，却还是把香味散发给我，虽然没有最初那样浓郁了，依然那样地清新沁人。那一刻，我忽然觉得它老得像母亲。是的，我想起了母亲，四十多年前，我第一次见到佛手的时候，母亲还不老。

2009年元旦试笔于北京

三月扔书

看台湾作家林文月的新书《三月曝书》，其中有这样一句："三月的阳光熙和温暖。今日无风，正宜曝书。"不觉一笑，三月曝书，何其风雅。巧得很，三月，我正在扔书，好像有意和林文月做个不那么工整对仗似的对比。

家里的书越发其多，不胜其累，早就想清理。不过，想想这些书好多是跟随我多年，搬过好几次家，沉甸甸地搬来搬去，有的甚至是从北京搬到北大荒，又从北大荒搬回北京。想 20 世纪 70 年代末在家具店排长队买来几个书柜，盛放下第一批书，满心的欣喜，如同拾得果实满荚，落英盈筐。那年头都有 30 年的光景了，就这样不分青红皂白地扔掉，总觉得重利忘义似的，有些对不起它们。

可是，仔细翻检，不少书其实真的是没用，既没有收藏价值，也没有阅读价值，有些根本连翻都没翻过，只是平添了日子落上的灰尘。便想起曾经看过的田汉话剧《丽人行》，有这样一个细节：丽人和一商人同居，开始时，家中的书架上，投其所好摆满的都是琳琅满目的书籍，但到了后来书架上摆满的就都是丽人形形色色的高跟鞋了。心里不禁嘲笑自己，和那丽人何其相似而已，不少书不过也是充当了摆设而已，内心的欣喜，并不都是书里面的内容给予你的，而是书外在的光彩的诱惑。这样的书，干吗不早早地扔掉？

如今，出书的门槛越来越低，敬惜纸墨，已成古训。尽管电子文本盛行，纸质的书籍还是铺天盖地。其实，正经出版的书籍，不少也是一无可观，垃圾而已。想想自己的书竟然出版了有一百种，是一个多么膨胀而虚荣的数字啊。真的是俗话所说的那样，鸡多难下蛋，木匠多了盖歪了房，文字的泛滥，让文字贬了值。心里暗想，不定有多少人和我此刻扔书一样，把我的那些破烂的书，也扔掉在这个熙和温暖的三月里呢。

书是给自己看的，不是给别人看的，正经的读书人（不包括藏书家），应该是书越看越少，越看越薄才是，再多的书中，能够让你想翻第二遍的，就如同能够让你想见第二遍的好女人一样少。想明白了这一点，贴满一面墙的书柜里，填鸭一般塞满的那些书，有枣一棍子没枣一棒子买来的那些书，不是你的六宫粉黛，不是你的列阵将士，不是你的秘笈珍宝，甚至连你取暖烧火用的柴火垛都不是，是真真用不了那么多的。在扔书的过程中，我这样劝解自己，没有什么舍不得的，你不是在丢弃多年的老友和发小儿，也不是抛下结发的老妻或新欢，你只是摈弃那些虚张声势的无用之别名，和以为书中自有颜如玉、书中自有黄金屋的虚妄和虚荣，以及名利之间以文字涂饰的文绉绉的欲望。

林文月《三月曝书》中引东汉崔寔《四民月令》：“七月……七日，曝经书及衣裳，不蠹。”得看清楚了，人家曝书曝的可是经书。记得那一年去宁波，到孝闻街的伏跗室参观，那是和天一阁一样有名的藏书楼，正是阴历七月，那里正在曝书，木制的小楼，楼上楼下，曝满的都是书，芭蕉树掩映之中，散发着纸页之间弥漫着潮气的气味，所谓的书香，其实并不那么的好闻。但那里曝的是宋元刻本，曝的是正经经书。那才是值得的，而今日我辈早已经没有曝书的软件硬件的资格，便也没有必要再去附庸风雅，剩下的便是扔书。三月，或七月，都是扔书的日子。

2009 年 3 月 10 日于北京

翡翠如意

小关是我换的最后一个护工，武清县人，不到四十岁的中年妇女，有些发胖，却面容姣好，刚出现在我的病房里的时候，穿着件杏黄色明亮的衬衣，挎着一个时兴的挎包，一点儿不像常见的护工，倒像是位来探望我的客人。护工大都是北京周边农村来的，她不像，倒像城里人。

那时，我腰伤住院，下不了地，生活无法自理，不得不请护工帮忙。前一个护工马大姐因为婆婆病了赶紧回家，临时换了这个小关救急。

我对这个小关印象很好，倒不仅她人长得受人端详。我平日里看的报纸和杂志多，好打发住院时的寂寥时光，所以我的病房里不几天就堆满了报纸、杂志，给护士清理病房增加麻烦，便请小关帮我卖了，也没几个钱，以前的几个护工卖了之后，就把钱留给自己用了，也算是一点点微不足道的贴补吧。但是，那天，小关下楼卖了报纸、杂志之后，却把钱悄悄地放在病床旁的床头柜上。那时，我睡了一小觉，醒来之后，发现了钱，是六元多，便对她说这点儿钱你拿着吧。她说可这是你的报纸、杂志啊。我说你们护工的工资不多，这点儿钱也不多。我硬塞在她的手里，她不好意思地拿下了。那天下午，来了三个朋友看我，小关给朋友每人用纸杯倒了一杯茶，就出去了。不一会儿，她回来了，手里拿着四根雪糕，给了每个朋友一根，把最后一根给了我，她自己却没有。这让我的心里一动，她用这种方式把那六元多钱都花掉了。我对她说我肚子不好，把雪糕还给了她。

我和她相处得很好，她的手脚麻利，非常有眼力见儿，就是不大爱说话，没事的时候就看我翻过的报纸、杂志。我和她闲聊时知道了她大概的经历，她和丈夫是一个村的，都出来打工，丈夫在建筑工地当个小工头。他们有一个女儿，今年考大学，留在老家她的父母家里。只有在说起女儿的时候，她的眼睛一亮，说如果不是为了她，自己不出来打工！好几次没有什么事情的时候，我看见她望着窗外，悄悄地哼起了歌，都是同一首歌，毛阿敏总唱的那首“好像一只蝴蝶飞进我的窗口……”。她的声音挺好听的，只是唱得有点儿忧郁。我对她说你唱得挺好听的呢，她脸红了，说我闺女爱唱这歌。

有一天晚上，她的手机响了，接过手机说了两句话，她对我说：“我姐姐来给我送东西了，我下楼一趟，一会儿就回来。”很快，她就气喘吁吁地跑了回来，抱着厚厚一叠被褥。这让我有些奇怪，她告诉过我，她一直住在虎坊桥租的房子里，不光睡光板床，连被褥都没有，现在姐姐才想起来给她送来吧？我看见那一晚上她的脸色沉沉的，一言不发，坐在旁边，望着窗外的夜色发愣。

第二天，吃完早饭后，她帮我捶腿，这是大夫交给她的活儿，说我这么长时间下不了地走路，肌肉会萎缩，要她帮助我每天捶捶腿。她的手落在我的腿上，时轻时重，没有章法，纷乱的就是她的心情。我对她说：“你有心事呀！”她一愣，抬起头瞧了瞧我，问我：“你怎么知道？”我开玩笑说：“我会猜呀！”她问我：“你怎么猜出来的？”我把我的两个疑问说给了她听：“一、你说起你女儿表情就不一样；二、你住北京好几年了，怎么你姐姐才给你送被褥？”她一下子伏在床帮上哭了起来。

我才知道，她姐姐就在北京工作，有了自己的家，日子过得不错，买了房和车。当年，她和姐姐都在县城中学里读书，姐姐比她大3岁，姐姐读高三的时候，她读初三，两个人学习成绩都不错，那时家里经济条件不好，爸爸对她说就让你姐姐考大学，你就别再考高中了吧。她答应了，暑假过后，姐姐考上了大学，她回村里和爸爸一起种地。

这能解决我的第一个疑问，她的女儿今年高三到了考大学的年龄了，顾影自怜，她想起了当年，为了姐姐考大学，自己却断送了前程，要不现在怎么也不会跑到医院里当护工啊。但是，这解决不了我的第二个疑问，她为什么一直没有睡的被褥？非得姐姐来送？

她对我说："你真是厉害，一眼看穿了我，我就实话对你说了吧。"

就在来我这里当护工后的前几天，她从医院下了夜班，洗洗涮涮，上午回家，那时，她和丈夫一起住在肖村附近租的农民房。骑车路过永定门外沙子口的地方，一辆130面包车靠近她，她赶紧往边上骑，越是往边上骑，车越是紧贴着她，最后车一打把突然横了过来，停在她的前面。她正要冲司机喊："你这是怎么开车的？"司机已经跳下车来，笑吟吟地叫着她的名字。一看，竟然是自己的中学同学，早听说他也从家乡跑到北京，干得不错，成立了一家装修公司，公司不大，却是自己当老板。他对她一摔手说："上车吧！今儿我们去红螺寺玩，跟我们一起去吧！"她这才看见车里还坐着一个女的，她认识，也是中学同学。他介绍道这是我老婆，刚从老家来，我带她去玩，怎么这么巧碰上了你，一起玩吧！就这样，死拖活拖，她被这一对中学同学拉上车。同学帮忙把车锁在路边的电线杆子上，对她说放心，玩完之后，我再送你到这里来，取你的自行车。

从红螺寺玩完，又一起吃了顿饭，回到这里，天已经黑了，自行车没有了，让人偷走了。那一天，她走回到肖村，从沙子口到肖村得有七八公里，走到家已经是半夜了。丈夫问她从医院下了夜班不回家，这一整天都到哪儿去了，怎么跑得车也丢了？她说了实情，丈夫暴怒，硬说她是会她中学时代的初恋情人去了，不由分说，暴打了她一顿。她跑了出来，连夜跑到姐姐家，任凭姐姐一家怎么劝，就是不回去。在姐姐家住了几天，姐姐好说歹说，把她说回了家。回家一看，家里住着另外一个女人，她明白了，丈夫在外面早有了傍尖儿，正好找了借口把她打出门。她在虎坊桥新租了房子，姐姐才知道，忙给她送被褥来。

也许，出门在外打工的人，南北东西，悲欢离合，总会有意想不到的事情发生，我不知道该怎么安慰她。她对我说："我现在什么也不想了，就想让闺女替我争口气，考上大学。"她又对我说："我姐姐对我不错，可那是人家的家，我住人家也不是滋味呀。"我说："那是，如果当年你和你姐姐一样考上大学，也就可能在北京有自己的家了。"她叹口气说："人的命呀！"

那天，是她来我这里当护工说的话最多的一次。说出来一直憋在心里的心事，虽然解决不了什么问题，但我看出她的心情缓解多了。

有一天，从白天到晚上，她的电话不断，弄得她非常不好意思，怕吵我，也怕我听见，就跑到病房外面，打完电话回来，总是脸红红的。晚上，她姐姐又给她打了个电话，放下电话，她对我说能不能明天请个假？她得回老家一趟。我说："有事你就去吧！"她又说："千万可别让人知道！"我知道护工不能擅自离岗，医院知道了要罚钱，甚至会开除的。她冒着这样的危险要回家，肯定有急事，一问，是她女儿一模的成绩出来了，考得不理想，老师来电话找到家里，父母又托人打电话找到她姐姐，姐姐打电话又告诉她，她女儿和班上一个男孩子有早恋的迹象，弄得孩子最近分神分得厉害。姐姐明天特意请了假，开着那辆奇瑞小汽车，带她回家找女儿。姐姐当的也够不错的，不用说，姐姐一定觉得当年自己考大学欠了妹妹一笔永远还不清的账，她知道高考在即，对于妹妹是多么关键的时刻，孩子的身上延续的是妹妹的青春的梦啊。

傍晚的时候，她急匆匆地赶了回来。我问她："孩子怎么样？"她说，她在县城的一个歌厅里找到了闺女，闺女没去上课，和那个男孩子唱歌唱得正欢呢，没想到母亲突然出现在面前。她说她当时真想给闺女一巴掌，只是气得手不住地哆嗦，抬都抬不起来，当着闺女的面呜呜地哭了起来。

我不知道母亲的哭声能不能打动女儿的心。她回来了，却把心留在女儿那儿。我对她说："不行就请一些日子假，回家陪陪女儿，度过高考这一关，要不过了这村可没这店了。"她说："我姐姐也这么说，她还说损失的工钱她给我。可我怎么能要她的钱，她也是一大家子人，每月还得养这个小汽车，挺花钱的。再说我也不敢走，这几个工钱倒好说，问题是走了就回不来了，再找护工的活儿就找不着了呀！"

我出院的时候，为了方便我下楼，小关去楼下住院处帮我借轮椅的时候，一个中年男人来到我的病房，问："小关是在这儿干活吗？"我点点头，望着这男人，问他："有什么事吗？"他从包里拿出一个东西交给我，说麻烦你把这个给她。我说："你等一等，小关一会儿就回来了。"他说："不等了，医院门口车太多，停不下来，我的车还停在马路那儿呢，别再让警察逮着罚款。"说罢，他就匆匆地走了，我大声地问他："你贵姓呀？"咚咚的脚步声，告诉我他已经下了楼梯。

我仔细看看那东西，是个翡翠的挂坠，雕刻着常见的如意造型。不一会儿，小关就回来了，我把翡翠如意交给了她，告诉她刚才来了个男人。她说："知道了，他给我打过电话，说要把这东西送过来，我不让他来，这人真是的，还是来了！"然后，没等我问，她告诉我，那天从红螺寺回来晚了，丈夫打她的时候，把她的脖子上戴的挂坠给拽掉在地上，碎了。是一个翡翠如意，不是什么好料，值不了多少钱，却是自己娘家带来的陪嫁呢。

我没问刚才来的那个男人是谁，她也没告诉我。

2009年4月15日于北京

亲笔信

如今电子邮件和手机短信盛行便捷，传统的信，早已经没什么人写了。据统计，现在邮局里只有不到百分之十是私人信函，这些信封和信瓤，不知又有多少是打印机里打印出来的。

所谓传统的信，是需要自己用笔来手写。过去写信时常用的一句话，是“见字如面”，那是要看见信上亲笔写的字才是，每个人的字体都不一样，即便写的字再歪歪扭扭，也是自己写的，沾着心情和体温，像是闻到乡音一样，让收信人亲切，一望便知，而为自己独有。所以，过去古人接到书信，才有“长跪读素书，书中竟何如”那样的虔诚，才有鱼雁传书的美丽传说，才有“家书抵万金”的动人诗句。

在最近一期的《万象》中，看到前辈学者陈乐民先生的遗作《给没有收信人的信》，全部毛笔书写，信中拳拳心意是随蝇头小楷字字花开的，和电脑键盘里机械打出的信件无法同日而语。陈先生这样的信，大概是一襟晚照，属于最后的古典了。

一个一辈子没有亲手写过一封信的人，或一辈子没有收到过别人亲笔写给自己一封信的人，都是不完整的人生。如今电脑非常发达，点击几下键盘就可以轻松的发出一封信。最可怕的是手机短信，它是电子邮件的“缩写版”，那里早已经储藏着无数条短信，按你所需，任你所取，就像是一副扑克牌，可以来回地洗牌，组合成不同的条目，供你在任何节日里发给任何人。据说，编纂手机短信已经成了现今的一种职业，和过去替人代写书信的职业相似。不过，也不像，过去代写书信，总还带有代写者手上的一缕墨香，带有属于你自己的一份真实，手机短信却很可能在刚刚发给你之后，又马不停蹄地发给了另外一个人，在几乎同一时刻，大家不约而同地接收到同一条一字不差的短信。有时候，真觉得科技是人类情感的杀手，用貌似最迅速的速度和最新颖的手段，扼杀人类心底最原始的也是最朴素的诉说。

我要说，还是珍惜手写的家信，节假日里，特别是在春节的大年夜前，起码该给自己的亲人亲手写一封平安的信、祝福的信。家书抵万金，家书抵万金呀，仅仅从电脑或手机里发出的信，还能够抵得上万金吗？

记得二十多年前，刘心武曾经写过一篇《到远处去发信》的小说，写的是当了一辈子的老邮递员退休了，给别人送过那么多的信，还没有接过别人给他自己写来的一封信，就自己写了一封，跑到老远的地方，把信投到邮筒里，让自己这辈子也收到一封亲笔信。

即使如契诃夫写的小说《万卡》里学徒小万卡寄给爷爷那一封永远无法寄达的信，只在信封上写着“寄乡下爷爷收”，而没有写上收信人的地址，但那也是万卡用笔蘸着墨水一字字写成的呀！

好多年前看过英国剧作家品特的电影《传信人》，那个少年心仪并暗恋同学漂亮的姐姐，为这位比自己大好多岁的女人和她的情郎偷偷地传信，当好奇心让他忍不住拆开其中的一封信的时候，心目中的女神写给别人热辣辣的亲笔信，让这位少年惊慌和震撼的情景，逼真地道出了亲笔信的力量。

三十多年前，我突然收到母亲请邻居帮忙拍来的电报，得知父亲病逝，忙从北大荒赶回北京奔丧。一路上心里都奇怪，母亲不识字，家中只剩下她独自一人，慌乱之中怎么会找到我的地址并能够一眼认出来？回到家，看见母亲的床垫底下，压着的都是我写给家里的信。母亲不认字，但熟悉的字迹让她知道那就是我，枕在那些信上睡觉，让她心里踏实。她就是拿着床垫下其中的一封信，请邻居打的电报。

可能正是看到了亲笔信的力量和意义所在，有人想竭力挽住已经渐行渐远的亲笔信。看最新的一期*Time Out*杂志上介绍，有一网站，举办这样一个活动，叫作“陌生人，让我手写一封信给你”。它这样说：“你多久没收到过信了？你多久没给人手写过信了？让我手写一封信给你，让我的心情化成字迹、装进信封、贴上邮票、扔进信筒，让邮差交到你的手里。现在开始，留下地址，让我写一封信给你。”我不知道会有多少人能够给他们留下自己的地址，换取一封久违的亲笔信。因为我不知道有多少人还在乎一封亲笔信。

还是契诃夫，他写过一篇《统计》的短篇小说。在这篇小说里，他借用果戈理《钦差大臣》里的邮政局长希彼金的口吻，统计出这样一个数据：邮局收寄的100封信件里，其中5封是情书，4封是贺信，2封是稿件，72封则是没有什么内容的无聊的信。我对契诃夫这样讽刺夸张的统计数据，心生不满。即使72封都是没有什么内容的信，也并非无聊。平常人的书信往来，可不都是些家长里短吗？要什么深刻而超尘拔俗的内容？更何况，都是亲笔写的信呢。

不管怎么说，还得是自己亲笔写的信才好。亲笔写的信，无论对于看的人，还是写的人，感觉都不一样，滋味都不一样。就像清风和电扇或空调吹来的风不一样，就像鲜花和纸花或塑料花不一样，就像肌肤之亲和隔着手套握手或戴着口罩亲吻不一样。

独下千行泪，开君万里书。亲笔信，只有亲笔信，才能让你有这样的心情，又能让你如此动情。

2009年11月26日于北京

老友如发妻

我们三人是高中同班的同学，因为出身和性格、情趣相同，成了好朋友。想想，我们三人的名字，爹妈当初给起得还真的是有点儿英雄所见略同的劲儿，都讲究个其中的好含义。一个叫博文，一个叫延福，一个叫复兴，是把文章学问、福气延年、复兴大业放在身上的。夸张一点儿说，博文为学习，延福为身体，复兴为理想，也算得上是德智体兼备了吧？

42 年前，上山下乡风生水起，好朋友星云流散，我和延福去北大荒三江平原，博文去内蒙古察右中旗。都说倒霉的上卦摊，临别之前，延福算了一卦，抽得的是下下签，签中四个字："樊笼困虎。"三人都有点儿傻眼。临行前一夜，到花市大街，现在新世界商厦的地方，那里原来有一家颇大的饭馆，我们到那儿喝酒话别，喝的是小香槟，没什么酒劲儿，竟然也喝得醉意蒙眬。第二天上午，我和延福先走，火车已经开了，博文抱着个大西瓜才赶来，追着火车这通跑，跑啊跑啊，人最后剩下了一个小黑点儿。那是永远定格在青春时节的一幅画。

青春的友情，真的格外动人。日后也可能再有朋友，却无法和青春时的友情相比，中学时代的老朋友如发妻，新朋友再好，也只能是二婚或小蜜。

42 年就这样如水长逝。42 年之间，我们三人命运不尽相同，既有身在天涯、心亲鱼鸟的岁月，也有朱门歌舞、追风逐浪的日子，外部的世界再跌宕，相隔的距离再遥远，我们的恋爱，我们的成家，我们相互帮衬着把儿女带大，为老人养老送终，我们三人的友情始终未变，想想就是自己的亲人有时也无法相比。延福的父亲去世的时候，他感慨地对我们说：“算一算，父亲和我在一起的日子，也没有和你们在一起的长啊！”

我说过，朋友之间的友情，是脚底上的泡，跟着日子一起一天天踩出来的，不是美人痣，一顿酒肉就可以瞬间点上去的。

如今，我们三人都已退休，住处离得越来越远，我住潘家园，博文搬到了天通苑，延福在燕郊新买了房。但再远也不妨碍我们的友情。放翁有诗：正欲清言闻客至，偶思小饮报花开。这个恰到好处而来的人和适时而开的花，就是朋友。只要有事，只要你需要他出现，什么时候，朋友都会如花一样蓦然间在你的面前开放。

平常的时候，见不着面，偶尔我们会写一点儿诗，虽都不谙音律，却只为表达情意。新的一年就要到了，前几天，我写给延福一首：“人生如梦过，世事两茫然。玉树歌朝露，铜盘泣暮年。也曾花蝶恋，终未鹊桥仙。老友惟常在，双双鬓发斑。”延福立刻回复我一首：“镜中白发看，忆旧仍陶然。湘江映红日，荒原沉玉盘。签中笼困虎，戏里梦成仙。惟期皆康健，心静无泪斑。”我转发给博文，博文第二天一清早用手机短信发来他的和诗：“君倾香槟尽，摇壶问欠然。年少羞虎踞，岁老惯龙盘。求存人或鬼，悟道神成仙。酒溢和古砚，素纸墨斑斑。”诗写得好赖在其次，是一种交流，是42年的友情流淌至今溅起的几滴意外收获的水珠，湿润着彼此的心情。

有时候，我会开个玩笑，说起我们三人的名字，说：“如今博文这名字，和我复兴这名字，这样的学问和壮志都不重要，重要的还得数延福这个名字，人老了，身体好是最大的福气。”他们二位会说：“保证身体好这个福气的，除了锻炼，还有老友之间的友情，这份友情是身体最好的营养剂。”

2009年岁末于北京

医院里的约会

星期天的中午，我到医院看望病人。病房小，周日特地来看病人的朋友又多，大家便来到病房外。电梯前是一个开阔的大厅，阳光照进来，格外明亮，成了人们聚会的最好地方。

一共四个电梯上上下下，门此起彼伏开了的时候，里面的人鱼贯而出。这时候，电梯间最后走出来的一个姑娘，引人注目。她身材修长，穿着一件白色的羽绒大衣，戴一顶红色线织的贝雷帽，亭亭玉立，如一只丹顶鹤。

不像其他人，走出来如水散去，各找各自要看望的病人，她走出电梯，站在那里，哪里也没去，只是四顾张望，目光有些茫然。

起初，她并没有引起我太多的注意。只是过了很长一段时间，大约有一个小时，忽然瞥了一眼，这姑娘还站在那里。我有些奇怪，这么长时间过去了，她为什么还站在那里呢？显然，她不是来看望病人的，那么，她是来干什么的呢？

我看得出来，她有些着急，不时抬起秀气的手腕，看看手表。她的额头出汗了，便摘下贝雷帽，用手巾擦着汗。她从小挎包里拿出手机，想打个电话，但想想，又把手机放回了挎包，从小挎包里掏出一盒软包装的酸奶，用吸管吮吸了起来。她是有些渴了。

这时候，一个高高个头儿的小伙子，从走廊的拐弯处跑了出来，我看到，小伙子跑得气喘吁吁，已经是一脑门热汗淋淋。小伙子跑到姑娘的面前，说了句什么，我没有听清楚，大概是叫了声姑娘的名字，然后，看姑娘点点头，两人握了握手。这样的举动，有些奇怪，显然，姑娘等了这么长时间，等的就是这个小伙子，但是，好像他们两人并不认识，才会显得这样的客气，有些拘谨。

如果我没有猜错的话，他们不过是刚刚认识。

事实证明，我的猜测没有错。小伙子喘息定后，我听见了他的话，是在向姑娘做解释，大概意思是说，真不好意思，我父亲今天上午突然发病，让999 抢救送到医院，真是的，第一次见面，让你跑到了这里，你还真的来了。

然后，我听见姑娘说：“没关系的，现在你父亲怎么样了？没事吧？”

小伙子说：“刚刚抢救了过来，没事了，不过还在 ICU 病房里。怕你等得太久，我赶紧先跑过来了。”

两个人站在那里，说了大约十分钟的话。我看见，两个人走到了电梯门前，小伙子用手按动了电梯下行的按钮。看来，第一次的见面，短短的，如同课间的休息，就要结束了。第一次的约会，因为小伙子的父亲突然发病，不仅变更了约会的地点，让姑娘跑到了医院，而且缩短了约会的时间。我从心里为他们祝福的是，也能够因此缩短他们之间的距离才好。

电梯来了，门开了，鱼贯而出的人散去，我以为他们两人要一起进电梯，却没有想到，姑娘一人走进了电梯，小伙子只是向她挥挥手。小伙子的手臂还没有放下来，电梯的门很快就关上了。 但是，很快，电梯的门，倏忽又打开了，姑娘一脚在电梯里面，一脚跨了出来，从挎包里掏出一盒酸奶，迅速递给小伙子。小伙子还没来得及说什么，电梯的门关上了。

姑娘的举动让我感动，我从心里喜欢这个姑娘。现在，多少恋爱中的姑娘眼睛长得比眉毛高，找对象物质条件放在了最醒目的位置上，据说其中有一条叫作：有车有房，父母双亡。这个姑娘，却在第一次约会的时候，面对小伙子父亲被送进医院抢救。她没有嫌弃，反倒如此善解人意。树老根多，人老就是话多，我忍不住走了过去，对还在对着电梯发愣的小伙子多嘴说了句：“你怎么不送送人家去呀？”小伙子一脸苦瓜相对我说：“人家不让啊，说让我赶紧照顾我父亲去。”又对我说：“您看，怕我渴，又给我这酸奶。”我对小伙子说：“是个懂事的姑娘，小伙子，就凭这一条，你要是和这姑娘成了，你得感谢你父亲这场病，替你考验了一个人的人心。”小伙子连连点头称是。

正午的阳光，洒满整个大厅，暖洋洋的，晒得我的脑门子都是汗了。

2010 年 3 月 8 日于北京

孤单的雪人

北京今年一冬天没有雪，开春了，却一连下了三场雪，纷纷扬扬的，还挺大，仿佛憋足了气，赶来赴什么约会，有什么最后的晚餐似的，过了这村就没这个店的感觉。

下最大的那场春雪的那天上午，我刚出楼门口，看见楼前的空地上一个四五岁的小男孩，拿着一个玩具小铁锹铲雪在堆雪人，他的身旁是两位老人，爷爷奶奶，或者姥姥姥爷，帮助他一起堆。不过，那雪人堆得很小，两老一小，总也堆不起来太多的雪。我对他们喊了句："滚雪球呀！那样多快！"可老太太对我说："不知今年的雪怎么了，不怎么成个儿，雪球滚不起来！"也是，今年的雪松散得很，有人说是春雪的缘故，也有人说是人工降雪的缘故。

正说着话，孩子的父母从楼里出来了，爸爸脖子上挎着一台单反相机，一看就是尼康D700，妈妈手里拿着一根胡萝卜和一张画报纸叠的帽子，是准备给雪人的装束。然后，就看见妈妈边给雪人插鼻子戴帽子边喊着："快来，宝贝儿，照张相！"就看见几个大人开始摆弄孩子，孩子站在、蹲在雪人的身前身后，伸着小手，歪着脑袋，笑着摆着各种姿势，和显得有些瘦弱得营养不良的雪人合影。不用说，在妈妈爸爸的带领下，孩子常照相，已经是老手，习惯的姿势，轻车熟路，久经沧海。

我心想，堆雪人真的是经典的儿童游戏，时代再怎么变，游戏的内容和方式再怎么变，堆雪人如同经年不化的琥珀，是大自然送给孩子们一款最老也是最好的礼物了。不过，想想，我小时候，堆雪人之前，总要滚一个好大的雪球，孩子们用冻成胡萝卜一样的小手滚雪球，呼叫着，边攥起雪球来瞅不冷子打别的孩子或塞进脖领子里找乐，边滚雪球，闹成一团，把雪人越滚越大的时候，最为快乐。如今却是难以把雪球再滚起来了，孩子的乐趣也少了好多。就好像做鱼少腌制的那一道程序，鱼还是那条鱼，做出来却不怎么入味。

回头看时，看到那孩子噼里啪啦一通照，已经照完了，一家四口大人正领着孩子往家走呢。心里更想，雪人还是雪人，堆的过程简化了，堆完后玩的过程也简化了，最后就成了照相，雪人只是一个陪衬。

走不远，看到一个小姑娘，大约也就 3 岁的样子，她的身旁一个小小的雪人已经堆好了。同样，一对父母正在给她拍照，几乎和那个小男孩子一样，也摆着各种熟练的姿势，大多相同，是那种歪着脑袋小手伸出两根手指，做出“V”字形的样子。数码相机的普及，可怜的雪人的功能，就剩下了一种——孩子照相时候的一个道具或背景，就像儿童照相馆里那些一样。留念，比玩本身重要了。

还想，这个女孩，和那个男孩，各堆各的雪人，各照各的相，两条平行线一样，很难交叉。也许都是独生子女的缘故吧，又各住各的楼，即使住同一栋楼，各家防盗大铁门一关，老死不相往来，雪人跟着他们一起孤单起来。想起我小时候，大院的孩子从各家的窗户玻璃里就看见有人在堆雪人了，呼叫着跑出屋，香仨臭俩的，天天上房揭瓦疯玩在一起，拉都拉不开，不凑在一起都不行。忽然明白了，这也是那时候的雪人大的一个原因吧。

中午回来的时候，雪已经停了，毕竟是春天，再大的雪化得也快。走进小区，看见那两个孤单的小雪人，已经如巧克力一样黑乎乎地坍塌一地。我想起曾经看过的一部叫作《雪孩子》的动画片，那里的雪人充满想象，变化无穷，活得或者说陪伴孩子们的时间那样长久，发生过那样多美好的故事。当然，那是个童话。如今的雪人，还属于孩子，却难有属于孩子的童话了。

2011 年 3 月 4 日于北京

青春还债期

频繁地从医院里出来，我真的感到老了。准确地说，是频繁地从医院住院处的手术室里出来，明显地感到老了，不仅我自己，我们一代人都已经无可奈何地老了。

好几个老朋友频繁地被全身麻醉后推进了手术室，坐在手术室外的长椅上，焦急地等待，漫长难熬的时间后，看到朋友从手术室里被推了出来，失血的脸惨白又有些变形的样子，惨不忍睹。脑子里幻化的还是年轻时朋友生龙活虎的样子，即使是在田间或工地繁重的劳作后累得直不起腰，脸上淌的依然是青春的汗珠。仿佛一眨眼的工夫，便到了日落时分，手术室是帮助岁月催人变老的催化剂和定影液，逼迫我真真切切地看到了变老是一种什么样子。

一位朋友做的是腰椎手术，腰椎的二三四节都出现了问题，要在这三节腰椎之间打上六根钛合金的钉子，重新支撑起腰来了。一位朋友做的是喉癌的手术，手术后又发现食道出了问题，“二进宫”，再做食道手术。一个从后背开了刀，一个从前胸开了刀。都是从早上八点多被推进手术室，又都是到下午一点多才被推出来，昏迷之中，麻药还没有消退，身后拉长的是岁月缥缈而悠悠的影子。想起青春时节，这两个人，一个在场院干活，麦收和豆收龙口夺粮的紧张时候，200多斤装满麦子或大豆的麻袋，要一个人扛起来，上颤颤悠悠的三级跳板入囤，一天不知要扛多少麻袋。年轻稚嫩的腰伤就是那时候埋下了种子，在日后发芽，到如今开出恶之花。一个人在工地上干活，天寒地冻，荒无人烟，方圆百里，连一个女人都见不到，是号称“母猪都能赛貂蝉”的遥远而偏僻的地方。唯一的消遣和打发时光，就是收工之后喝酒，一醉方休。他从来没喝过酒，老师傅咕咚咚给他倒了满满一搪瓷缸白酒，对他说你把这缸子酒喝进肚，就学会了。他咬牙一仰脖喝进去，从此酒伴随他整个青春期。喉和食道包括胃，都这样喝坏了。

过去在北大荒，当地老乡流传这样一句谚语：傻小子睡凉炕，全凭火气壮。其实，那时候，我们都是这样的傻小子，凭着青春那点吃凉不管酸的火气，自以为是在接受工农兵的再教育，能够解放全世界和全人类。膨胀的心，激活虚无的激情，让力不胜任的腰支撑起来，扛起那样沉重的麻袋；让年轻没见过世面的喉咙、食道和胃被撑起来，灌输进那样苦涩的味道。

不是埋下的种子不发芽，不是吼出的声音没有回声，不是飘来的云彩不下雨，是时候没有到。那时候在北大荒场院里拉起幕布放映的露天电影《小兵张嘎》，里面有句台词：别看你现在闹得欢，小心将来拉清单。清单要到现在才会一并拉出，我们已经彻底的老了。

是的，现在到了拉清单的时候了，这是我们的青春还债期到了。连本还息，一并清算。对于一代已经走进尾声的知青，这是残酷的现实。青春时期，我们付出的是精神的代价；老了，我们要得到的是身体的报应。想到这里的时候，我的心里不是滋味。也许，每一代到老的时候都喜欢怀旧，但这一代人尤其喜欢怀旧。在怀旧的心理作用下，以往的青春容易被诗化、美化和戏剧化。如今痛彻骨肉的还债期，或许可以帮助我们认清一些当年我们的青春期。无论这一代人性格顽强的塑造和精神执着的抵达，是多么值得我们自己骄傲和留恋，但是，我们真的已经老了，心情留恋着青春，身体却在报复着岁月，也在提醒着我们，正视自己的青春和历史。

在热闹中回忆，在时尚中怀旧，让回忆和怀旧联手，很容易为我们的青春和今天蒙上一层雾帐，为我们的心境涂上一层防水漆，只能够起到自我按摩的作用，加重并延长我们的青春还债期。

2011年10月8日写毕于北京

丝瓜的外遇

那天，到菜市场买了几条丝瓜，因为已经买了好多的菜，手里拿着满满的好几个兜子，给小贩交完钱，提着菜兜转身就走了。等到晚上做饭时想找丝瓜了，才想起放在菜摊上忘记拿了。

几条丝瓜，没几个钱，但第二天到菜市场去买菜时，忽然想到那个菜摊前问问，看看菜贩兴许好心地帮我收起了丝瓜，守株待兔等着我回去取。走到那个菜摊前一问，菜贩摇摇头，一脸无辜的茫然。我向他道了谢，转身走了，这事本来怨我而不怨他，不见得就一定是他将几条丝瓜“迷”了起来，也可能是别人顺手牵羊拿走了丝瓜。买菜的人来人往，菜经他的手各种各样，他哪里顾得过来这几条小小的丝瓜？

也是退休后无所事事，那一刻，脑子里忽然冒出这样一个念头，就在这个每天都喧嚣热闹的菜市场，做个小小的试验。便找了三家菜摊，各买了三条丝瓜，然后，交完钱，都放在了菜摊前那一堆有青有绿有红的蔬菜堆儿里，转身就走了。我想明天再去菜市场，看看这三家菜摊，会有哪家能够看到了我忘在菜摊上的丝瓜，替我保存，等着我回去取；或是，哪家都没有了丝瓜，只剩下了今天看到的那个菜贩的一脸无辜的茫然。小小的丝瓜，会是一张 pH 试纸，能够试探出人心薄厚和人情暖凉呢。

第二天，我去了这三家菜摊，两家，没有了丝瓜，只有了茫然；一家的菜贩却没等我问话，就从菜摊下面提出了装着那三条丝瓜的塑料兜，笑吟吟地递给我。

应该说，试验的结果，还算不坏，二比一，毕竟没有让人完全失望，九条丝瓜没有全部不翼而飞，留下了三条，锚一样，还沉稳地留在水底，缆住了小船没有被风浪吹走，不知所踪。

不过，有意思的是，这家替我保存住遗忘的丝瓜的菜贩，是我认识的，我常常到他那里买菜，特别是西红柿，我都会到他那里买，因为彼此熟了，他会连问都不用问我，直接从西红柿筐里替我挑最好的给我。有时候，差个几分钱几角钱，他也会抹去了零头，甚至在我忘记了带钱或者钱不够时，他会让我赊着，明天来买菜时再给他。

我在想，如果不是我们已经很熟识了，他会为我保存下这三条丝瓜吗？

我又想，以前老北京，几乎每条胡同都会有一家菜摊或菜店，因为都是街里街坊的，无论卖菜的还是买菜的，每天抬头不见低头见，彼此都熟悉得不能再熟悉了，别说是买了菜忘在菜摊或菜店里了，就是你把别的东西甚至钱包忘在那里了，一般回去都会找得到的，菜摊或菜店里的人都会替你保管好。这原因其实也很简单，因为在一条街上，大家都认识，彼此的信任和信誉，以及常年积累起来的感情，比贪一点儿小便宜要重要得多。所以，那时候，尽管物资匮乏，大家都不富裕，但很少会出现缺斤短两或假冒伪劣之类的欺诈。对比那时农耕时代的商业模式，如今琳琅满目的菜市场，发展了好多，也流失了好多东西。其中流失最多的，就是买卖之间的那种邻里之间的人情味。

我将自己这样的想法，对那位替我保存丝瓜的菜贩说了，他笑笑对我说：“人情味，也不是说现在就没了，你们买菜的看得起我们，我们卖菜的自然就会高看你们一眼。这东西，就跟脚上的泡，走得日子多了，自然就长出来了。你说，那几条丝瓜能值几个钱？”

他说得有道理，丝瓜不过只是人情味的一种外化，是彼此心情的一次外遇。

2011年11月于北京

人生除以七

看罢英国导演迈克尔·艾普特的电视纪录片《56UP》之后，心里不大平静。这部纪录片，拍摄了伦敦来自精英、中产和底层不同阶层的14个人，自7岁开始，一直到56岁的生活之路。导演每隔7年拍摄一次，看他们的变化。七个7年之后，这些人56岁了，这么快就从童年进入了老年。150分钟的电视，演绎了人生大半，逝者如斯，真的让人感喟。

我不想谈论这部纪录片所要表达的主旨。让我感兴趣的是，它选择了将人生除以七的方式，来演绎并解读人生。为什么不是别的数字，比如五或六，而偏偏是七？不管有什么样对数字特别膜拜的深意或禅意，乃至宗教的意义，七，可以是一个很好的选择，让我也来一回这样的选择，将自己的人生已经走过的岁月除以七，看看有什么样的变化。

不从7岁而从5岁开始吧。因为，那一年，我的母亲去世，我人生的记忆也就是从那时开始的。记忆中那一年，夏天，院子里的老槐树落满一地槐花如雪，我穿着一双新买的白力士鞋，算是为母亲穿孝。母亲长什么样子，一点印象也没有了，只记得姐姐带着我和2岁的弟弟一起到劝业场的照相馆照了一张全身合影，特意照上了白力士鞋，便独自一人到内蒙古修铁路去了。那一年，姐姐17岁。

7年之后，我12岁，读小学五年级。第一次用节省下来的早点钱，买了我人生的第一本书，是本杂志——《少年文艺》，一角七分钱。读到我人生读到的第一篇小说，是美国作家马尔兹写的《马戏团来到了镇上》。那是马戏团第一次来到那个偏僻的小镇。那两个来自农村的小兄弟，没有钱买入场券，帮助马戏团把道具座椅搬进场地，换来了两张入场券。坐在场地里，好不容易等到第一个节目小丑刚出场，小哥俩累得睡着了。这个故事给我的印象那样深刻，小说里的小哥俩，让我想起了我和我的弟弟，也让我迷上了文学。我开始偷偷地写我们小哥俩的故事。

19岁那一年的春天，我高中毕业，报考中央戏剧学院，初复试都通过，录取通知书也提前到达了。“文革”爆发了。大学之门被命运之手关闭，两年后，我去了北大荒，把那张夹在印有毛体中央戏剧学院红色大字的信封里的录取通知书撕掉了。

26岁，我在北京郊区当一名中学老师。那时我已经回到北京一年。是因为父亲突然脑溢血去世，家中只剩下老母亲一人，才办了“困退”回京的。熬过了近一年待业的时间，才得到教师这个职位的。和父亲一样，我也得了血压高，医生开了半天工作的假条。每天下午，我骑着自行车回家，写我的第一部长篇小说，取名叫《希望》。在那没有希望的年头，小说的名字恶作剧一样，有一丝隐喻的色彩。

33岁，我“二进宫”进中央戏剧学院读二年级。那一年，我有了孩子，1岁。孩子出生的那一年，我在南京为《雨花》杂志修改我的一篇报告文学，那将是我发表的第一篇报告文学。我从南京回到家的第二天，孩子呱呱坠地。

40岁，不惑之年。有意思的是，那一年，上海《文汇月刊》杂志封面要刊登我的照片，电报要立刻找人拍照寄去。我下楼找同事借来一台专业照相机，带着儿子来到地坛公园，让儿子帮我照了照片，勉强寄去用了。那时，儿子8岁，小手还拿不稳相机，拍照时晃晃悠悠的。

47岁，我调到了《小说选刊》。从大学毕业之后，我从大学老师到《新体育》杂志当记者，几经颠簸，终于来到中国作协这个向往已久的地方，以为是文学的殿堂。前辈作家艾芜和叶圣陶的孩子，却都劝我三思而行，说那里是名利场，是是非之地。

54岁，新世纪到来。我自己却乏善可陈。两年之后，儿子去美国读书，先在威斯康星大学读硕士，后到芝加哥大学读博士，都有奖学金，是他的骄傲，也是我的虚荣。

61岁，大年初二，突然的车祸，摔断脊椎，我躺在天坛医院整整半年。家人、朋友和同事都说是大难不死，必有后福。我相信他们说的，我相信命运。福祸相依，我想起在叶圣陶先生家中曾经看过的先生隶书写的那副对联：得失塞翁马，襟怀孺子牛。

68岁，正好是今年。此刻，我正在美国印第安纳大学旁边儿子的房子里小住，两个孙子已经前赴后继地出世，一个两岁半，一个就要五岁，生命的轮回，让我想起儿子小时候，却怎么也想不起自己小时候是不是也是这样子。

人生除以七，竟然这么快，就将人生一本大书翻了过去。《56UP》中有一个叫贾姬的女人说："尽管自己是一本不怎么好看的书，但是已经打开了，就得读下去，读着读着，也就读下去了。"人生除以七，在生命的切割中，让人容易看到人生的速度，体味到时间的重量。流水带走光阴的故事，改变了一个人。漫漫人生路，能够有意识地除以七，听听自己、也听听光阴的脚步，看看自己、也看看历史的轨迹，是件有意思的事情。

2014年7月23日于布鲁明顿雨中

养老院踩点

聚会一拖再拖，本来想约在春节期间，谁知各家都忙，有的人家还添了第三代，更是忙得掰不开镊子，弄得人马总是锣齐鼓不齐。一直到前两天，才终于凑齐了多年未有的聚会。

都是当年的中学同学，插队时风云流散，转眼四十多年，好几位都是多年未见的老朋友。席间，听见几位女同学在商量着什么事情，仔细一听，才知道她们开春天暖和时要一起去昌平和顺义看看养老院的事情，如果条件不错，价钱合适，准备就先订下。

另几位听说，都凑过来，很惊讶地问："现在就去找养老院踩点，是不是早了点儿？"起初，我和大家的想法一致，都才是 60 岁刚过，离养老院的生活还远着呢。但是，我马上改变了自己的这个想法，因为我想起了另外的一个曾经在吉林插队的同学，忽然觉得也许并不早。

去年 10 月，他的妻子因颈椎病做的手术。其实，妻子的病早就有了，退休之后，被单位返聘，工作的辛苦，也加重了病情。而且，起初一直以为是腰椎的问题，怎么治都没有效果，一直就这么咬牙忍着、拖着，最后走路都发生了困难。现在终于找到病根，做了手术，走路一下子轻松多了，只是还需要戴着颈套，需要一段时间的康复。这位朋友对我讲："我忽然想起父亲当年病重时的情景，日子过得可真是快，转眼到了自己和父亲当年老的时候一样大的年龄了，想想父亲病重的期间，我家里八个孩子伺候，现在，咱们都只有一个孩子，以后可怎么办呀？”

不得不承认我们都已经老了，尽管心理年龄还年轻幼稚。由于插队时干活不知轻重，这一代人已经开始到了很多莫名其妙的病找到头上的时候。大多数家庭只有一个孩子，却要伺候两个老人，如果结婚，还要伺候对方家里的老人。像我的这位吉林插队的朋友，现在还好，只是爱人一个人病了，而自己身体也还好，可以伺候爱人，用不着动用儿子，如果有一天，自己也病了呢？虽然孩子是个非常懂事的孩子，在妻子住院期间天天下班后做好饭跑到医院里看望他妈妈。但生活的现实就这样沉甸甸的摆在面前，做父母的和做孩子的，都该怎么面对？他都不敢想，那样的一天真的到来了，会是一种什么样的情景？

一代人有一代人的矛盾和苦楚，如果说老三届这一代经历了“文革”和上山下乡运动，蹉跎了青春，把最美好的年华留在那样的岁月里；那么，下一代所经历的青春岁月，即使再不会出现无论物质还是精神都那样贫瘠和动荡的情况，却将面对一对对垂垂老矣且体弱多病的父母，到了那时候，会比他们父母多了一层难以体会到的心理和精神的压力。

想到这里，便忍不住想曾经看过的获得奥斯卡奖的电影《一次别离》，那个儿子给年老多病而失禁的父亲擦洗的时候，忽然抱着父亲哭泣的情景，让我想起我们自己和我们的孩子，仿佛电影是我们未来的预演。青春，无论是哪一代人的青春，除了美好的一面外，都会有自己独特的痛苦。

生老病死，是任何人都必须经历的。这一代人的特殊性，不仅在于青春的经历与国家的动荡命运相关，而且和国家的独生子女政策命运与共，我们的孩子都是共和国的第一代独生子女，在面对这种人生必须经历的问题时，无论对于我们还是孩子，都是第一次，会是陌生的、艰难的，也会是痛苦的。这几位女同学的未雨绸缪，只不过是比一般人提前走了几步。她们对我说想找个合适的地方，以后她们能住在同一个养老院里，彼此有共同语言，让晚年最好的日子过得顺畅一些。此外，是不想给孩子添麻烦，免去他们的后顾之忧。

听完她们的话，我的心里不是滋味。并不是感慨我们这么快就到了要进养老院的时候了，而是觉得她们这样的心态、这样的举动、这样的心意，她们的孩子会懂吗？能理解吗？那是一代人历尽沧桑之后在身体变得逐渐萎缩后的一种多么复杂又委婉又夹杂着些许无奈的心绪。难道这就是她们也是我们唯一的选择吗？

2013年3月9日改毕于北京

天坛邂逅

在天坛逛公园，赶上暑假，游客多得摩肩接踵。人山人海中，居然碰见了玉芳。我没有认出她来，她迎面走过来，叫着我的名字，我愣了半天神，才想起这个瘦小枯干的小老太太竟然是她。四十多年前，在北大荒，我们在一个生产队，那时候，她才 18 岁。后来，她和我们队上另一位北京知青结婚，男的叫国祥，是我的中学同学。离开北大荒回到北京，我就没有见过他们两口子，玉芳和国祥还都是记忆中青春的模样。

我问玉芳，怎么一个人，国祥没跟着一起来？她站在那里，皱着眉头，撇着嘴，对我开始滔滔不绝：“伺候他妈去了，一周得去四天，成主力啦！”

这话里藏着对国祥母亲强烈的不满。他们两口子的事情，在我们队的知青里传得很多，我多少知道一些。主要的不满，来自他们两口子从北大荒回到北京，住在国祥家一间只有 9 平方米的小屋里。小屋是顺着正房的山墙搭出来的偏厦。那时候，国祥的母亲住着有小 20 平方米的正房。当然，如果仅仅是房子，不会让他们两口子和老人的关系闹僵。闹僵的主要原因是玉芳的儿子出生之后，上班远，很希望国祥的母亲能够搭把手帮助照看，可是，母亲只管国祥姐姐的孩子，那孩子都 4 岁了，完全可以上幼儿园了呀。

这口怨气，一直发泄到现在，从玉芳的嘴里热浪一样喷吐在我的脸上。

我理解她，她不仅是怨恨国祥的母亲，更是怨恨国祥。因为那时候国祥还一个劲儿地劝她，偏向这么一个不懂情理的老太太。

一直到这样一件事情发生，国祥彻底和母亲闹掰了。儿子八个多月的时候，玉芳下班还没到家，国祥一个人忙乎做饭，让儿子一个人坐在屋檐下玩一会儿，怎么那么巧，一只猫从屋檐上往另一个屋檐上跳，没跳好，掉了下来，正砸在儿子的脑袋上。儿子当场晕了过去，送到医院抢救，颅内出血。儿子的一条小命是抢救过来了，可国祥和母亲的关系闹僵。母亲如果搭把手，儿子能遭此难吗？没过两年，赶上拆迁，搬家之后，国祥和玉芳再没有和母亲有过来往。

“都说隔辈人亲，到底那是你的亲孙子呀，世上没见过有这样的老太太。”玉芳到现在还在砸姜磨蒜地数落老太太。可是，国祥却一个星期去四天伺候老太太。“都说做父母的一辈子给儿女做马牛，我们可好，一辈子给他妈做马牛……”

我听明白了，前两年，老太太中风瘫在床上，得需要人照顾。请保姆得花钱，也不放心。国祥上面有三个姐姐，都说自己的困难，谁也不抻头，是国祥担起了伺候母亲的重担，一周去四天，剩下三天，三个姐姐各一天。国祥这话说出来，三个姐姐都说不出话来了。

“可是，你知道我们家国祥有高血压，每次回来累得不行，得在床上躺上一整天，才能缓过劲儿来，第二天，又得去伺候老太太了！这日子哪天算一站呀？你说我能不埋怨老太太吗？当初我们刚回北京时那么困难，你但凡帮我们一把，我们现在伺候你也是应当应分的。一想起过去，我就来气，国祥就劝我。”

我问她：“国祥怎么劝你？”

“怎么劝？他就是一句话：‘她是我妈，我是他儿子，你说我不管谁管？’”

国祥的这句话，直愣愣的，掉地上砸个坑。可这话里包含着母子之间的伦理，和做儿子的孝道与良知。

“行啦，和你磨叨磨叨心里痛快些，我得回去给国祥做饭去了。”

玉芳走了，天坛里依旧人山人海，不知有多少个玉芳和国祥。

2015 年 8 月 10 日于北京

夜寒雪后独灯红

人老之后，独自一人的时候居多。特别是孩子不在身边，即使是星期天和节假日里，也不会有人敲响房门，当然，更不会有小孩子们的嬉笑声。我不玩微信，没有博客，和外界的联系，便越发少得可怜。我又不喜欢聚会，不热衷旅游，更是自我切断了与大千世界的瓜葛。除了到自由市场或超市买买菜、水果和日常用品，到邮局发发信件和取取稿费，通常，我只是倚在床上打电脑写点儿自以为是的文章，或坐在桌前画点儿自得其乐的画。我写过一首打油诗，所谓“写些碎文字，挣点零花钱”而已。有时，连楼都懒得下。商场，更是好多年都未曾谋面了。

其实，人老了之后，状态都不过如此，特别是如我这样独生子女一代的父母，命定更是如此。有的人可能还不如我，因为我多少可以写些碎文章，聊以解闷，打发时间。好多和我年纪相差无几的同学，无所事事，每天只好跑到立交桥底下去跳广场舞，或者到天坛扯开嗓子去唱大合唱。我知道，大家彼此彼此，都是年龄大了，又不甘寂寞。以前，同学之间还能够聚聚，那时，各家住得不远，来往方便。如今，拆迁闹得，搬家越来越远，更重要的，心气和腿力大不如以前了。以前，我出了一部新书，还愿意送给大家看看。如今，不送了，因为大家的心气和眼睛一起也都不如以前了，连原来最爱看的报纸都不看了，看也只是看看微信上的朋友圈，谁还看书呀！老来每恨无同学，梦里犹曾得异书。看书，似乎也真的只能是在梦里看看了。

我不敢说人老了就必定孤独，孤独是一个高贵的词，高贵的人说是享受孤独。配得上享受这个孤独的人不多，我不是，好多朋友也不是这样的人。但这种状态却是一种常态，是人进入老年之后必须面对的。因为老朋友一个个不是走了就是老了，自顾不暇，心有余而力不足；孩子有了自己的家，有了自己的孩子，整天忙得脚后跟直打后脑勺，常回家看看，只是歌里这么唱；更何况，我的孩子在国外，远水更难解近渴。

因此，尽管身居北京，但大都市的繁华，都被关在房门之外，似乎离我很远。繁华和热闹，本来就应该是属于年轻人的，就像蜜蜂就应该是成群结队飞舞在姹紫嫣红的花丛之中，而风筝只会飘荡在安静的空中。能够给予蜜蜂蜜的，只有花丛；能够安慰风筝的，只有微风。

前一阵子，孩子从美国回家，他有一个月的假期。他已经是两年多没有回家了。但是，对于家的概念，已经和他小时候大有不同。这一个月的时间里，他的重心已经不是家和家里年老的父母，而是两年未见却那样日新月异的北京，和变化更非寻常的大学和中学里的同学，尽管这些同学平时很少甚至根本没有联系，这时候却亲密非常，胶粘一起一般，几乎天天都有饭局，天天像是陀螺一样在不停地旋转，似乎没有停下来的时候，而和我们围坐在一起吃饭的工夫，越发稀少。

开始，我有些埋怨孩子。后来，我不埋怨了。我想起自己年轻的时候，不是和他一样吗？那时候，在北大荒，好不容易有了一次探亲假，回到北京。一个月或者半个月的时间里，不是一样屁股上长了草一样，天天不着家，不是和同学聚会，就是外出去玩，要不就是去饭馆打牙祭解馋？不是一样天天回到家里，父母守着一盏灯，等着给你开大院里的大门？

那时候，我家住在一个很深的大院里，大院的大门有一个粗粗木头的门闩，晚上一过十一点，门闩就会横插在两扇大门之间，即使喊破了天，也不会有人听见，来为你开门。那时候，不是让父母一夜夜守候在大门的后面，等候着你迟归，让大门为你而开？在我推开那扇沉重的大门，看到站在门后暗影里的父亲或母亲的时候，会是一种什么样的心情？会为自己的一次又一次迟归而歉疚吗？会下一次回来得早些吗？那时候，根本没有把它当回事，片刻的感动之后，便忘记了大门后面的粗木门闩和苍老的父母。

家，那时候，不是一样只是如住客的店一样，只是每晚睡觉的地方？生命的轮回之中，命运也在轮回，孩子不过是重走上一代的老路而已。都是脚上的泡，自己踩出来的。忘记或不懂得安慰风筝的只有风，是必然的。

孩子回美国之后，我写了一首小诗，其中一联：花暖雨前唯草绿，夜寒雪后独灯红。我想起四十多年前——前一句是说我在北大荒，那时候，我正在恋爱，更是只顾自己的花暖草绿；后一句是说那年的冬天，我回到北京，天天归家很晚，都是父母为我守着那盏灯，独自面对孤灯冷壁，守着大院的大门，独自面对漆黑的大门和那个粗粗油亮的木头门闩，还有那些个寒夜。

那时候，我和孩子现在一样，以为父母可以长生不老。

2015 年 9 月 10 日于北京

第二辑 青木瓜之味

享受和感受

对于人生，享受不等同于感受。

品尝人头马、身着皮尔·卡丹、足蹬莱尔斯丹、肩挎路易威登……只能叫作享受。仅仅靠一张嘴巴和一副下水、一身皮囊就够了。很简单。

能够感受到“草色遥看近却无”的春天的色彩，能够感受到“天若有情天亦老”的宇宙的情感，能够感受到漠漠夜空中星星的细语，能够感受到遥远地平线的蠕动，能够感受到我们平常忽略的、淡漠的、遗失的、阔别久远的、隔膜已深的另一番景致，另一番心境。那或许是久违的一份浪漫、一份诗意、一种刺激、一样怀念、一重思悟。不那么容易。

感受，靠的是我们的心。

只有心的作用，我们才能在枯水的季节，感受到春潮涨涌中飘来的红帆船；才能在寒冷的冬天，感受到春天不会遥远。

看到齐白石的虾，就想到宴席桌上的烹炸大虾；

看到凡·高的向日葵，就想到口中的傻子瓜子……

享受，带有明显的欲望；享受，会让我们变得肥胖甚至变得愚蠢。在享受的浴缸或酒杯里浸泡得过久，会磨损感受鲜活的灵性，会锈噬感受敏感的触角。在享受的席梦思或碧草地上躺卧得太久，我们的皮肤会结起厚厚的老茧，我们的眼睛会蒙上一层云翳，我们会在好多时候自以为是地看花了眼、看走了眼——

把澡堂子里的搓脚石，当成盆景里的上水石；

把蜘蛛织的尘网，当成能够捕鱼的渔网；

把天边的一天云锦，当成可以剪裁的衣料。

感受到咀嚼杂草苦艾之后，挤出的才是甘甜浓郁的奶汁；

感受到吞进枯枝败叶之后，造出的才是能画出美丽图案的洁白纸张；

感受到遭受雷雨袭击之后，呈现的才是明丽湿润的彩虹。

如果忽略了前者，而只知道吮吸奶汁、挥洒白纸、欣赏彩虹，那只是享受。

感受，是要付出代价的。这代价，可能是痛苦，可能是岁月，可能是经历，可能是心血的流淌。

感受，可以包括享受；享受，却不包括感受。

享受，属于感观的；感受，属于心灵的。

享受，只需要生理功能；感受，更需要想象力和创造力。

享受，是现实主义的；

感受，是浪漫主义的。

1995 年春于北京

第三种友谊

亚里士多德曾经将友谊分为三种：一种是出自利益或用处考虑的友谊；一种是出自快乐的友谊；一种是最完美的友谊，即有相似美德的好人之间的友谊。同时，亚里士多德特别强调：友谊是一种美德，或伴随美德；友谊是生活中最必要的东西。

我们这一代人，在那个时代所建立起的友谊，当然会随着时间的变迁，在不断地发生着变化，会逐渐堕落成亚里士多德说的前两种势利的友谊，亵渎着我们自己曾经付出的青春。但我可以说，我们这一代中的大多数人，或者说我们这一代人中的优秀者，在艰辛的历史中建立起来的友谊，则是亚里士多德所说的第三种友谊。因为我相信，虽然经历了波折、阵痛、跌宕，乃至金钱和物欲的诱惑之后，这一代依然重视精神和道德的力量。这就是这一代友谊的持久和力量的根本原因所在。

可以说，没有比这一代人更重视友谊的。

我这样说也许有些绝对，因为每一个时代的人，都会拥有值得他们自己骄傲的友谊。但我毕竟属于这一代人，我确实对我们这一代的友谊这样偏执而真切地感受着，并感动着了。我的周围有许多这样在艰苦的插队日子里建立起的友谊，一直绵绵长长保存至今，温暖着我的生活和心灵，让我格外珍惜。就像艾青诗中所写的那样："我们这个时代的友情，多么可贵又多么艰辛，像火灾后留下的照片，像地震后拣起的瓷碗，像沉船露出海面的桅杆……"

因此，即使平常的日子再忙，逢年过节，我们这些朋友都要聚一聚。我们这里许多朋友，虽然并不常见常联系，甚至连如现代年轻人煲粥一样方便的打个电话或寄一张时髦的贺卡都不经常，而只是靠逢年过节这样仅仅少数几次的见面来维持友谊，但那友谊是极其牢靠的。这是我们这一代友谊特殊的地方。这在可以轻易地找到一个朋友、也可以轻易地抛弃一个朋友的当今社会，就越发显得特殊而难能可贵。

这种友谊讲究的不是实用，而是耐用；它有着时间做的铺垫，便厚重得犹如年轮积累的大树而枝叶参天。如果说那个特殊的时代曾经让我们失去了一些什么，但也让我们得到了一些什么，那么，我们得到的最可宝贵的东西之一就是友谊。友谊和爱情，从来都是在苦难土壤中开放的两朵美丽的花。只是和爱情不同，爱情需要天天一起的耳鬓厮磨，甚至性的交融，拒绝距离；友谊只需哪怕再遥远的心的呼唤就可以了，并不害怕距离的阻隔。所以，这样的友谊之花，便由于距离的考验，也由于距离的滋养，开放得坚固而长久。

有一年春节，我们聚会的时候，得知一个当年在一起插队的朋友患了癌症，大家立刻倾囊相助，许多朋友是下岗的呀，但他们都毫不犹豫地拿出带着的所有的钱，那钱上带有他们的体温、血汗、辛酸和心意。看着这情景，我有一种说不出的感动。我知道这就是友谊的力量，是我们这一代人独特的友谊。

我想起 1973 年的春节，由于我是赶在春节前夕回北大荒去的，家中只剩下孤苦伶仃的父母。在春节这一天，我的三个留京的朋友买了面、白菜和肉馅，跑到我家陪伴两位老人包了一顿饺子过的春节，帮助我弥补闪失而尽一份情意。这大概是我的父母吃的唯一一次滋味最特殊的大年饺子了。就在吃完这顿饺子以后不久，我的父亲一个跟头倒在天安门广场前的花园里，脑溢血去世了。如果他没有吃过这顿饺子，无论是父亲还是我，都该是多么的遗憾而永远无法补偿。那顿饺子的滋味，常让我想象着，除了内疚，我知道这里面还有的就是友谊的滋味，是我们这一代永远无法忘怀的友谊的滋味。

我还想起有一个冬天的夜晚，开始只是我们少数几个人聚会，商量给我们一个朋友的孩子尽一点心意。因为他的孩子在北大荒落生的时候，条件太艰苦简陋，落下了小儿麻痹，瘫痪至今。如今孩子快二十岁了，我们想为孩子凑钱买一台电脑，让他学会一门本事将来好立足。这样越发冷漠的世界，让这个朋友知道在这个世界上他不是孤独无助的，他的身边永远有我们这些人给予他的友谊。谁想，一下子来了那么多曾经在一起插队的朋友，当中还有下岗的人，纷纷掏出准备好的钱。一位朋友还特意带来了他弟弟的一份钱和一份心意。后来，这个孩子用这台电脑设计出自己构思的贺卡，并打出来他写给我们这些叔叔阿姨的信时，我看到许多朋友的眼睛湿润了。我知道这就是友谊的营养，滋润着我们的下一代，同时也滋润着我们自己的心灵。

现在，常有人说我们这一代太爱怀旧，有说是优点，有说是缺点。我们这一代怎么能不爱怀旧呢？那个逝去的特殊时代，已经让我们失去了青春，留给我们的是这种美好的友谊，怎么能不常常念及而感怀呢？况且，它又是那样温暖着、慰藉着我们在艰辛中曾经破碎的心、在忙碌而物欲横流中已经粗糙的心。这是亚里士多德所说的那种第三种友谊，不带势利，而伴随美德；不随时世变迁，而常青常绿。

以感情而言，我以为爱情的本质是悲剧性的，真正的爱情在世界上极其稀少，甚至是不存在的，所以千万年人们在艺术中才永无止境地讴歌和幻想它；而友谊却是存在于我们身边的，是对爱情悲剧性一种醒目而嘹亮的反弹。爱情和人的激情是连在一起的；而友谊则是“一种均匀和普遍的热力”。这是蒙田说的，他说得没错，所以它持久、耐磨。从某种意义上讲，真正如亚里士多德所说的那种第三种友谊，不会如爱情星花般灿烂，只是在艰辛日子里靠均匀的热力走出来的脚下的泡，而不是与生俱来或描上去的美人痣。真正的友谊，是纯洁的白莲花。

我们已经失去了青春，哪怕我们两手空空，只剩下了这种美好的友情，就已经足以慰藉我们的一生了。我们这个时代的友情，因此才会从遥远的历史中走来，伴随我们的命运持久而到永远。

1995 年冬于北京

忽然想起了棉花

如今，在城里已经很少能见到棉花了。

这想法，是在偶然间一闪而过的。闪过之后，我有些吃惊。人真的可以不需要棉花了吗？城市真的可以离开棉花了吗？在人类发展史上，棉花的出现，曾经是何等的重要，它让人终于可以不用树叶、兽皮遮羞、取暖，而用棉花纺线织布，创造出了衣服。

如今，在城里衣服已经被服装甚至时装取代。五颜六色的服装，款式越来越新潮，面料用纯棉布的已经少得几乎看不见了。混纺品、化纤品，早开始粉墨登场。即使原来要絮棉花的棉衣，里面早用羽绒了；原来要弹棉花套的棉被，里面早用太空棉了。

棉花，在城里越来越难见到了。

忽然意识到这一点，我不知道是有些伤感，还是高兴。是因为城市发展得太快、科技发展得太快，棉花已经被更新换代而显得名落孙山？还是因为我们已经越来越远离了淳朴天真的大自然，崇尚的再不是田野里热烘烘的阳光和晶莹湿润的雨露滋养出来的东西，而是那些人造的、合成的、经过分子式重新排列组合的化学反应之后的东西了？

如今，真是谁会再穿用棉花絮得老厚老厚的笨重的棉袄、棉裤呢？

棉花，当然渐渐离我们远去了。

记得小时候，甚至年轻的时候，在城里还能见到棉花。虽然不多，但是还能见到。那时，每年每人能有半斤棉花票，可以用这棉花票买到棉花。每半斤棉花用纸包好一圈，两头露着雪白雪白的棉花，再用纸绳一系，从商店提到家，身上粘着好多棉絮，很像是从田间棉花地里走来。棉花很轻，半斤是不小的一包呢，蓬蓬松松、暄暄腾腾，提着棉花，连自己的身子也变得轻了，走起道来，像是踩着棉花一样飘乎乎的。买棉花总能给人带来轻松。大概因为棉花本来就轻松、洁白的原因吧，将人的心情也絮得绵软了。

那时候，家里的棉被、棉衣，都是妈妈用棉花絮的。她老人家坐在床里边，把雪白的棉花摊开在自己身边，把棉花摊平，一层层絮下来，不一会儿，满床都是平展展的棉花了。她便像坐在一片白云彩里面了。而她的手上、眉毛上、头发上，粘满了棉花毛儿，满屋子里飘飞着棉花毛儿，处处看得见、闻得到来自田野的清新气息。尤其是当棉衣和棉被被絮好了新棉花，拿到院子里晾衣绳上一晾，穿在身上或盖在身上之后，能闻得见、感觉得到阳光的味道和分量，全是由于棉花可以像吸水一样将阳光吸满每一丝棉絮里去的呀……

如今，还能找得到这种感觉和乐趣吗？我们可以穿上羽绒服、盖上太空被，可以很保暖、很美观，但没有了棉花能给予我们的那种感觉了。

那时候，过年开联欢会时，我常和小伙伴们用棉花粘在嘴上和眼眶上面，当作白胡子、白眉毛，装扮成新年老人登台演节目。棉花，总能意想不到地帮助我们这些调皮的小孩子，便宜得不用花一分钱就成全我们好多好事。棉花，是我们童年要好的伙伴，温暖地伴我们长大……

如今的小孩子们，可以花一元钱，买上一大团棉花糖。雪白、雪白的，像是棉花，毕竟不是真正的棉花。

1996 年 4 月 3 日于北京

树的敬畏

古罗马的哲学家奥古斯丁，羞愧于情欲的厮缠而想跪拜在神的面前忏悔，他没有去到教堂的十字架前，而是跪倒在一棵无花果树下。

古罗马的诗人奥维德，在他的伟大诗篇《变形记》中所写的菲德勒和包喀斯那一对老夫妇，希望自己死后不要变成别的什么，只要变成守护神殿的两棵树，一棵橡树，一棵椴树。

在那遥远的时代里，树是那样的让人敬畏。

我国古代也不乏对树的敬畏之心和敬畏之举。北京孔庙中有传说将奸臣严嵩的官帽刮掉的触奸柏；陕西黄帝陵前拥有千年生命的黄帝手植柏；药王孙思邈庙四周，相传是家中的女人为上山修庙的男人节省粮食而自己吞吃柏树籽，死后都变成那森森的古柏，无一不充满着对树的敬重。明朝要在北京建都时到四川伐下一棵参天大树，奉之如神加以供奉。在修建北京的时候，皇帝便把堆放神树的地方，称为神木厂（如今的花市大街），一样充满着敬畏之心。

如今，我们还有这样对树的敬畏之心吗？

也不能说真的一点儿也没有了。没听说不少的城市里把远离百里千里之外的古树移栽到城里的事情吗？从而不少人从事着这样找树移树的中间商的工作。我们以为把古树请到城里来，就是一种对树的敬畏，好像它们再也不用在荒郊野外去餐风饮露了，可以过上饭来张口衣来伸手的日子了。但是，纵使我们天天为它们浇水施肥，再加以护栏保护，它们很多很快还是死掉了。在我曾经去过的一个城市，他们把附近山林里生长的一种在恐龙时代就有的古老树种——桫椤树（我国二级保护植物），连根带土移栽在城里，精心伺候，结果是一样的，珍贵而美丽的桫椤树还是死掉了。

以为请来古树就会增加城市的文化与历史的厚重，以便招商引资或拓展旅游，本是一厢情愿的事情，是为了自己打算而不是为了树的利益。而那些疯狂去找树移树的人，不过像是以前为皇帝找妃子的一样，为了钱而不顾树的生命。

契诃夫在他的剧本《万尼亚舅舅》里，借工程师阿斯特罗夫的口，一再表达他自己的这种思想，即森林能够教会人们领悟美好的事物；森林是我们人类的美学老师。

契诃夫的后辈，巴乌斯托夫斯基在他的小说《森林的故事》里，将契诃夫这一思想阐释得更为淋漓尽致，他说："我们可以看到森林中淋漓尽致地表现了庄严的美丽和自然界的雄伟，那美丽和雄伟还带有几分神秘色彩。这给森林添上特别的魅力，在我们的森林深处产生着诗的真正的珠宝。"他借用普希金诗说森林是"我们严峻日子里的女友"。

也许，只有森林覆盖率达到百分之三十以上的国家里的人们，才会和森林有着那样密切彻骨的关系，才会对森林产生那样发自心底的向往和崇敬。森林很少而且越来越少的我们，离美也就越来越远。对于森林，我们更看重的是它的实用价值，最好它被伐下木头直接变成了我们的房子和家具，乃至筷子和火柴。"我们严峻日子里的女友"，也就变成了灯红酒绿时分风情万种的女人。

在商业时代，树只是一种商品而不再是一种自然之神。我们再也不会将树称为神木，更不会跪倒在一棵树下，或希望自己死后变成一棵树。

1999年春于北京

楼前的黄昏

楼前最热闹是在黄昏的时候。楼前有块空地，连到了马路前树荫掩映的便道，挺宽敞的，安静了一天，一直都是空荡荡的，像是散了场的舞台。黄昏一到，日头西斜，小风一吹，凉快了许多，好像舞台又拉开了幕布，人物开始纷纷出了场，楼前的这块空了快一天的空地，很快就挤得满满堂堂。

最先出场的是老头、老太太，他们自己搬来了小板凳、小马扎，抱着大茶缸子，有的还拿来了象棋和扑克牌，一边等下班的孩子或放学的孙子，一边说话聊天玩会儿棋牌，顺便也是走出憋屈了一天的楼房，出来接接地气、透透空气、舒舒胸气。

然后出来的是修自行车的男人，他是陕西的农民，二十多年前娶了插队到他们村的一个北京女知青。那时候，全村多少人羡慕他的艳福，一个土坷垃愣是找上了个城里的女娃，哪想到现在自己嘬了瘪子。前两年，女知青带着孩子返回了北京，就住在楼里的父母家中，熬不住对婆姨和孩子的思念之苦，他也脚跟着脚来到了北京。没有工作，孩子大人都正要用钱，又是寄人篱下，城里的花销又大，一个大老爷们儿的，怎么也得干点什么，不能总看别人的白眼。他在马路旁的便道上摆起了这个修车摊，每天黄昏时守株待兔般等候着下班路上坏了车、要补胎或要打气的人们，挣个零花钱。每天都是修到天色将晚。孩子已经上了中学，个头儿比他都高了，每天骑车路过这里车也不下一下，叫也不叫一声，好像根本不认识他一样，倒是妻子做好了饭跑出来，叫他好几遍回家吃饭，才恋恋不舍地收摊，这时候来修车、打气的人多。这些年下来，“乡音未改鬓毛衰”，修车的手艺倒是大大地提高，回头客很多，叫不上他的名字，都管他叫老陕或老哥。活儿不多或心情好时，他会随口溜出好多酸曲来，都是陕北的信天游里唱的那种男欢女爱的歌。他的嗓子不错，听的人们隐隐能想到当年他是小伙子时的情景，只是如今好汉难提当年勇了。

紧接着前后脚地来的卖馒头、卖牛奶和卖菜的三位，都是女人，中年、下岗，孩子还小，老人还在，一根扁担挑两头，拖累不少。卖馒头的和卖牛奶的分别坐在楼前的空地两头，卖菜的坐在马路的边上，拉开了距离，三人互不干扰，形成了每日不变的“铁三角”。原来都说“兔子不吃窝边草”，现在街里街坊的，谁都知道她们不容易，看着她们在烈日下一脸汗珠子的辛苦样儿，就是本来不想买或家里还有东西吃的，也忍不住掏钱买点牛奶、馒头或青菜回家，要找的零头钱也不要了。都在一个楼里住着，甭管分量还是质量，倒是买着的放心，卖着的明摆着是挣辛苦钱，每天不管是牛奶、馒头还是青菜，只有不够的时候，没有卖不出去的时候。她们当然知道是大家捧场，是灰就比土热，远亲不如近邻，街坊毕竟是街坊。老街坊们在她们之间三条路线交叉地走，织成笑滋滋的网，提满了一网兜这些东西和落日晚霞回家。

卖羊肉串的架着火，收废品的推着平板车也出来了，都是年轻的外地人，岁数不大，操着南音软语，前者是女的，后者是男的，都是赚下班、放学归家人的钱。尤其是早饿了肚子咕咕叫的孩子们，天天在她那儿少不了买羊肉串，饿狼扒心似的一串接一串地啃；下班带回大件或沉甸甸物品的大人们，少不了会请小伙子帮忙把东西扛到楼上，顺便把家里的废报纸、杂志、酒瓶子、易拉罐带下楼，这便成了“挂角一将”顺手的活，既联络了感情，又收了废品，一举两得，有的人家看他辛苦，人缘不错，给他的那些废物索性不要钱，乐得他每天盼着有人回家多扛回点儿大件才好。熟门熟脸，他们两人不到别处去，认准了似的，一嘴叼住了不撒手，好几年都是坚持在这片楼前，春来春去，风来雨去，长成了每天黄昏里的两棵树。

他们两人原本并不认识，时间一长，熟了起来，又都是出门在外，“同是天涯沦落人”，冷的热的，忙着闲着，互相照应着点儿，赶上突然起风下雨，不是他帮助她把铁火炉子搬到楼道里，就是她帮助他用塑料布遮上装满了废品的平板车。好心而爱给人说媒的老太太和大嫂子们都看在眼里，私下里没少说这倒是一对好姻缘，只是不知道人家在南方老家里各自早都有了家，卖羊肉串的女的孩子都上小学了。

放学的孩子，叽叽喳喳像是归巢的鸟。跟着一起凑热闹的是回来的司机们，摁着喇叭，嘹亮地响着，像抽着马鞭，响着清脆的鞭哨，得意地告诉人们他们回来了。坐小板凳和马扎上的老头、老太太，闻声而动，立刻开始站起来，有的骂着，有的笑着，有的嚷嚷着，忙不迭地给他们腾地方停车。不用说，笑着和嚷嚷着的老人大多是这些开进来的汽车的车主家里的人，见到了汽车就像见到了分别了整整一个白天的宠物一样亲切，一下子，白天显得再宽敞的空地也不够用了，眼瞅着这两年车渐渐增多，挤得楼前的空地成了沙丁鱼罐头。不少是私家车，开车的大多是年轻男人和中年女人，刚刚拿下车本，大多是“二把刀”，往前开行，自我感觉良好，往后倒车，就麻了爪儿，再要在这窄巴巴的地方找车位停车，更是手脚都不够用，立刻忙乱成了一锅粥。老头、老太太每天黄昏都看这一出戏，久病成医，个个都是老师傅了，挥舞着枯枝般的手臂，一边吆喝着往左往右打把拐轮，一边指挥她们倒车，成了黄昏时楼前最为温馨的一景。

有时楼前的山墙上会贴出一些告示，或收有线电视费或房子要出租或防火防盗或卫生大检查。人们一边看着一边骂着，借着告示离题万里地发泄着。这时的告示只是药引子，这时的人们上知天文，下知地理，从马列主义能一直扯到鸡毛蒜皮，从贪官污吏能一直扯到大气污染……生动绝对胜过电视剧，深刻绝对胜过楼里住着的知识分子。

有时楼前会走出抱着波斯猫的时髦男女，有时会有一条卷毛的小狗噌噌地蹿出来，泥鳅钻沙似的从人们的腿间或车缝中钻来钻去，人们一般都侧目而视然后躲着它们，知道它们金贵，踩着了，可不是闹着玩儿的。

有时会有工商检查人员来抄楼前这些摆摊卖东西的，因为他们都没有营业执照。这时，就像刮起了台风一般，卖奶的、卖馒头的、摆修车摊的，包括卖羊肉串的、收废品的，一眨眼的工夫都被风刮得无影无踪。来不及跑的卖菜的女人，是因为带的青菜太多，一下子扛不动死沉死沉的菜筐。都是下岗的女工，倒腾这些菜不容易，都是一颗汗珠子摔八瓣的血汗钱，老人们心眼儿软，下棋的老头便将棋盘放在菜筐上面，检查人员走过来看看老头看看卖菜的，看看筐上面又看看筐下面，老人们却神态自若地坐在筐前当当地拍着棋子接着下起棋来。

楼前的黄昏，在这时候悄悄地从棋盘上消失。

1999 年秋日于北京

苹果寓言

苹果是一种古老的水果。我不知道我们中国从什么时候开始有的苹果，在我们古代诗歌里，对于果木的赞美的诗有很多，但专门吟咏苹果的，我还没有见过，也许是我的见识浅陋。我只知道，苹果在欧洲起码有几千年的漫长历史了，苹果是传说中伊甸园里命运之树的果实，亚当和夏娃偷吃的禁果，就是苹果。古罗马的博物学家普林尼说早在古罗马时代意大利人就培养出了23种不同品种的苹果，跟随着罗马帝国的西进在整个欧洲传播开来，据说现在在圣诞节英国女士专门爱吃的一种扁平细小的苹果，就是那23个品种中保存下来的一种。

对于苹果的赞美，从古至今在绘画和文学作品中都可以找到许多。从丢勒和克拉纳赫的油画，到欧里庇德斯、莎士比亚，一直到泰戈尔和里尔克以及普里什文，都有描写苹果的诗句。高尔斯华绥写过小说《苹果树》，普宁写过小说《冬苹果》，契诃夫的小说《新娘》也特意把新娘娜嘉要离家出走放在家乡的苹果园中，巴乌斯托夫斯基的小说《盲厨师》中，更是将莫扎特为临终前的盲厨师演奏的场景，放在了盲厨师眼前那苹果花开的4月清晨。

这样的例子可以举出许多。为什么人们赋予苹果如此的感情？我想大概因为苹果确实甜美好吃，而且普及得很，到处都能够看到。苹果树从来不假贵族，而是十分的平民化，而且，苹果树一般都长得并不高大，绝不拒人千里之外，而是伸手可摘，显得那样温柔可亲。起码不像荔枝那样高贵，“一骑红尘妃子笑，无人知是荔枝来”。

没错，苹果是大众化的水果之一，世界水果产量排名第一的是香蕉，排名第二的就是苹果。美国19世纪著名的牧师亨利·沃德·比彻尔曾经说苹果是最民主化的水果：“不管是被忽视、被虐待、被放弃，它都能够自己管自己，能够硕果累累。”

比彻尔说得极对，苹果树的生命力极顽强，耐寒力超过任何水果，大概是能够生长在纬度最高的地方的水果了吧。在俄罗斯、在捷克、在波兰，纬度都要比欧洲其他的国家高，我都看见过公路两旁的苹果树，迎着料峭的风，或开花，或结果。掉在路旁的苹果，他们从来不捡，公路旁一公里左右的苹果，他们不吃，因为有来往汽车的污染，苹果不新鲜。就让它们烂在那里，作为苹果树的肥料。他们常常在衣袋里或背包里带上几个苹果，递给你吃，那苹果很小，但很甜，而且他们从来不削皮，认为苹果皮的营养很丰富。见你犹豫着不吃，他们会自己先一口咬下小半个苹果，然后催促你：“吃吧，洗干净的。”吃苹果，他们就像抽烟一样平常，不像我们有时候非要正襟危坐，拿出水果刀一圈圈来削皮，还要切成一瓣瓣的，再翘着兰花指用牙签来签着吃，把一种本来很乡土很平民化的苹果搞得像进了宫廷的宫女。

在北大荒插队的时候，那里没有别的果树，只能够种苹果树，是国光品种，果子不大，有些发酸，但很脆。苹果下树没多久，冬天就来了。北大荒的冬天来得早去得晚，“大烟泡儿”一刮，冷得很。因此，苹果很难过冬，当地老乡曾经把苹果储存在菜窖里，土豆都冻成了冰坨，苹果更是早就冻黑冻烂了。我们刚去的第一年，心里充满着好奇和好胜，秋天到来的时候，苹果树挂果了，菜地里的卷心菜也开始抱心了，我们想出这样一个高招儿，把苹果放在卷心菜的菜心里，等卷心菜的叶子一层层地长出来，把苹果就紧紧地包在菜心里了。收卷心菜时，我们把包着苹果的卷心菜放进菜窖里，到新年和春节的时候，打开卷心菜，一个个红红的苹果滚了出来，居然一点没有冻，咬一口，还是那么脆生生的。如果说在北大荒我们有什么发明创造的话，这应该算一项吧。当然，也是苹果自己的生命力旺盛，用北大荒的话说是“抗造”。可以说，它们是在北大荒的冬天和我们唯一相依为命的水果了，在新年和春节的时候，它们给我们欢乐，并让我们想起了遥远的家。

据统计，世界每年苹果的产量有几千万吨，美国产量最高，占了世界将近四分之一。美国人对苹果情有独钟，在他们国土刚刚被开发的时候，是苹果帮助他们将荒原改造成了家园。美国有名的民间英雄“苹果佬约翰尼”，就是用了 40 年的生命时光将苹果树的种子撒在俄亥俄州的荒野上的。

美国向世界出口最多的苹果，是我们现在相当熟悉的蛇果。据说，这是当年在依阿华培养出的新品种，于 1893 年参加了在密苏里路易安纳举办的一次比赛，获得了头奖而被命名为蛇果，蛇果英文意思是“美味”，因为那时的蛇果“甜得没有了方向”。至今在依阿华农场的苹果树林中，还能够找到当年第一次结出如此“甜得没有了方向”的那棵老苹果树，在这棵老树的旁边，为它立有一块花岗岩的纪念碑。

如今，蛇果在我国已经快臭街了。记得 20 世纪 90 年代初，在珠海海关前的免税商店，第一次见到这种从美国进口来的蛇果，特意买了几个带回家，全家人却谁也不愿意吃。并没有想象中的那么甜，关键是太面，有些像我们早就淘汰了的锦红苹果。

我猜想 1893 年时的蛇果大概不会这样，一百多年过去了，再好的茶冲到现在也不会是原来的味道了。几千年以来，苹果和人类同呼吸共命运，人类改造着它的命运，也改变着它的口味，苹果树越来越像是人类驯养的狗一样，只能够唯命是从，苹果的拟人化、规模化和商业化，使得它们的爹妈越来越集中在少数的品种之中，退化是必然的。苹果树，就像一个耕地的牲口一样，被我们使得太狠了，它们原来的野性已经渐渐失去了许多，它们的创造性就越来越差。

美国生物学家迈克尔·波伦在他的《植物的欲望》一书的“苹果”一章里，特意举了这样一个事实：苏联生物学家、列宁农业科学院院长尼古拉·瓦维洛夫早在1922年就发现了哈萨克斯坦阿拉木图一带的野生苹果树林，为了研究苹果的遗传基因多样性，他要求保护这片在世界范围内少见的野生苹果树林，却成了斯大林时代对遗传学大批判的牺牲品，先是被关进监狱，后被折磨死在集中营。为了苹果，还有比他付出更惨重代价的人吗？

波伦接着说，1989年，瓦维洛夫的学生、如今80岁高龄的生物学家艾玛卡·迪杰高里夫邀请一批科学家到阿拉木图那片野生苹果树林去看，希望他们能够帮助他挽救它，“因为一个房地产开发的热潮正从阿拉木图向周边的丘陵地带扩散开来”。

我们怎么还能够吃到那种“甜得没有了方向”的苹果？我们就是这样破坏着和我们人类几千年以来相依为命的苹果，而且不仅是苹果。所以，苹果的历史就是我们自己的一部历史，苹果自身就是一则现代寓言。

2003年8月19日

钟和表

钟表，一个词，两个意思：钟是钟，表是表，绝对不是一样东西。表是戴在腕上的或揣在怀里的，肌肤之亲，形影相随，属于私人；钟是摆在外面的，哪怕只是一只床头的小闹钟或是一座墙上的挂钟，和人也有距离。如果钟悬挂在大街的钟楼之上，其公共性明显地区别于私人性的表。你可以把表当成自己的宠物，养在自己的手边，任你自己尽情地摩挲，但要想看真正意义上的大钟，你只能到外面去了。

一般而言，表是一夫一妻的配置（很少见一人戴两块手表的），钟则是大众情人，你什么时候走到大街上，她们都如同打开电视就能够蹦出来的主持人一样，老远就媚眼十足地候着你呢。当然，钟的性别并不见得一定非女性莫属，如果把手表比作小家碧玉，那种屹立在大街上钟楼上的大钟，则是巍峨凛然的男人大将军。钟和表的搭配，是阴阳匹配，对位在时间之河的此岸与彼岸，既可以在家享“开轩面场圃，把酒话桑麻”之乐，又可以出外观“白日依山尽，黄河入海流”之景。

不管你相信不相信我这样的说法，我是确信不疑的。先不说表，单只说钟，最初的感觉源于到故宫的钟表馆，小时候看里面陈列着各国进贡清廷的各式钟表，突然之间，乱钟齐鸣，那金属质感一般脆生生的响声回荡在钟表馆里的时候，真是吓了我一跳。事过多年，看电视连续剧《走向共和》，被慈禧废掉的光绪皇帝，幽闭在宫廷中摆弄着这些钟，让这些钟一起发出响声，那种声音光怪陆离，仿佛从冥冥中的另一个世界飘来，让人不寒而栗。小时候，我家住在前门附近，从故宫出来，我第一次有意识地抬头看一眼前门火车站钟楼上的钟和东交民巷银行大楼上的钟，钟高高在上的感觉，尤其是回荡在空气中的响亮的钟声，随尘埃一起飘散落定，有一种洞悉世事与俯视苍生的威严。

这种感觉，一直到20年前我第一次出国，蓦然重新兜上心头。在莫斯科的红场上，我见到了梦中久违的克里姆林宫钟楼上的大钟。已经是晚上八点，夕阳还辉煌在红场上空，多明戈的男高音一样的钟声在阳光中激情四溢地荡漾。想起“文革”中自己曾经写下过“要把克里姆林宫的红星点亮，要把克里姆林宫的钟声重新敲响”的诗句，如今真的听见了克里姆林宫的钟声，并没有经过我们的重新敲打，就在旁若无人地回荡，心里对它的感觉忽然有一种畏惧，那是对时间的畏惧，逝者如斯，克里姆林宫的大钟还在，而一代人的青春已经不再。

和钟邂逅，最神奇的一次在捷克的首都布拉格。天下着淅淅沥沥的秋雨，而且午饭的时间已到，主人坚持一定要去看看老城广场的一座老钟。那是市政大厅的塔楼上中古时代的一座天文老钟，钟楼非常别致，由上下两个大钟组成，上面的钟代表着年月日，下面的钟上由十二个月不同的画面围成一圈，两侧各有一扇蓝色的窗户，每当正点到来的时候，钟的顶端会出现一个骷髅敲钟，两扇蓝色的窗户里次第走出十二个信徒，他们是太太鬼、流浪艺人、读书人、花花公子……代表着社会的各个阶层，手里举着各自的象征物品十字架、书、剑……代表着不同身份的人，在纷纷向人们鞠躬致敬。他们走完一圈，骷髅敲完钟退去之后，会跳出一只公鸡仰着脖子来打鸣。据说，骷髅的出现是要告诉人们死亡对任何人是一律平等的；公鸡打鸣象征着希望，提醒人们谁也不要放弃希望。

被主人疾步匆匆地拉着赶到这座钟楼下面，是中午十二点刚刚要到之前，为的就是看这座天文钟的表演。雨越下越大，这里仍然是人山人海。据说，当时将这座奇特的古钟造好之后，市政府派人将造钟的钟表匠的眼睛扎瞎，为的是让这座古钟绝无仅有。钟表匠气愤之极，便将钟的装置破坏，使得好长时间钟无法走时。几个世纪过去了，钟依然生机盎然摆动在我们的面前，骷髅照样敲钟、公鸡照样打鸣、十二个信徒照样次第而出向人们致敬。老钟的诞生和存在，是人类精神文明的产物，是谁也破坏不掉、垄断不了的。面对战争，或者强权，钟都是这样有着长久的生命力。到了该敲钟的时候，布拉格老城广场的古钟一样跳出骷髅、公鸡来敲钟、打鸣，稍稍提醒我们一下关于死亡和希望这样永恒的话题。

如果说表是属于我们私人的珍藏，吻合着我们的心跳脉搏，悄悄地嘀嗒着我们的生命谱线；那么，钟，无论和你邂逅的钟是新是老，它们则是属于我们生存的背景空间，既敲响出现在进行时态，也回荡在历史的苍茫回忆之中。手表也许是你的红颜知己，相伴你的终生；钟可能是你的智慧老人，指点你的迷津，春潮带雨晚来急，野渡无人“钟自鸣”。

没错，月到波心、风生袖底的手表，是一首珠圆玉润的柔板小令；霜鬓如雪、青铜器一样的老钟，却是一段沧桑纵横的伊索寓言。腕上风云，可以花香灯影，柳暗烟笼；空中钟声，却可以是日照江山，星垂平野。更何况，再名贵的手表，可以是属于你自己；再破旧的老钟，纵使你花钱买下，也不仅仅属于你自己。手表是一株芳香迷人的君子兰或薰衣草，老钟却是一棵参天的大树，哪怕是一棵枝叶凋零的树。树，属于天空；钟，属于世界。表，属于时间；钟，属于岁月。是的，它们的区别就是这样，就像一个明喻一个暗喻一样，就像一个散文一个诗一样。

2003 年 10 月于北京

甜的尴尬

甜的味道，我们常常爱说的是：糖一样的甜，蜜一样的甜。在以往的年代里，甜的味道曾经对于我们是多么的诱人。哪怕仅仅是一块普通的硬块水果糖，也只有是在过年的时候才能够品尝得到的稀罕物。

是的，那是在物质贫匮的时代，糖的甜味，自然成了一种梦想、一种象征。到了我读中学的20世纪60年代，在国家困难的岁月里，人的肚子都填不饱，糖更只是一种奢侈，便也越发显得格外的珍贵。那时候，每户每月只有半斤的糖票，可怜巴巴那一点点糖，掠过舌尖的感觉才让人越发的难忘。缺少什么才会想什么，缺糖而对糖的渴望，才会如思念一样与日俱增。那时，不仅我家，家家都买些现在早已经被淘汰的糖精，搅拌在水里喝，或掺在包子馅里吃，聊以弥补糖的缺失，让这种替代的赝品登堂入室，成为上演在那个年代里的糖的B角。当然，糖的B角，还可以是刚刚成熟的青玉米秆，那里面的一丝丝甜味，权且可以填充一丝肚子里对糖分的严重亏空。

即使已经到了20世纪70年代，我们从北京探亲回到插队的北大荒带回的水果糖，或者结婚的人家分发的牛奶糖，仍然是难买到的，仍然是珍贵的东西。那时候，到王府井的百货大楼买水果糖的顾客要排长队，糖果专柜利索得如机器一般一抓准的张秉贵师傅，成为全国人民熟悉的人物，便不觉得奇怪了。而在那时，我将吃过和没吃过的牛奶糖纸，花花绿绿地积攒了满满的一大本，也可以说是只有那个年代才会有的爱好。说是爱好，其实是对糖和融化在糖里面那个年代的味道的一种向往和纪念。

如今，谁还会在乎糖呢？不仅不会再有对糖的那种渴望，而且对糖有些唯恐避之而不及，甚至对糖有了恐惧之感，以为糖是高血糖、高血脂、高血压“三高”乃至肥胖的罪魁祸首之一。于是，少吃糖成了一种趋势和时尚，不带糖的点心、酸奶和饮料等产品应运而生，曾经被我们视为那么难得珍贵的糖退避三舍，甜的味道，已经像是过了气的明星似的不值钱，不招人待见。现在讲究的口味是清淡，甜成了腻的代名词，清淡对比甜的味道，仿佛妙龄少女对比着人老珠黄。真是三十年河东，三十年河西，糖和甜，竟然如此迅速地沦落，一落千丈。

想到这些，有时让我有些莫衷一是，不知是在历史的发展中糖和甜真的走到了尽头，才出现如此的尴尬，还是我们对糖和甜有些背信弃义。别人家不说，单说我家，去年秋天我去苏州，买回两袋苏州的特产松子糖，一年过去了，一袋打开，只吃了几块，另一袋索性根本没有开封。糖和甜，就是这样地被我们自己蒙上了一层阴影，看着它们，自己不由得先叹一口气。

一直到前些日子我到了土耳其，糖和甜，才又让我的眼睛一亮，仿佛他乡遇故知像碰见了以前的老朋友一样，让日子和许多的情景温暖地回到了从前。

我不知道在世界上还有没有像土耳其这样热衷糖和甜的地方了，反正在我们这里已经没有了。那一天，土耳其的朋友带我们到伊斯坦布尔的古城一个叫作 Karakoy Gulluoglu 的地方，别看藏在窄小的胡同里，却是土耳其一家有着悠久历史的老店，楼上专门制作、楼下专门卖各种甜点，天热的时候，带凉伞的圆桌摆在门外的街上。早知道土耳其的甜点是非常有名的，没有想到的是不仅花样品种多得让我眼花缭乱，更主要的是那种甜，是我已经多年没有尝到的，或者说是根本从来就没有尝到过的。不是一般的甜，也不是齁嗓子的甜，而是深至心底乃至骨髓的甜。如果说我在北京或国内其他地方尝到的甜是一的话，那里的甜则是一百。如果说我们这里的甜只是一朵花的话，它那里的甜已经是一棵巨无霸似的大树。如此的甜，尝了几口之后，真是让我有些望而却步，同伴之中竟然有人吃了那里的甜点之后太不适应，以致被这般甜闹得鬼魂附体似的呕吐不止。

而土耳其人则不然，人家吃得格外来情绪，觉得是最好的享受，还热情地非要带我们上楼去参观他们甜点的制作过程。莫非他们不在乎“三高”和减肥？还是他们的味蕾和我们有着很大的区别？或许他们的生命中天生地就缺少糖分需要不断地补充，就如同我们这里普遍缺钙或肾虚一样？我实在闹不明白他们为什么对甜是如此的一往情深和不可或缺。

在土耳其多待了一些日子，我渐渐地明白了一些其中的原因。糖的发现，在农业时代是一件大事，甜曾经是人类一大欲望。真正糖的生产，在世界上普及开来，是在 19 世纪末的事情了。许多曾经对于人类重要的事情，在许多地方都已经被人无情而自以为是地抛弃，以为那不过是时代的发展和人类的进化。土耳其人可贵而专一地保持着对糖和甜这一带有原始意味的感情，在土耳其其他地方，都可以买到各式各样的糖和甜点，而且几乎每一处的糖和甜点，都有自己的风味而形成当地的特产，这已经是和他们拥有的清真寺一样悠久、一样众多而值得骄傲的传统。我便也就多少明白了，18 世纪英国的作家乔纳森·斯威夫特为什么将甜和光明相提并论，并说这是我们人类“两件最高贵的事情”了。那是只有经历了那个时代的人才会拥有的发自肺腑的至理名言。

许多高贵的事情，许多古典的情怀，就这样渐渐地离我们远去。

2003 年 11 月 30 日于北京

青木瓜之味

大约是4年前初春的一个星期天下午，我去邮局发信。邮局离我家不远，过了马路，走两三分钟就到。就在要到邮局的时候，一个年轻的女子和我擦肩而过。忽然，她停住脚步，回头看了我一眼。那一眼的眼神很亲切，也有些意外的惊奇，仿佛认出了一个熟人而与之邂逅。那眼神闹得我以为真的碰见了什么认识的人，便也禁不住停住脚步，看了她一眼：年龄不大，也就二十出头，模样清爽，中等身材，瘦削削的。看她的装扮，初春时节还穿着一件臃肿的棉衣，就猜得出是一个外地人，大概是打工妹。我仔细地想了想，从来没有见过这么个人，她肯定是认错了人。于是，我笑笑自己的自作多情，向邮局走去。

我走了没几步，她从后面跑了过来，跑到我的面前，这让我很吃惊，不知碰见了什么人。只听见她用南方那种绵软的声音仔细而小心翼翼地问我："你是不是肖复兴老师？"我越发地惊讶，她居然叫出了我的名字。我木讷在那里，近乎机械地点了点头。

她一下子显得很兴奋，接着说："刚才你迎面向我走来，我看着你就像。我读中学的时候就看过你写的书，你和书上的照片很像。真没有想到这么巧，今天在这里遇见了你！"

原来是一位读者，大概她这番热情的话，很能够满足我的虚荣心，尤其是听她说她喜欢我写的一些东西，特别是说她读中学的时候读我写的东西对她有帮助，一直忘不了……我就像小学生爱听表扬似的，立刻有些发晕，找不着了北，站在街头和她聊了起来，一任身边车水马龙喧嚣。

从她那话语中，我渐渐地听明白了，从小在南方农村长大，中学毕业，她没有考上大学，家里生活困难，就跟着乡亲来到了北京打工，住的地方离我家不算太远，要走半个小时左右，今天星期天休息，她是刚刚到邮局给家里寄钱，并发了一封平安家信。虽是萍水相逢，只是些家常话，却让我感到她像是在掏心窝子，一下子竟有些感动，没有想到只是写了一些平常的东西，能够让心拉近、距离缩短，心里想也应该说是如今没什么用处的文学的一点特殊功能吧。于是，我进一步犯晕，沿着斜坡继续顺溜地下滑，不知对她的热情如何回报似的，竟然指着马路对面我家住的楼对她说："我家就住在那里，你有空，欢迎你到我家做客。"说着把地址写给了她。她高兴地说："太好了，我一定去！"

回到家后，我就把这件意外相逢的事情当作喜帖子，向家里的人讲了，不想立刻遭到全家一盆冷水浇头，纷纷说我："你以为你遇到了知遇知心呢？别是个骗子吧？""可不是，现在骗子可多着呢，你可别忘了狐狸说几句赞扬的话，是为了骗乌鸦嘴里的肉。""什么？你还把咱家的地址告诉了人家？你傻不傻呀？你就等着人家上门找到你头上来骗你吧！""要真是找上门来，骗几个钱倒没什么，可别出别的事！"……

一下子，说得我发蒙。一再回忆街头和那个年轻女子的相遇和交谈，不像是个狐狸似的骗子呀，再说，她肯定是读过我写的书，要不也说不出书名，并且能够对照着书上的照片认出我来呀。但家里的人说得也没有错，谁也不会把骗子俩字写在脑门上，高明的骗子现在越来越多，防不胜防。这么一想，心里连连后悔，而且不禁有些发虚，嘲笑自己如此可笑，禁不住两碗迷魂汤一灌，就如此容易轻信上当，真是百无一用是书生。一连多天，都有些提心吊胆，怕房门真的被敲响，开门一看，是这个年轻的女子登门拜访，后果不可收拾，不堪设想。

好在一连好多天过去了，都平安无事。

时间一长，这件事情被淡忘了。偶尔提起，被家人当作笑话嘲笑我一番。我心里想，即使不是骗子，也只是街头的一次巧遇或萍水相逢，别再犯傻了，被人家两句过年话一说就信以为真。即使人家不骗你，没准还怕你骗人家呢。

将近一年过去了，春节过后，我们全家从天津孩子的姥姥家过完年回家，刚上电梯，开电梯的老太太对我说："你先等我一会儿，前两天有人来找你，你没在家，把带来的东西放在我这里了。"开电梯的老太太是个热心人，住在楼里的人要是不在家，来人送的信件、报纸或其他的东西，都放在她这里。她家就住在楼下，不一会儿，就拿来一包用废报纸包着的东西。回家打开包一看，是两个青青的木瓜。木瓜的旁边有一张小纸条，上面写着两行小字，大概意思是：你还记得吗，我就是那天在邮局前和你相遇的人，我一直想来看你，工作太忙了，一直没有时间；我过年回家带给你两个木瓜，是我家自己种的，只是一点心意；祝你写出更多更好的作品！下面没有写下她的名字，只是写着：一个你的读者。

全家都愣在那里，谁都说不出一句话来。

我永远也不会忘记这个年轻而真诚的女子，不会忘记这件事情，不会忘记这两个木瓜。总记得切开木瓜时候的样子，别看皮那样青，里面却是红红的，格外鲜艳，特别是那独有的清香味道，在房间里飘曳着，好多天没有散去。

2004年元旦试笔于北京

问 路

出门在外，谁都有过问路的经历。

那天，我在保安寺街上转悠，保安寺街有明朝古刹保安寺，有大军阀吴佩孚的大宅门。三进三出的院落且有东跨院的豪宅，当年是“庭院深深深几许”，如今落魄的凤凰不如鸡，已经沦落为拥挤不堪的大杂院。站在前院狭窄的空地间，和街坊们聊天，话题如鸟啄食一样，都落在“拆迁”二字上。因为这里要拆迁，大家七嘴八舌，说得挺热烈。我没有注意到，人群中有这样一位老爷子。

在保安寺街上来回转了一圈，一直走到街东头，出现了三岔口，想去北大吉巷，不知该往哪儿走。问站在街边乘凉的街坊，话刚落地，身后传来了响亮爽快的话声：“去北大吉巷，跟我走！”转身一看，是位老爷子，推着一辆轮椅，轮椅上坐着一个智障男子，年纪得有 40 岁，老爷子也得是 60 岁往上了。看样子，是父子俩。

我跟着老爷子折回往西走。老爷子对我说：“刚才你到我们院子去过。”这话透着亲近，一下子缩短了彼此的距离，是老北京人的风格。我这才注意到，他说话的声音洪亮，只是显得多少有些吃力，每个字间有些间隔，不那么流畅。心里暗想，儿子智障，他多少也有些毛病，也许是遗传。

又快走到吴佩孚的老宅前了。右手往北有一条小胡同。老爷子推着轮椅，在路口停住了，他用手一指，告诉我："就走这儿，走到头是南大吉，再走，就是北大吉。"我问了一句："走到头，往右拐，还是往左拐？"这话好像有些问住了他，他有些犹豫，低着脑袋，想了想，然后抬起头来告诉我："往右。"

我向他道谢后告辞了，刚走两步，听身后又传来他的话声："是往右。"那话像是喃喃自语，又像是再次的叮嘱。我禁不住回过头，看见他正伸开两只手，眼睛来回在转，看看自己的右手，又看看左手，最后确定，是往右，没错。他的儿子依在轮椅上，眼睁睁地望着他，多少有些奇怪父亲的这举动。他却向我笑笑，摆摆手，让我赶紧去找北大吉巷。

他刚才那微小的举动，让我感动。一路走一路总想，他那来回看手的样子，不像老人，倒像是孩子。有些智障的人，有时比没有智障的健全人，更认真，更善良，更可爱。对比我们荆棘丛生般芜杂的心，他们的心地更单纯得像孩子。一个人的心理年龄和实际年龄，因心地的原因，往往会拉开很大的距离，哪怕只是微不足道的一件小事。

往右拐了，是一街槐花的清香。

2006 年夏于北京

超 重

那天上午在机场送人，飞往法兰克福、伦敦、罗马和巴黎的航班，密集的雨点似的挤在一起。大概正赶上暑假结束，大学开学在即，到处可以看到推着装有大行李箱的推车的学生们，送行的父母特别多。候机厅里，家庭的气息一下子很浓，像是客厅，相似的面孔不停在眼前晃动。

不时有孩子进了里面去办理登机手续，家长只能站在候机厅里等，儿行千里母担忧，他们都伸长了脖子，把望眼欲穿的心情付与人头攒动的前方。不时便又看见有孩子匆匆地从里面走了出来，给家长一个渴望中的喜悦。不过，我发现，匆匆出来的孩子大多并不是为了和送行的父母再一次告别，也很少见到有依依不舍的场面，那样的场面，似乎只留给了情人之间的拥抱和牵手。

站在我身边的是一位面容姣好的中年妇女，凉鞋露出的脚趾涂着鲜艳的豆蔻，这样风韵犹存的女人，在我们的电视剧里一般还要在男人怀里撒娇呢。现在，她像是只温顺的猫，眼神有些茫然。不一会儿，我看见一个大小伙子推着行李车，气冲冲地向她走来，没好气地对她嚷嚷道："都是你，让我带，带！都超重啦！"只听见她问："超了多少？"语气小心，好像过错都在自己的小媳妇。"10公斤！"只有儿子对母亲才会这样地肆无忌惮。听口音，是南方人。

于是，我看见母亲开始弯腰蹲了下来，把捆箱子的行李带解开，打开箱子。那是一大一小赭黄色的两个名牌箱。儿子也蹲下来，和母亲一起翻箱里面的东西，首先翻出的是两袋洗衣粉，儿子气哼哼地嘟囔着：“这也带！”然后又翻出一袋糖，儿子又气哼哼地嘟囔一句：“这也带！”接着把好几铁盒的茶叶都翻了出来：“什么都带！”母亲什么话都没说，看儿子天女散花似的把好多东西都翻了出来，面前像是摆起了地摊。最后，儿子把许多衣服和一个枕头也扔了出来，紧接着下手往箱底伸了，只听见母亲叫了声：“被子呀，你也不带了！”

我有些看不过去，走了两步，冲那个一直气哼哼嘴噘得能挂个瓶子的儿子说：“10 公斤差不多了，你东西都不带，到了那儿怎么办？”儿子不再扔东西了，母亲站了起来，一脸忧郁，本来化得很好的妆，因出汗而坍塌显出些许的斑纹。“先去试试再说。”我接着对那个儿子说。他开始收拾箱子，母亲则把茶叶都从铁盒里掏出来，又塞进箱里。儿子推着行李车走了，我问那位母亲孩子要去哪里，她告诉我去英国读书。她脚下的那些东西都散落着，稀泥似的摊了一地。

这时，我身旁另一侧，又有一个女孩推着车走到她的父母身边，几乎和那个男孩一样气哼哼的表情，把车使劲儿一推，推到她父亲的脚前，说了句：“严重超重！”父亲和刚才这位母亲一样，立刻蹲下身子，替女儿打开行李箱，我一看，箱子里几乎全是吃的东西，而且全是麻辣的食品，不用说，来自四川。左翻翻，右翻翻，父亲权衡着取出什么好，女儿站在那里，用手扇着风，抹着脸上的汗，说着：“这都是我想带的呀！”这让父亲为难了，倒是母亲在旁边发话了：“把那些腊肠都拿出来吧，那玩意儿占分量。”父亲拿出了好几袋腊肠，又拿出好几管牙膏、一大罐营养品和几件棉衣，再盖箱子的时候，鼓囊囊的箱子像撒了气的气球似的，瘪下去一大块。女儿风摆柳枝推着车走了，我悄悄地问母亲这是去哪儿，是去法国读书。

独生子女的一代，理所当然地觉得可以把一切不满和埋怨都发泄给父母。养儿方知父母恩，他们还没到明白父母心的年龄。他们可以埋怨父母的娇惯和期待超重，却永远不该埋怨父母对自己的情感超重。

2006年9月19日于北京

雷阵雨

从深圳飞北京，应该下午两点四十降落首都机场。偏偏，这时候，北京上空有雷阵雨。飞机盘旋了几圈之后，告诉大家只好暂时到天津机场降落，一律在机舱待命。

我身后坐的是一对情侣，虽然看不到他们的面容，却能够感觉到他们的柔情蜜意，因为他们一直依偎在我的身后喁喁细语。不知道他们在说什么，但能够听得出来，男的是典型的广东口音，女的则是地道的北京腔。暂短的异乡停留，让他们有了更多缠绵的机会。于是，身后蜜蜂一般响动着的声音，一直如音乐一样甜蜜。

一个小时过去了，飞机还没有起飞。音乐消失了，蜜蜂飞走了，焦躁开始如飞蛾扑来了。不是说雷阵雨吗？怎么这么久还不起飞？他们一唱一和地嚷起来。一脸汗珠的乘务员跑过来，解释说迫降的航班很多，需要听命令。

两个小时过去了。他们彻底失去了耐心，只听见男的向乘务员要求下飞机，他们有急事，必须赶回北京去，不能总坐在飞机里死等。乘务员不住地向他说再等一等，快起飞了，现在一律不允许下飞机。而那个女的不停地在打手机，由于心急，话音都很响。听得出来对方是她的母亲，她在问：“妈妈你们到饭店了吧？生日的蛋糕订好了吧？到时候先吃吧，不要等我们了，飞机现在还在天津呢，不知道什么时候能够起飞。”对方似乎在叮问：“你是不是和他一起回来的？”她说：“是，我是和他在一起。”说到“他”这个字的时候，她停顿了一下，我猜，她可能脸有些红了。然后，能够听见话筒里传来很大的声音：“那就等你们回来一起吃嘛，让饭店等！”

我已经彻底听明白了，既是母亲的生日，也是未来的女婿第一次登门见面。今天的晚宴，这一对情侣是专门从深圳赶回来的。无论对于他们，还是对于母亲，晚宴都异常重要。突然的雷阵雨，却让他们耽搁在了天津，生活的戏剧性一下子比电视剧还电视剧。

又耽搁了一个多小时，男的嚷嚷叫机长：“刚才说快起飞了，现在还没有起飞，如果刚才让我们下飞机，我们都到北京了”。他的叫喊赢得很多人的呼应，都被传染了一样，也纷纷要求下飞机。机长没有办法，只好和地面联系，不一会儿，悬梯来了，舱门打开了，摆渡车也开过来了，乘务员满机舱里喊：“没有行李托运在天津终止旅行的，现在可以下飞机了。”我看见这一对情侣背着简单的挎包匆匆走下去了。一个梳马尾辫的漂亮姑娘，一个戴眼镜的帅气小伙子。他们边走边商量是打车直接回北京，还是打车到天津火车站乘新开通的城际快铁，谁也说不准哪个更快。

呼啦啦下了一小半人，机舱里显得空旷起来，喧嚣如雷阵雨过后，也平息了下来。

人生中有时候真的是充满了阴差阳错，大概过了不到十分钟，摆渡车也许还没有停靠出站口，机长从驾驶舱里走了出来，招呼乘务员赶快准备好，说飞机可以起飞了。

飞机开始在跑道上滑行，这时候如果能够打开机舱的舱门，也许还来得及能够喊回那一对情侣。可是，很快，飞机已经收起了起落架轰轰响着仰着脖子离开了地面，飞上天空了。

20 分钟后，飞机降落在首都机场。雨后的北京，清凉而湿润，我还在想那一对情侣，这时候走到哪里了？

2008 年夏于深圳归来

自行车咏叹调

自行车是外国人的发明，却绝对是中国人的专用。普及率，除了筷子，大概就得数自行车了。走在中国的任何地方，无论是再大的城市，还是再偏僻的乡村，哪怕只是一条羊肠小道，都可以看得见自行车。如果赶上北京或上海这种大城市的上下班的高峰期，大街上自行车车轮滚滚所汇成的汹涌洪流，赛得过钱塘江涨涌起的一浪高过一浪的潮水，是极富有中国特色的一大景观，在世界其他地方难得见到。

即使车轮不滚动，那么多的自行车安静地放在一旁，黑压压一片，也会是一种壮观的景象。那些由圆和线组成的图案，像画家蒙德里安用几何图形所画成的画面，在不动声色中吐露着威严，显示着富有中国特色的美学。

小孩子稍稍大了一点，要学的第一件事情就是学骑自行车。对于孩子，自行车不是玩具，孩子的小腿还够不着脚蹬子，大人就开始让孩子学骑自行车了。大人在车前扶着车把，在后面扶着车座，一边使劲儿地呼喊着孩子眼睛往前看，一边使劲儿地跟着车跑，再怎样辛苦，也要帮助孩子从小学会自行车，几乎是所有孩子逃脱不了的人生第一课。道理很简单，自行车将要开始伴随他们的终身，从他们上学到工作，甚至到终老。有的老人就是死在用自行车推往医院的路上，有的老人就是从自行车上跌下来，在闭上了眼睛的那一瞬间，看见自己自行车的车轮子还在身边不停地转。

有一段时间，自行车、手表和收音机，是人们向往的三大件，自行车点名要“飞鸽”“永久”“凤凰”牌的，就像现在人们买汽车要本田、别克或奥迪的劲头一样。结婚的时候，自行车往往是娘家的陪嫁，扎上了大红绸，气派地摆在醒目的地方。自行车便和现在的汽车一样，成为全家最珍贵的物件，和家庭琐碎的日子关系最为密切，充满辛酸，也充满温馨。成了家之后，自行车往往会在前面加一个车筐，下班后到菜市场买菜、买鱼、买肉，都要靠它驮回家。有了孩子之后，自行车往往要在后面加一个小座儿，或在大梁上安放一个靠背椅，为的是把孩子从幼儿园里接回家；即使孩子上了学，自行车依然是大家接送孩子最便捷的交通工具。丈夫骑着自行车，前面带着孩子，后面驮着老婆，永远是清晨出门或黄昏归家最动人的画面，自行车就如同一只大鸟，用有力的翅膀载着一家人早出晚归，品味着人生百味，游走在生活的角角落落。

那时候，不止一处房子越盖越挤的院子里，两墙之间的夹缝窄得犹如韭菜叶，只能容一个人推一辆自行车勉强过去。我会常常看到下班的人推着自行车艰难挤过夹缝的情景，车后座上往往驮着孩子，车把前的车筐里放着下班路上顺手买来的一束湛青汪绿的青菜。这样的一幅幅归家图，融化在各家小蜂窝煤炉渐渐冒出的袅袅炊烟里，那一抹绿色，像是奔波了一天的自行车身上冒出的缕缕汗气，更是从自行车身上摇曳出来的精神气，有了它，再疲惫的一家人和自行车，都显得有了生气。

都说人与人之间相濡以沫，其实，自行车和人之间也是相濡以沫的，彼此慰藉，相互走过了人生。真的，还有什么别的物件赶得上自行车对普通人日复一日持之以恒的扶助的吗？人们对自行车的感情，就像古代壮士对自己心爱的坐骑一样。不兴养宠物的时候，自行车就是大家的宠物，要给它拾掇得干干净净、利利索索，它才能够追风马一样，为你风入四蹄轻，轻快地四九城地驰骋。我们大院里，有一位年轻的单身工程师，下班后，首先要干的两件事，一是脱掉上衣为自己洗身，一是把自行车翻个个儿，为车洗身。他把一身健壮的肌肉洗得油光水滑，把一辆自行车擦得锃光瓦亮，然后，他和自行车相看两不厌，像一对马上要登台演出的角儿，有精彩的对手戏等着呢。那时候，他家的窗帘永远不会拉上，他好像就是有意要让全院人看看他的肌肉和他的爱车，他觉得自己这一身腱子肉和永远崭新的自行车是绝配，就像英雄配美人、宝马配雕鞍、葡萄美酒配夜光杯。

如今，私家车越来越多，在马路上，自行车被挤得只能黄花鱼溜边儿，还不停地听汽车的喇叭和司机的训斥，属于自行车的地盘越来越小，自行车的地位也跌落千丈，再难找回我们大院里年轻工程师的感觉。但是，自行车依然顽强地存在着，和私家车做着虽力不能胜却颇有些悲壮的抗衡，就像遥远时代里的民谣，依然有着打动人心的力量。更何况，更多的普通人依靠的是自行车，低碳生活更需要自行车，自行车就像传统节日里的鞭炮，缺少了它的声音，还叫火爆的日子吗？

如今，常会在黄昏的街头看见半大小伙子，是中学生在玩车，他们以马路牙子为障碍，让自行车的前轱辘翘起，旱地拔葱似的拔到马路牙子上面，再拔出萝卜带出泥把后车轱辘连带拔上来，往返循环，乐此不疲。自行车白天用来上学，笔管条直，像是他们自己见到老师一副乖仔的模样；到了黄昏就变了脸，一下子活跃起来，成了他们锻炼身体的工具，消遣时光的玩具，也成了他们发挥想象创造想象的平台。一身几用，恨不得把压抑了一白天的心气都释放出来。他们是不到天黑不会收车回家的，当然，他们在这里会赢得围观者尤其是女孩子的阵阵喝彩，他们臭汗淋淋回家后，是少不了挨一顿家长的臭骂的。

在城里，除了丢车（几乎没有人没丢过自行车），最怕的是骑车回到家找不到放车的地方。楼外面如今被越来越多的私家汽车气宇轩昂神气十足地占领着，楼道里已经被捷足先登的自行车挤得横七竖八，走道连个下脚的地方都没有了。实在不行，只好把车顺在楼梯上，四仰八叉地和楼梯把手绑在一起。也有把车吊在房顶上的，像是吊腊肉似的，吊得人眼晕。

如果你仅仅把自行车当作交通工具，可就错了。在中国，自行车的用途大了去啦。无论是在城里还是在乡下，自行车首先是家庭最常用的运输工具。在城里，小到买个米买个面，大到买个椅子买个电视机，一直到换个煤气罐，什么地方都用得着自行车的。自行车就像个任劳任怨的仆人，无论什么活儿都得伸出自己的肩膀头来。

在乡下，用自行车的地方比用老牛的地方还要多。运菜运粮运筐运一切要到城里去卖的东西，都用得着自行车，自行车比骡马要好使唤，而且要不惜力气得多。好不容易进一次城，车前车后要装得满满的。光装那些东西，就是艺术，就跟编鸟笼或盖房子一样，不用一钉一锤，却装得密密实实、结结实实，得要一双巧手妙心。我见过这样一幅摄影作品：自行车运草帽，从前看草帽成了鸟一样呼扇扇的羽翼，从后看草帽成了一座会移动的小山，骑车人只露出头顶的草帽，和山一样的草帽连成一体，童话似的长出脚来在动在跑在飞。

在城里，骑车带人，和打的的人差不多一样多。这是因为骑车带人上下方便，到哪儿去也方便，自行车就是自家的“的”。而且，也比打的省钱，更重要的一点，是情人坐在身后，搂着情人的后腰，奔驰在大街小巷，有打的无法体会的味道，彼此的心跳都听得清清爽爽，身上的香水味儿和汗味儿混合在一起呛鼻子却无比地好闻。自行车让他们成了连体人，在大街的众目睽睽之下敞亮地展示着他们爱情的雕塑。

有一次，我见到一对年轻人骑着一辆自行车，是个风天，又是顶风，男的在前面骑，弓身若虾，女的身穿旗袍，足蹬凉鞋，十个脚趾涂抹着豆蔻鲜艳地亮在外面，香艳四溢。女的偏偏翘着二郎腿，双手扶也不扶那男的，划着曲线，穿梭在车水马龙之间，游龙戏凤一般，潇洒得劲头十足，惹得众人侧目相看，好不得意。一看就知道若不是多日的配合，哪能如此艺高人胆大，默契得你呼我应，融为一体。

大多数的大人骑车带人还是为了带孩子，为了接送孩子到学校和幼儿园。所以在中国的任何一座城市里，都可以看到许多这样骑车带孩子的大人，风雨无阻。不过，骑车带孩子带的法子不尽相同。在南方，大人是把孩子绑在自己的后背上，孩子竖立在身后，成了大人的守护神；在北方，则是让孩子坐在前面的横梁上，大人用胸膛保护着孩子。竖着或横着的孩子，常常歪着小脑袋睡着了，而大人却全然不知，依然骑着车奋然前行，便常常有过路的行人冲着大人高喊："留神呀，孩子可睡着了！"

记得32年前，我刚刚考入中央戏剧学院上学，一天出门骑车带着一个同学，刚拐出胡同，便和迎面而来的一个警察叔叔窄路相逢。因为那时候北京不许骑车带人，警察叔叔把我们拦了下来，要罚款，严厉地问我们："你们是哪儿的呀？"我赶紧回答："我们是戏剧学院的学生。"这位警察叔叔把戏剧学院听成戏曲学院了，就问："哦，学哪派的呀？"我一听，满拧，忙说："我们，没派……"他又听岔了，脸色却明显地好了起来，说道："梅派呀？梅派，梅兰芳，好……"没罚款，放了我们一马，敢情这位警察叔叔是个戏迷。

对于自行车，我从心里充满感情。很难设想有一天没有了自行车的北京城会是什么样子，会不会和没有了四合院全部都是高楼大厦一样，让人无法想象，无法辨别，无法找到回自己家的路？自行车不仅是北京而且是全国的一种最带有中国特色的生活乃至文化的符号，它几乎和我们每个人的生命休戚相关，和我们国家的发展密切相连。非常遗憾的是，这样一种从抽象上说是醒目非常的符号，从具象上说是个性十足的物件，却没有见到有什么艺术专门去为它描摹为它张目为它张扬。除了看过一部电影《十七岁的单车》，我没有听到过一首歌曲是专门唱它的，没有看到过一幅画是专门画它的，也没有一部小说，就像意大利的作家皮兰德娄充满情感专门用他故乡的《西西里柠檬》为他的小说命名。我们对它有些熟视无睹。越是熟悉的，越是亲近的，越是须臾不可或缺的，越是我们相濡以沫的，越是陪伴我们走过艰辛岁月的，我们往往越容易视而不见，熟视无睹。

记得路德维希在他的《尼罗河传》里说："朝代来了，使用了它，又过去了，但是，它，尼罗河——那土地之父却留了下来。"自行车，也曾经在朝代的更迭中在时代的变迁中被我们使用，它是我们的生活之子，也应该留下来，留下来作为我们的青春与岁月、成长和发展的见证。我们也应该为它作传。

2010年2月18日大年初五改毕于北京

公交车上的漂亮售票员

如今，公交车上漂亮的女售票员少了，稍微有点儿姿色的，比较容易在别处找到工作，一般不大愿意端着票夹子整天撕扯着嗓子吆喝着“到站了，到站了”。

倒退三十多年前，公交车上，可以常常遇到赏心悦目的女售票员的。那时，我正在中央戏剧学院读书，有时会和同学一起乘坐公交车去人艺看话剧，或到小西天看内部电影。呼啦啦一帮人从宽街挤上公交车，不乏碰上漂亮的女售票员。通常，我们都不买票，因为有表演系的几位帅哥，挤到前面售票台旁，和售票员一搭讪，再漂亮的女售票员也就晕菜了。

我们戏文系的同学，比不上表演系的，一般长得歪瓜裂枣，怎么也可以大摇大摆地逃票呢？有一次，我和一位四川的同学挤上公交车，我有点儿做贼心虚，想买张票算了。谁想，我的这位同学挤到漂亮的女售票员的身边，也如表演系的帅哥一样，和女售票员天南地北地搭讪起来。我心想，橘已经变成了枳，人家买账吗？还别说，真买账！我发现，这位漂亮的女售票员忽闪忽闪的大眼睛，一直盯着我这位同学胸前的校徽看。从此，出门挤公交车，没有表演系的同学相跟，也不怕，只要戴着校徽，就是我们的通行证。

如今，这招儿还灵吗？别说扩招之后，大学生都快臭了街，贬值得人们羞于再戴校徽了。就说能够遇见难得一见稍稍漂亮的女售票员，也少有当年看校徽就怜香惜玉之心了，人家如今至少要看看你脖子上的项链、手指上的戒指、腕子上的名表了。三十年河东，三十年河西，公交车上变化的，不仅是少了漂亮的女售票员，更在于人们的价值系统都发生了倾斜。

前些日子，我从国家大剧院看完戏坐公交车回家，难得见到女售票员长得不错，秀气的脸蛋，弯弯的眼睛，睫毛很长。夜班车人少，她有点儿昏昏欲睡，像是眯缝着眼睛做着幻梦，很可爱的样子。在东单站上来一男一女两个农民（或者是农民工），还扛着行李卷。人还没有站稳，女售票员就喊：“买票！买票！”两人买了票，坐下来后问：“到西客站哪儿下车？”女售票员头也不抬说了句：“坐错车了！”她的睡意被打搅了，一下子来了精神，开始雨打芭蕉数落起人家来：“长眼睛干什么使的，也不看看站牌？你们的行李还没买票呢，快补两张票……”

前两天，我也是匆忙中坐错了车，却还不以为然，在座位上坐稳后问售票员：“4 号地铁线哪儿下车？”女售票员抬头看了我一眼，对我说：“上错车了！”便没有了下文，我才注意看清了她，弯眉细眼，长得挺漂亮，正在忙于数票袋子里的钱和票夹子上的票，大概要交接班。立刻想起了前几天在公交车上刚刚发生的事情，心想别惹她，如今哪一位漂亮姐儿不长了行市，眼眶子比眉毛高呢？旁边的老头、老太太仿佛也知道我的心理，同病相怜地拉着我的衣袖告诉我哪儿下车倒哪路车。自然，坐车经验不同，说法不一，但毕竟都属于老人之间的惺惺相惜，让我涌起同是天涯乘车人之感。

下一站到了，我起身要下车，女售票员抬起头对我说：“你再下一站下车，那儿有好几路车能倒。”然后，她递给我一张小纸条，指着纸条又说：“你坐上面哪路车都行，都坐到终点站，下去就是地铁 4 号线。”这是票夹子上票的最后衬底的那一页，黄褐色的薄纸，上面写着三行小字，分别是三路公交车的号码，字很秀气，就像她的人一样。

我收藏着这张小小的纸条。也不尽是女售票员越是长得不错就越是脾气大呢，时代再怎么变，总还是有一些东西是恒定的，不仅珍藏在我们的回忆里，也绽放在今天的日子里。

2010 年 12 月 14 日于北京

上一碗米饭的时间

入冬后北京最冷的那天晚上，我在一家小饭馆里。家里的人都出了远门，没有饭辙儿，要不我是不会在这么冷的天跑出来到这里吃晚饭的。正是饭点儿，小饭馆里顾客盈门，只剩下靠门口的一张桌子空着，虽然只要一开门，冷风就会乘机呼呼而入，但别无选择，我只好坐在了那儿。

服务员是位模样儿俊俏的小个子姑娘，拿着个小本子，笑吟吟地站在我的面前，一口外地口音问我："您吃点儿什么？"我要了三两茴香馅的饺子和一盆西红柿牛腩锅仔。很快，饺子和锅仔都上了来，热气腾腾的扑面撩人，呼啸寒风，便都挡在了窗外了。

埋头吃得热乎乎的，觉得忽然有一股冷风吹来，抬头一看，一位老头已经走到我的桌前，也是别无选择地坐了下来。在我的对面坐下来之后，大概看见我正在望着他，老头冲我笑了笑，那笑有些僵硬，不大自然。也许，是为自己一身油渍麻花的破棉袄感到有些羞涩，和这一饭馆衣着光鲜的红男绿女对应得不大谐调。我看不出他有多大年纪，或许还没有我大，只是胡子拉碴的显得有些苍老。我猜想他可能是位农民工，或者刚刚来到北京找活儿的外乡人。

他坐在那里，半天也没见服务员过来，便没话找话地和我搭话，指指饺子，问我：“饺子怎么卖？”我告诉他：“一两三块钱吧。”他立刻应了声：“这么贵！”这时候，那个小个子姑娘拿着小本子走了过来，走到老头的身边，问道：“你吃什么？”老头望了望她，多少有点儿犹豫，最后说：“我要一碗米饭。”姑娘弯下头在小本子上记下来，又抬起头问：“还要什么？”老头说：“就一碗米饭！”姑娘有些奇怪：“不再要点儿什么菜？”老头这回毫不犹豫地说：“一碗米饭就够了。”然后补充句：“要不麻烦你再给我倒碗开水！”姑娘不耐烦了，一转身冲我眉毛一挑，撇了撇嘴，风摆柳枝般走了。

过了好长时间，也没见姑娘把一碗米饭上来，更不要说那一碗开水了。当今社会，人们的眼睛都容易长到眼眉毛上面，很多饭馆都会这样，不会把只要一碗米饭的顾客放在心上，更何况是一个衣衫褴褛的老头，在他们眼里几乎是乞丐一样呢。姑娘来回走了几次，大概早忘了这一碗米饭。

我悄悄地望了一眼对面的老头，看得出来，老头有些心急，也有些尴尬，又不知道如何是好，如坐针毡。如果有钱，谁会只要一碗白米饭呢？但如果不是真的饿了，谁又会非得进来忍受白眼和冷漠而只要一碗白米饭呢？

我很想把盘子里的饺子让给老头先垫补一下，但把剩下小半盘的饺子给人家吃，总显得不那么礼貌，有些居高临下，就像电影《青春之歌》里的余永泽打发要饭的似的。那锅仔我还没有动，可以先让他喝几口，但一想饭还没吃，先让人家喝汤，恐怕也不合适，而且也容易被老头拒绝。

因此，当姑娘又向这边走来的时候，我远远地冲她招招手，她走了过来，老头看见了她，张着嘴动了动，一定是想问她：“我那一碗米饭呢？”但如今的小姑娘哪一个好惹？看人下菜碟，已是常态。为了避免尴尬，我先把话抢了过来，对她说：“姑娘，你给我上碗米饭！”话音刚落，怕她同样嫌弃我也只要一碗米饭，便又加了句：“再来三两饺子。”姑娘在小本子上记了下来，转身走了。我冲着她的背影喊了句：“快点儿呀！”她头没有回，扬扬手中的小本子说道：“行哩！”

老头望了望姑娘走去的背影，又望了望我，什么话没有说，似乎是想看看，同样一碗米饭，到底谁的先上来。一下子，让我忽然感觉偌大的饭馆里，仿佛主角只剩下了老头、姑娘和我三个人，三个人彼此的心思颠簸着、纠结着，一时无语却有着不少的潜台词。

我望了望老头，也没有说话。我是想等这一碗米饭和三两饺子上来，一起给老头，谁家都有老人，谁都有老的时候，谁都有饿的时候，谁都有钱紧甚至是一分钱让尿憋死的时候。

老头垂下头，不再看我。我埋下头来，吃那小半盘的剩饺子，也不敢再望他，我不知道此刻他在想什么，但生怕我的目光总落在他的身上会让他觉得尴尬。有时候，只能让人感慨生活现实的冷漠，比窗外的寒风还要厉害，人与人之间的隔膜，如今是越来越深了，并不是一碗米饭几两饺子就能够化解的。

很快，也就是那小半盘剩饺子快要吃完的工夫，只听姑娘一声喊——“您的米饭和饺子来了”，便把一碗米饭和三两热腾腾的饺子端在我的桌子上，同时也把老头的那一碗米饭端在桌上。可是，抬头的时候，我和姑娘都发现，对面的老头已经不在了。

其实，只是上一碗米饭的时间。

2010年岁末于北京

大白菜心理学

正是大白菜上市的季节，早市上卖大白菜的多得是。过去的年月里，这时候北京每家都要买好多，叫作“冬储大白菜”，要吃到来年的开春。现在不用了，菜市场随时都有，不必一下子买那么多，但是还是要买一些的，因为这时候的大白菜一来新鲜好吃，二来也便宜。清水白菜，从来是老百姓的看家菜。

我到早市上，也是为买两棵大白菜。货比三家，走了一圈，走到快出门的时候，忽然看见前面的菜摊上人山人海，便也挤了过去。不能怪人们都有从众的心理，现实生活教育了大家，如果大家都愿意买的东西或去的地方，一般都是不错的。我到饭馆里吃饭，一般也选择同样的原则，凡是人多的饭馆，都差不了哪儿去，门可罗雀的地方，一般不敢去。人们脚的选择，代表着心的走向，脚便是心的外化，是心的延长线呢。

这个菜摊，有些特别，菜摊上几乎全是蓬头散发一般的菜叶，喧宾夺主，大白菜显得没有菜叶多。仔细看，大白菜都被凌乱的菜叶挡着或掩埋了，有一批则索性被挤到了摊子的后面。一般买大白菜的人，都愿意把菜帮子掰掉，这是北京人的一种买菜心理，无论到哪里买，都得随手掰下几片菜帮子，再上秤称，省得菜帮子压分量，更是为了心里踏实，看着也舒服一些。说实在的，我买大白菜也这样，仿佛习惯成自然，不掰掉几片白菜帮子，像是吃了老大的亏似的。所以一般卖大白菜的小贩，都是一边卖菜一边用眼睛四下扫视掰菜帮子的人，一边挥动着手臂大声地嚷嚷："别揪菜帮子呀！"在超市里，索性用塑料胶条把大白菜绑上，事先称好分量，贴上标签，上面标明了价钱，任你再撕菜帮子。这也叫作"道高一尺魔高一丈"吧，算是大白菜买卖双方心理学的斗法。

看来，这个菜摊有些与众不同，采取的是"无为而治"的法子，放任自流，让人们随便掰菜帮子。难怪这里拥挤着这么多人。

再细一看，这里还有特别的呢。一般卖菜的大嫂，不是站在摊前，就是站在摊后，或者老公母俩一个摊前一个摊后，照顾着摊子滴水不漏。这里的卖菜大嫂却是独自一人坐在摊子上面的一个小马扎上面，手里拿着一把刀，威风凛凛，有点儿"一览众山小"的劲儿。

开始，我奇怪，又不是夏天卖西瓜，干吗要耍一把大菜刀？听旁边买菜的大妈情不自禁地议论："这个卖菜的实在，你不掰菜帮子，人家就帮你都掰掉了。"果然，看着人们递给她已经掰掉了几片菜帮子的大白菜，她还要帮助你再掰掉好多片菜叶，然后用刀把菜头再一刀削掉。原来沾着泥土带着帮子蓬头垢面的大白菜，在她的手中像跳脱衣舞似的，一下子出落得白白净净的，清爽了许多。

其实，人们买大白菜，即使习惯随手掰几片菜帮子，但也不大好意思掰得太多，掰的时候总有做贼心虚的感觉，人家卖菜的大嫂却在大刀阔斧替你把菜帮子毫不吝啬地掰掉了，你还有什么话说？在人家大嫂面前，自己替人家大嫂纷纷落地的大白菜叶忍不住心疼起来。

旁边买菜的大妈们，个个都是早市上身经百战的老手，见多识广，在比较中自然辨得出哪一家卖菜的实诚，她们的议论无形中成了卖菜大嫂的活广告，不想买的主儿，忍不住都买两棵回家。而卖菜大嫂听到这些热辣辣的表扬话，也不抬头，倒有些羞涩，垂着头，更加卖力的替人掰菜帮子、砍菜头。这样一来，更加赢得人缘，买主儿越发多了起来。

其实，从来都是买的没有卖的精。这位卖菜大嫂是以表面的损失赢得了实在的收益，以局部的让利换来了整体的效益。早市上，谁的菜摊也没有她的菜摊上的大白菜多，谁也没有她卖得快。况且，一般菜摊上是 5 毛钱一斤，她卖的是 6 毛钱一斤，即使掰下的菜帮子和砍下的菜头，让她损失了一些分量，整体她亏的并不多。

她对我说："其实北京人都实在，觉得你卖菜卖得实在了，人家就不在乎你每斤多这一毛钱了。"她还对我说："你还得算这样一笔账，我来卖菜，就我一个人，我家里的老头子可以在家里干别的活儿，不还节省下一个劳力嘛！"最后，她忍不住向我笑笑，又说："我家还养着好几头猪呢，这些白菜帮子我拉回去，可以和猪食烟在一起，不是一笔钱？"

我觉得她说得很实在。同样卖大白菜，这位大嫂卖出了水平，别看不过只是替你掰下几片菜帮子，砍下了菜头，但就是这简单的几下子，让她区别于其他像防贼一样防买菜大妈们的菜贩，而赢得了买菜大妈的心。她正经懂得卖大白菜的心理学呢。

2010 年 11 月 27 日于北京

窗前的花今年开了

上午小区的儿童乐园里人不多，我陪小孙子去玩的时候，只有一个老太太带着一个四岁左右的小男孩在玩滑梯。小孩子见小孩子，就跟小狗相见一样，分外来情绪，立刻摇头摆尾地凑在一起，即使不讲话，眼神里透露出的信息，都明白彼此心里的意思。是个连体的双滑梯，两个孩子在滑梯上一边一个比赛了起来，每个人手里都拿着一个玩具小汽车，每一次都先把小汽车顺着滑梯滑下去，自己再滑下去追汽车，看谁滑得快，玩得不亦乐乎。

我和老太太在一旁乐得清闲，闲聊起来，知道这是她的外孙子。女儿从河北保定考上北京的一所大学，毕业后留在北京民政部工作，女婿从山东来北京读大学，如今在一家大银行工作，赶上单位最后一拨福利分房，在长安街边上分得一处楼房，面积不大，位置绝佳。“没有房子之累的年轻人，就是最有福气的了。”我对老太太说。

老太太同意，不过，又说，这小孩子一出生，福气就打了折扣。得有人帮忙照顾孩子吧，爷爷奶奶身体不好，来不了北京，我和老伴就来了。房子太小，住不下了，这不才搬到这里来，一图房子宽敞，二图旁边就有个双语幼儿园。是租的房子，每月6000元，把长安街的房子也租出去了，每月7000元，两厢一去，富裕的那点钱，够孩子他爸爸来回开车的油钱了。

老太太很健谈，女儿和女婿很会周转。我对老太太夸赞了她的两个孩子，老太太乐了，说：“孩子一落生，逼得他们，不周转怎么行？这不，刚搬过来，就赶紧在幼儿园报了名，前几天接到通知，等孩子4岁时可以入园了。”我说：“您的孩子够行的了，未雨绸缪，省了您多大的心，现在幼儿园多难进呀！您也可以尽享天伦之乐了！”老太太一摆手，对我说：“什么天伦之乐，是天伦之累！”我知道老太太是有些得了便宜卖乖，便笑她：“您别不知足了。”她却说：“不是我不知足，确实是有乐趣也有烦恼。我和老伴来北京快四年了，保定的房子门一锁，就再也没回去过。天天是我带孩子，老伴做饭，忙得脚不拾闲。当然，孩子也不容易，最头疼的事是孩子6岁就得上小学了，得找一所好小学，可找好小学比找好对象都难。花钱不怕，怕的是得走门子、托关系，可你说我们这俩孩子都是从外地来北京的，烧香都找不着庙门。”

话题转到这里，一下子沉重了起来。如今的社会就是这样子，孩子一落生，就得为幼儿园为学校头疼，一家人就像蜘蛛一样，跌进了关系织就的密密的网中，想出都出不来。没孩子，想要孩子；要了孩子，生活的负担和心理的负担都加重。望着在滑梯上下玩得兴高采烈的两个小孩子，一副吃凉不管酸的样子，熟得把彼此的小汽车交换着玩，我的心里忍不住叹了口气，年轻人，活得不容易。想起屠格涅夫曾经讲过的话，说是人生就是一个苦役，只有把一个个的荆棘都走过去了，最后才能够编织成一个花环。这话说给今天的年轻人正合适。只是等他们把荆棘编织成花环的时候，就和我们一样老了，而他们的孩子又开始新的轮回。

所幸的是，老太太没有我多愁善感，脸上的云彩一会儿就散去了。她对我说：“前些天，女儿和女婿终于买到了一套学区房，外孙子上学的问题算是落定了，免去了托人找关系的烦恼。你知道，买学区房有时间的问题，户口才能落上，人家学校才认。这一段时间，可是急死了人！”我赶忙恭喜她：“这可是件大事。不过，学区房可是不便宜。”老太太说：“可不是，要不这么说，有了小孩子，你身上的皮就得一层一层往下扒。房子五万多元一平方米，买的只是一套五十多平方米的老楼房，首付就花了他们全部的积蓄，还得加我们添上的。年轻人的小夹板算是套上了。”我劝她：“这就不是您操心的事情了，年轻人为孩子付出是天经地义的。”老太太反问我：“那我呢？快四年了，我连自己的家都没回去过，我付出为了谁？”没等我接茬儿，她自言自语道：“人老了，就是贱骨头！”

太阳照当头了，天有些热了。两个孩子玩得差不多了，交换回各自的小汽车，跑了过来，嚷嚷喊着要回家了。我和老太太道别，临走时，老太太忽然想起了什么，转身对我说了句：“前两天，保定的亲戚来电话，说我们家窗前的花今年开了。快四年了，也没人浇水，居然还开花了。”我对她说：“好兆头呢，您的外孙子一到来，您家的好日子在后头呢。”我想，这一定是她心里的潜台词。

2013年5月19日于北京

机场的拥抱

在南京机场候机回北京，来得很早，时间充裕，坐在候机大厅无所事事，看人来人往。到底是南京，比北京要暖，离立夏还有多日，姑娘们都已经迫不及待地穿上短裙和凉鞋了。坐在我对面的女人，看年纪有三十多了，也像个小姑娘一样，穿着一条齐膝短裙，在和节气，也和年龄赛跑。

来了一对年老的夫妇，坐在我身边的空座位上。听他们一口纯正的北京话，就知道是老北京人。他们说话的声音有些大，显然是丈夫的耳朵有些背了，年龄不饶人。但看他们的年龄，其实也就七十岁上下，并不太大。听他们讲话，是在苏州无锡镇江转了一圈，从南京乘飞机回北京。

忽然，我发现他们的声音变得小了下来。这样小的声音，妻子听得见，丈夫却听不清楚了。但是，妻子依然压低了嗓音在说话，只不过嘴巴尽量贴在了丈夫的耳边。我隐隐约约地听见的话，是“真像”“太像了”。他们反复说了几遍，不尽的感叹都在里面了。

声音可以压低，像把皮球压进水底，目光却把心思泄露出来。顺着这对老夫妇的目光，我发现他们的目光如鸟一样，双双都落在对面坐的这个女人的身上。

我才仔细地看了看这个女人，发现她的黑色短裙和天蓝色长袖体恤，还有脚上的一双白色耐克运动鞋，很搭。还有她的清汤挂面的齐耳短发，也很搭。当然，和她清秀的身材更搭。很像一位运动员。刚才只看到她的短裙，其实，短裙并不适合所有的女人。在她的身上，短裙却画龙点睛，让一双长腿格外秀美。

很像，这个女人很像谁呢？心里便猜，大概是像这对老夫妇的女儿吧？天底下，能够遇到很相像的一对人的概率，并不高。刚看完电视剧《酷爸俏妈》，都说里面的演员高露长得极像高圆圆。这个女人，一定让这对老夫妇想起了自己的什么亲人。否则，他们不会这样悄悄地议论，声音很低，却有些动情。能够让人动情的，不是自己的亲人，又会是谁呢？

我看见，妻子忽然掩嘴扑哧一笑，丈夫跟着也笑了起来。我猜想，笑肯定和对面这个女人有关，只是并没有惊动这个女人，她依然翘着秀美的腿，在看手机，嘴角弯弯的也在笑，但她的笑和这对老夫妇无关，大概是手机上的微信或朋友圈有了什么好玩的段子或信息。

“要不你去跟她说一下？”“你去说吧，我一个老头子，怪不好意思的……”我听见老夫妇的对话，看着妻子站起身来，回过头冲着丈夫说了句：“什么事都是让我冲锋在前头！”便走到对面的女人的身前，说了句：“姑娘，打搅你一下！”那女人放下手机，很礼貌地立刻站起来，问道：“阿姨，您有什么事吗？”“是这样的，你长得特别像我们的女儿。”说着，妻子打开自己的手机给这个女人看，大概是找到自己的女儿的照片，这个女人禁不住叫了起来：“实在是太像了！怎么能这样像呢！”我忍不住看了一眼身边的这位丈夫，一直笑吟吟地望着这女人。

“我们想和你一起照张相，不知道可以不可以？”妻子客气地说。“太可以了！待会儿我还得请您把您女儿的照片发我手机上呢！”

丈夫站了起来，走到这个女人的身边，妻子冲我说道：“麻烦你帮我们照张相！”说着，把手机递在我的手中。我没有看到手机上的照片，不知道他们的女儿和他们身边的这个女人到底有多像，但从他们的交谈中知道女儿十多年前去美国留学，毕业后留在美国工作，工作忙，孩子又刚读小学离不开人，已经有五年没有回家了。思念，让身边的这个女人像女儿的指数平添了分值。

照完了相，我把手机递给了妻子的时候，听见丈夫对这个女人说了句："孩子，我能抱你一下吗？"女人伸出双臂紧紧地拥抱住了他。我看见，他的眼角淌出了泪花。我没有想到的是，那一刻，这个女人也流出了眼泪。

2015 年 4 月 21 日写于南京归来

第三辑 到天堂的距离

夜　曲

那一晚风很大，我赶到灯市口一家音像制品商店已经很晚了，生怕人家关门。

原来这家商店的门面很朴素，本来包子有肉不在褶儿上。

它正处闹市，四周店家都洗心革面装潢一新，逼得它也里外换装，辉煌的灯光辉映着堂皇的落地玻璃门，透明得能看得清店里面的“肠胃”。我推开玻璃门进去，立刻一阵悠扬的音乐如春水荡漾，迎面的墙前的大屏幕电视里正播放着镭射影碟，一个胖胖的女歌唱家在引吭高歌，大概是莫扎特哪部歌剧里一个咏叹调，极其抒情委婉，千曲百回，柔肠绕指。

令我奇怪的是，偌大的店铺里，除了正中央站着一个年轻姑娘，角落收银台旁坐着两个售货员之外，居然空无一人，就那么任那动情的音乐水银泻地般肆意流淌。我注意看了看，那姑娘身穿一件蓝色防寒服，与门外奔波在风中时髦的红男绿女鲜艳的装束太不一样；长得也极其平常，属于那种没有什么特点极容易和一般女人混同的灰姑娘。她面朝着电视屏幕，神情专注，旁若无人，听得投入，仿佛格外感动，眸子里闪烁着异样的光彩。而那两位售货员一老一少、一男一女却面无表情，望着窗外，默默无语，大概总听这音乐，耳熟能详，磨起茧子，不感兴趣了。而那姑娘也毫无姿色可言，勾不起他们的秀色可餐的欲望。他们和那姑娘中间隔着许多摆放激光唱片的架子，琳琅满目的唱片如同色彩缤纷的灌木丛，遮挡住他们的面容，谁也看不见谁，便各不妨碍，你看你夜色中的街景，我听我荡气回肠的音乐。

新装修的这家商店，是里外两间，将里面原来做库房用的也来陈列唱片。我到里面去看唱片，不住地看表，毕竟已经到了人家快打烊的时候了。到了表的指针指向店家关门的时候了，外面的音乐还在尽情地荡漾，一点儿也没有人在催我离去的征兆。我自己倒先沉不住气了，要知道现在不少店家没到关门的时候早就像火车尚未到终点就提前开始收拾卧铺的铺位一样，催得你想赶紧逃走了事。售货员谁不想早点下班回家呀？尤其是在这样寒风刺骨的夜晚，家对于谁也是无法抗拒的诱惑，而自己的事已经天经地义地唯此为大。

我忙走出里屋，电视里的音乐还在响着，店中央那灰姑娘还站在那里听着，角落收银台旁的那一老一少、一男一女售货员还在默默无语地待着。那一刻，仿佛只有音乐回荡，没有了夜晚，没有了寒风，没有了打烊……那一幅以这样美妙的音乐作为背景的图画，是这样的恬静美好，让我涌起一种久违的情感，不禁格外感动。

就这样，一直到那首长长的咏叹调结束，音乐戛然而止，屏幕上闪烁出雪花的斑点，那个姑娘才转过头来冲那两位售货员微微一笑，那两位售货员才站起身来，冲那姑娘也冲我微微一笑。我们走出玻璃大门，他们开始打烊。那姑娘很快消逝在夜色中，我走出老远回头一望，那家店铺里的灯光才一盏盏熄灭。

那一晚，风很大，音乐很美。

如果说漫长的一生是一首很长的交响乐，平凡的每一天、琐碎的每一件小事，我们都能像这样发自心底去做好，既为他人，也为自己——那么，就会时时、处处奏响这样美妙夜曲一样的旋律，哪怕这旋律很短小，却可以汇集成一生美妙无比的乐章，足以令我们回味无穷。

1997 年岁末于北京

忧郁的色彩

忧郁不是悲伤，不是忧愁，不是心里漾起莫名的难受，当然更不是时下缠绵而不值钱的眼泪。

忧郁是一种高贵的情感，一种艺术化的心情。

如果忧郁也有色彩的话，忧郁不是猩红，不是靛青，不是苹果绿，不是柠檬黄……

忧郁在英文里是Blue，是蓝色。但在我的眼里，忧郁是一种紫色，明亮的紫色，染上一点藕荷色，就像斯皮尔伯格导演的电影《紫色》开头中在山野风里、在光点的闪烁里那摇曳一片的紫色野花。

大约二十年前的一个暮春，那时我还在大学里读书，到医院里看望一位住院的朋友。那时，我们都还算年轻，还在处于恋爱时期，虽然已是晚期，毕竟心里充满爱的回忆，涌出的是一种无法诉说的惘然，因此即使是生病住了院，心情也并不是悲伤，只是掠过一丝莫名其妙的阴翳。

那家医院在遥远的郊区，很偏僻，但很安静，此外还有一个更大的优点，绿化得非常好，简直像一个花园。我陪着这位朋友在病房外的花园里散步，忽然发现一架紫藤，满架缀满紫巍巍的花，满眼打入的全是这明亮的紫色。那被风吹得翩翩舞动的紫色的花，像是无数的话语从嘴里纷纷说出来，即使说得不完整，说不出整个的故事情节，却极其准确地说出了那时的心情。本来还要说好些安慰的话，一看到这紫色的花，什么话也说不出来了，掠过心头的感情一下子很难形容，我明白那其实就是忧郁，是属于我那处于青春尾声的忧郁。那天风很大，吹得紫藤满架的花像翩翩起飞的蝴蝶，那种明亮的紫色也飞了起来，遮满眼前整个的天空，然后沉甸甸地落在心头，挥之不去，融化不开。

20年过去了，但那藤萝架、那一片紫色却很清晰地浮现在我的眼前。岁月中有如此无法抹去的颜色，总有些冥冥中命定的意思。

我国古典文学中忧伤或闲愁很多，“高树多悲风”“白发三千丈”“千里暮烟愁不尽”“寒山一带伤心碧”“鸿雁不堪愁里听”“万点飞花愁似雨”……俯拾皆是，“一川烟草，满城飞絮，梅子黄时雨”，到处点染着这些离愁别绪，但这些都不是忧郁。如果说我们根本就没有忧郁，也许太绝对，但说我们缺少忧郁，是肯定的。因为我们缺少产生忧郁的土壤，悲欢离合一杯酒，南北东西万里情，我们有的是这种感情，并有盛放这些种感情的酒杯，却没有一种为忧郁而比兴的对应物。

现代人多的是被欲望燃烧起的烦躁和郁闷，由此而来的打情骂俏，杯水风波，大多只是逢场作戏。那些歌中的恨天怨海和生活里的悲欢离合，可以是大起大落，也只更多的是发泄或无奈，很少带有忧郁的色彩。如果看到在烛光摇曳下的晚餐，或轻音乐中弥漫着的咖啡馆里的男女，或许有泪光盈盈，或许有酒香蒙蒙，或许有欲言又止的哀婉，或许有喟然长叹的悲凉……这一切并不是忧郁。环境、情境乃至语言和表情，都不是构制忧郁的基本元素，相反这些只是现代人作秀的便当的方式，与其说是为自己，不如说是做给别人看的。忧郁，不是表演，不为显示，不是涂在脸上的粉底霜和手上的指甲油以其色彩迷惑别人，不是抹在脖颈和腋窝的香水以香味撩动别人。忧郁远离这一切，独处于遥远的一隅。

忧郁是一种高贵的感情，而且是属于资产阶级滋生的青苔，茸茸的，绿绿的，沾衣欲湿，扑面又寒。不是生在雨后树林中或王府阶前的那种青苔，不是老杜诗中“叶心朱实看时落，阶面青苔老更生”的那种青苔，而是厚厚地匍匐在那种哥特式或巴洛克式古老城堡的墙上的那种青苔，常年苍绿，四季湿润，就像是围裹在城堡前的一条古老而苍绿的丝巾。如同漫长的封建社会，培养了一批破落的土地主或暴发户或纨绔弟子的败家子，却不可能培养出真正的绅士贵族一样，忧郁的感情离我们总显得有些遥远和奢侈。就是那天我在医院里见到的紫色，也只是想象中的忧郁而已，或是渴望中的忧郁用以宽慰自己、美化自己而已。

我们可以感受忧郁，却难以拥有忧郁。即使能感受到的忧郁，也只是偶尔的几次。忧郁是无多的青鸟，不是广场上飞起飞落成群的鸽子，或节日里成片飞舞的彩色旗子。

2000 年夏日于北京

美丽的手语

我第一次发现手语竟那么的美，是看中国残疾人艺术团的演出。那些聋哑的男孩女孩，站在舞台上，英姿飒爽，是那样的漂亮。尽管他们说不出一句话来，那无限丰富的表情与表达，却都倾诉在他们手指间的变化之中。他们的手指带动着整个手臂舞动着，是那样的充满韵律。我想起风中的树林，那一排排树木摇曳多姿的枝条，和尽情摇摆着的树叶，只有它们像是他们美丽的手语。

还有就是麦尔民（M. Nermin），一位漂亮的土耳其中年女人，她站在这些可爱孩子旁边，为孩子们用手语报幕。她的手语，也是那样的漂亮，婀娜多姿，灵舞轻扬，和聋哑孩子们相得益彰，像是此起彼伏的浪花，彼此呼应着，富于律动。

那是在伊斯坦布尔。

也许，是我的见识有限，在此之前，我从来没有见过手语竟然也可以这样漂亮迷人，是他们把手语化为了艺术。

第二天晚上演出前，在餐厅里，我意外见到了麦尔民。她端着餐盘正好坐在我的旁边，便聊了起来。我知道了她在土耳其 TRT 国家电视台做手语节目的主持人，在土耳其非常有名，类似我们的敬一丹。她告诉我，在 9 岁之前，她一直以为手语就是人的唯一语言，因为那时在远离伊斯坦布尔的农村，她和她的父母生活在一起，她的父母是聋哑人，她从小和父母学的手语，就是靠的手语来和外界联系，并认知世界。中学毕业后，她没有上大学，直接参加了工作，她希望用自己的手语为聋哑人服务。25 岁那一年，她发现电视中没有专门的聋哑节目。她希望填补这个空白，便给电视台的台长发去一份传真。如我们这里一样，许多事情常常是渺无回音，但是，她没有灰心，每周准时发去一份传真，一发发了 5 年，5 年始终没有回音。她知道可能是石沉大海，却也相信能够水滴石穿。再发，依然是每周一份传真，一直发到心诚则灵石头开花，一直发到电视台来了一位新台长，感动并同意了她执着的想法。她成了土耳其国家电视台第一位也是唯一一位手语节目的主持人。

她告诉我她在电视台整整干了 10 年。她又对我说在土耳其有 300 万聋哑人，也就是说不到 20 人里就有一个是聋哑人。她要做的就是让这个喧嚣的世界不要忘记他们，而给予他们更多的关爱。这时，她的手机响了，接过手机之后，她匆忙地站起身来，对我说："真抱歉，我的妈妈来了，在剧场门口等我。"她的妈妈是专门来看今晚的演出的。

我和她一起走出餐厅，急急地向剧场走去。我很想看看她的聋哑妈妈是什么样子的。她远远地就看见了她的妈妈，跑了过去，那是一个慈祥的胖老太太，我想年轻的时候和她一样漂亮吧？我站在旁边，看母女俩用手语交谈着，大概是在介绍我，一个不期而遇的中国朋友。在迷离的灯光下，她们的手语像波浪一样起伏着，像树枝一样摇曳着，无声而温馨，真的很美。如果说在此之前说人的手指和手臂也像脸上的笑靥和眼睛里的笑意一样动人，我是不大相信的，但现在我不仅相信了，而且觉得手语真是在丰富着人类的表情与语言，甚至相信我们现代的舞蹈语汇肯定从手语中汲取过营养，否则肢体语言相较于聋哑人的手语不会有那样的相似，也不会有那样的延伸。她说在土耳其有300万聋哑人，我不知道在我们中国有多少聋哑人，我知道在我们中国没有一个如她一样主持聋哑人的专门节目的主持人，我们的聋哑主持人只能在越来越大的电视屏幕上偏于一隅。

最后一场演出结束的时候，我看见麦尔民走下舞台，远远的和台上的聋哑孩子们招手，打着手语，相互致意，迟迟不肯分离。在聋哑人之间，手语成了不用翻译的国际语言，能够迅速地沟通起陌生而遥远的心。虽然麦尔民和那些聋哑孩子的手语我什么也看不懂，但他们彼此之间却会心会意，即使隔着再远的距离，那美丽的手语也如同轻盈的鸟一样，能够迅速地从那个枝头飞落在这个枝头，衔接起彼此的情意。那是有声的语言无法比拟的。

2003年5月28日于北京

到天堂的距离

第一次读美国女诗人狄金森的诗，随手随便翻着书，像是占卜，翻到哪一页就是哪一页，翻到的是这样的一首：

到天堂的距离
像到那最近的房屋
如果那里有个朋友在等待着
无论是祸是福

这几句短短的诗，便再也没有忘记。这书是湖南人民出版社 1984 年版的《狄金森诗选》，它有着灰绿色的封面。好诗，就像是漂亮的姑娘，留给人的印象总是深的。

到天堂的距离真的就是那样的近吗？只要那里有个朋友在等待着？

当时，我这样问自己。我的答案是肯定的。狄金森说出了我心里的话。

那时，我有一个朋友，他和我都在中学里当老师，我们都刚刚从北大荒回到北京。常常就是这样，有事没事，心里高兴了，心里烦恼了，都会相互地跑过来，不是我到他家，就是他到我家，不管是刮风，还是下雪，骑着一辆破自行车，跑了过来，远远地看见了屋里的灯光亮着，就会觉得那橘黄色的灯光像是温馨的心在跳动，朋友——不管对于我，还是对于他——都正在屋里等待着呢。

我们聚在一起，其实只是聊聊天，无主题的聊天，却曾经给予我们那样多的快乐。那时，我们都不富裕，唯一富裕的是时间。那时，我们哪儿也不去，就是到家里来聊天，其实是因为我们衣袋里实在“兵力”不足，不敢到外面去花费。一杯清茶，两袖清风，就那样地聊着，彼此安慰着、鼓励着，或者根本没有安慰，也不鼓励，只是天马行空天南地北地瞎聊，一直聊到夜深人静，哪怕窗外寒风呼啸或是大雪纷飞。如果是在我家，聊得饿了，我就捅开煤火，做上满满一锅的面疙瘩汤，放点儿香油，放点儿酱油，放点儿菜叶，如果有鸡蛋，再飞上一圈蛋花，就是最奢侈的享受了，那是那段日子里我拿手的厨艺。围着锅，就着热乎劲儿，满满的一锅，我们两个人竟然吃得一点不剩。

其实，现在想想，那时候我们在一起聊天中所包含的内容，也不见得多么的高尚，并不是将精神将感情将心中残存有的一份浪漫，极其认真而投入地细针密线缝缀成灿烂的一天云锦。虽然到头来做不成一床鸳鸯被面，毕竟也曾经闪烁在我们的头顶，辉映在我们的心里，迸发出一点星星的光芒，让我们眼前不曾一片漆黑。

我们也没有如现在的年轻人一样，讲究一番设计和规划乃至包装，让未来的日子脱胎于今日，让投入和产出成一种正比上升的函数弧线，或者借助我们的关系滚雪球似的再发展一张新的关系网。没有，我们只是以一种意识流的聊天方式、以一种无知般的幼稚态度、以一种乌托邦的放射思维，度过了那一个又一个只有疙瘩汤相伴的日子。如果按照现在的标准，我们是颗粒无收，我们不仅浪费了时光，也浪费了赚钱和升迁的机遇。

但是，我依然想念那些个单纯的只有疙瘩汤相伴的日子。我们心无旁骛，所以我们单纯，所以我们快乐；我们知足，所以我们自足，所以我们快乐。

夜晚，我盼望着他到我家里来，同样，他也盼望着我到他家里去。那时，我们没有电话，没有手机，没有金钱，没有老婆，没有官职，没有楼房。但是，那时，我们真的很快乐。往事如观流水，来者如仰高山，我们只管眼前，我们相互的鼓励，我们彼此的安慰，并不是如今手机短信巧妙编织好的短语，也不是新年贺卡烫金印制上的警句，更不是像现在一样，靠电话靠电子邮件。我们只是靠着最原始的方法，到对方的家里去，面对面，接上地气，接上气场，让感情贯通，让呼吸直对呼吸。我们只是心有灵犀一点通，谈笑之中，将一切化解，将一切点燃。

记得有一次，我去他家，他正因为什么事情（大概是学校里的工作安排）而烦恼不堪，低着头，闷葫芦似的，一句话也不说。我拉着他出门骑上自行车，跟我一起回家。一路顶着风，我们都没有说话，回到家，我做了一锅疙瘩汤，我们围着锅，热乎乎地喝完，他又开始说笑起来，什么都忘了，什么也都想起来了。

记得有一次，我的母亲突然去世，想起母亲在世时的一桩桩往事，想起自己年轻时的不懂事而带给母亲的伤心，我正在悲痛欲绝而渴望有一个可以倾诉的人。怎么这么巧，他推门走进我的家，像是知道我的渴望一样。他就那么安静地坐在我的面前，听我的倾诉，一直听我陈芝麻烂谷子地讲完。他没有安慰我，那时候，倾听就是最好的安慰。我连一杯水都忘了给他倒，他知道，那时候，我需要的和他需要的是什么。

什么是天堂？对于不同的人，这个世界上有不同的天堂。对于我们，这就是天堂。狄金森说得对：

到天堂的距离

像到那最近的房屋

如果那里有个朋友在等待着

无论是祸是福

20年过去了，我现在想起这首诗，总忍不住想起另一个诗人的另一首诗，是诺贝尔文学奖的获得者爱尔兰人谢默斯·希尼，他这样写道：

你就像有钱人听到一滴雨声

便进了天堂

都是天堂，有的在有钱人那里，有的在有朋友等待的屋里。天堂的距离，哪个远？哪个近？

2006年11月于北京

以诗代药

好多年以来，闲来无事，或心绪不宁，我爱随手翻看一本书，总能开卷有益。真的是打开一本书，仿佛打开了一个灵魂一样，那里面有超拔人生的万全良药。

是一套八本的《剑南诗稿校注》，钱仲联先生校注，陆游一生八十五卷《剑南诗稿》近万首诗，都囊括其中了。想当初，厚厚一套八本书，还是精装，才花了四十元零三角钱，如今还能够上哪里找得到如此便宜的陆放翁？

是那天晚上，我和儿子一起在北京灯市口的一家书店买的，当时书店就要打烊，门板都已经装好，就等着我们交款。那时，儿子才刚刚读初二，如今，整整10年逝去，诗稿健在，放翁不老，真的是流年似水，人生如梦。

我读放翁，犹如占卜，只是随手拿出这套书中的任何一本，随便翻开任何一页，试探着有没有碰撞佳句的意外邂逅。还真是怪了，总会有一种“片云借得一天秋”的感觉，便也总会有一种“一窗新绿鸟相呼”的欣喜，放翁自己曾经拥有的那种“一曲忽闻高士笛，临窗和以读书声”的意境，便也总能和我相逢。

不说别的，单挑一些七言：

万里关河归梦想，千年王霸等棋枰。

——对人生、对历史的感喟时，它是一剂解药。

伤心桥下春波绿，曾是惊鸿照影来。

——对往事、对情感的伤怀时，它是一服散丹。

兴来尚能气吞酒，诗成不觉泪渍笔。

——看看人家如何对待自己手中的笔和笔下的文字的，它便可以是自己的六味地黄。

宦情已尽诗情在，世味无余睡味长。

——如此洒脱的超尘拔俗，它便可以是通宣理肺。

拍却浮名方自喜，一生尽是伴人忙。

——如此大梦初醒的清醒，它能够成为羚翘解毒。

闭门便造桃源境，心常无事气常全。

——要想在如今喧嚣的世界中创造这样的境界，需服用这样的藿香正气。

入门明月才堪友，满榻清风不用钱。

——要想于浮华的现今还能够拥有这样的情致，需服用这样的参苓白术。

正欲清谈闻客至，偶思小饮报花开。

——这是我们的益母草膏。

江东好处得新句，风月佳时逢故人。

——这是我们的十全大补。

狐妖从汝作人立，金价在吾如土轻。

——面对如今的物质和精神的魅惑，它是一剂刺五加和清宁丸。

有酒一樽聊自适，藏书万卷未为贫。

——传统的气质，传统的姿态，如今虽是老照片中的怀旧或不屑一顾中的一瞥。安贫气全，却可以是我们的养血安神、补中益气和龟灵散。

一年又一年，就这样过去了。重复着陆放翁的岁月，却重复不了他的诗意，我才越发地明白，在强悍的岁月面前，诗意的脆弱，以及一个人的渺小。放翁还有这样的诗："客过论渔具，僧来说药方。"不管怎么说，对于我，放翁就是这样的高僧，他的诗句就是这样绝好又别致的药方。

2007 年 1 月 7 日

做一头韦伯一样的猪

我属猪，今年是金猪之年，正好我60岁，耳顺之年，耳朵自然和猪耳朵一样宽大垂阔，才能够真正耳顺心顺。

大半生过去，想想，属猪，和猪还真有不解之缘。

小时候，家中生活拮据，姐姐17岁就只身闯内蒙古修京包线铁路。头一年回京探家赶上春节，在王府井的百货大楼买了个瓷做的存钱罐，罐子不小，足有个小皮球大，造型是头肥头大耳的猪。姐姐对我说："你属猪，就送你这个当过年的礼物吧！"这头猪便跟随我整整6年，一直到小学毕业，里面存满了哗哗响的硬币。初二那一年，母亲病了，怕花钱，一直不去医院看病，有一天半夜里吐血，吓坏了我。姐姐闻讯从内蒙古赶回家，替母亲在铁路医院办好了医疗证，作为铁路职工的家属，母亲的药费可以享受半价报销。半价，母亲还是舍不得。姐姐走后，我到王府井的集邮公司卖掉了我的两本集邮册，和那头猪的存钱罐一样，那两本集邮册也是从上小学就开始攒的，整整7年。卖掉邮票的钱，还是不够多，我把那头猪的存钱罐砸碎了，把里面的硬币倒了出来，一起交给了母亲。从不发火的母亲骂了我，然后对我说："那头猪做得多喜兴啊！"

到北大荒插队的时候，我喂了两年猪。我认识了什么叫跑阑子猪（种猪），什么叫生猪（被劁的猪），还认识了那个年代里新品种巴克夏猪。我住在猪号里，外屋放着烀猪食的大锅，里屋住着我和一个山东盲流来的跑腿子（单身汉）。猪圈就在屋的后面，半夜里睡不着的时候，能够清晰地听得到那一群“猪八戒”的哼哼声，那声音低沉得像好多把走了调的大提琴。永远忘不掉的，是那一夜“大烟泡儿”彻底淹没了猪的哼哼声，暴风雪把猪圈的围栏吹断，一圈的“猪八戒”都撒了欢地跑了出去，惊醒我们两个人，一个人跑去招呼人，一个人冲进风雪找这帮“猪八戒”。这帮家伙把我害得格外的狼狈，它们陷进没腰身的雪窝子里，我要去救它们；我陷进雪窝子里，却只好自己爬上来，浑身的棉衣冻得跟铁一样邦邦硬。

关于猪的记忆，由于日子久远，即使有些酸楚，也变得温暖而难忘，时间像水把那些记忆冲洗得干干净净，让那些不愉快的泥垢筛去。

我没有别的收藏爱好，但收藏猪的小玩意儿，无论外出到哪里，国内国外，只要碰上了这样的小玩意儿，总要带回家，木头的、石头的、泥塑的、玻璃的、水晶的、铁皮的……随着日子一起增多，比我当年在北大荒喂猪的猪圈里的猪还要多了。我发现，国内和国外做的猪，不大一样，国内的猪，除了民间剪纸，一般比较写实，憨头憨脑，重拟人化，属于现实主义；国外的猪一般较夸张，像卡通，可爱活泼，具有童话风格，属于浪漫主义。我曾经在捷克买到一只水晶猪，粉红色，没有眼睛，四条腿和一对耳朵、一张嘴，都删繁就简为几乎相同的一个圆圆的小点，却那么神似，真的可爱之极。我在美国买了一头瓷猪、一头铁皮猪，藕荷色的铁皮猪身上布满各种颜色的花朵，明黄色的瓷猪的眼睛、嘴巴和屁股上都画着闪着光的红心，真是情趣盎然。我们这里造猪，再怎么造，也不会让心贴在猪屁股上去的。

我在博物馆里看到过唐代出土文物的猪，和我们现在制造的猪完全不一样，造型和线条都很简洁，仿佛只是在一块玉石上轻轻刻了几笔，几乎没有凿下去什么废料，就让一头猪浑然天成，让人不得不佩服，艺术真的是只有变化，没有进化，现在的艺术有时和古代有着天堑一般的距离。

我在报纸上曾经看到过这样一则报道，说在浙江余姚河姆渡遗址出土新石器时代的猪的骨骼，还有刻着猪图案的黑陶钵，那可是七千多年前的猪，是最古老的猪了。据说，黑陶钵上刻着的那猪，身上带有花纹，头部先前低垂，腹部鼓胀，鬃毛耸立。那样子和今天的野猪有些相像，但身上刻有美丽的花纹，说明七千多年前的猪凶猛却还是可爱的。

我一直想买一只这样的猪，如今我们制造的猪，都如人一样被驯化了，既没了七千多年前那猪的野性，也没了唐代出土的那猪的灵性。因潘家园就在我家旁边，有一天闲逛，真凑巧，碰上了在博物馆里看到过的那种唐代出土的猪，明知道是仿造的，还是买回一只，聊胜于无，多一点儿怀想吧。

我读过的关于猪的文学书不多，也许，世界上关于猪的书更多地偏重于饲养和烹调，而文学方面则侧重小白兔、白天鹅、大灰狼、狐狸或熊，却忽略了猪。在我读过的有限的书中，难忘的是小时候读过的我国作家包蕾的《猪八戒吃西瓜》和长大以后读到的美国作家怀特的《夏洛的网》了。《猪八戒吃西瓜》中猪的性格，那样可笑，又是那样的可爱，基本是《西游记》里猪八戒的延续。《夏洛的网》里那头叫作韦伯的猪，真的是太让我难忘了，我敢说它是世界上最可爱的猪。过年的时候，韦伯面临被宰杀的时候，是蜘蛛夏洛在自己织的网上面为韦伯织下“好猪”二字，让人们以为是神谕，救了他的性命。自此之后，夏洛总在她织的网上面写字为他鼓吹，致使韦伯在展览会上获奖而成为一头不同寻常的猪。夏洛和韦伯的友谊就这样建立起来。夏洛老去，死去，但她产下的三只小蜘蛛，被韦伯带回温暖的谷仓里悉心照料。每当韦伯看到这三只小蜘蛛的时候，总会想起自己的朋友夏洛。一头猪的情意，那样清澈，那样温暖，让我们作为人而赧然羞愧。

金猪之年到了，心里暗暗地对自己说：做不做金猪无所谓，如果要做猪，就做韦伯一样的猪吧。

2007 年 3 月于北京天坛医院

曲线是上帝的

星期天，我家来了个小客人，是个只有四岁多一点儿的小男孩。大人们兴奋地在聊天，冷落了他，他显得很寂寞，大人们越来越高兴，他却噘着嘴越来越不高兴。我便和他一起玩儿，我问他你会画画吗？他冲我点点头。我拿来纸笔给他，他毫不犹豫，信心十足，上来大笔一挥，弯弯曲曲的线条占满了纸上上下下的空间，仿佛他在拿水龙头肆意喷洒，浇湿了花园里所有的地皮和他自己。

他的家长拿过纸一看，责怪他："你这是瞎画的什么呀！"我赶忙说："孩子画得不错。"便帮孩子在纸的顶端弯弯的曲线之间画了一个小黑点，立刻，孩子兴奋地叫道："鸟！"是的，孩子笔下看似乱七八糟的曲线，瞬间就活了似的，变成了一只抖动着漂亮大尾巴的鸟。是动物园里从来没有见过的鸟，是我们大人永远画不出来的鸟。

我相信任何一个孩子都是一个画家，他们笔下任意挥就的曲线，就是一幅充满童趣的画，我们在毕加索变形的画和米罗抽象的画中，都能够找出孩子们挥洒的曲线的影子来。比起直线来，曲线就有这样神奇的魔力和魅力，它将万千世界化繁为简，浓缩为随意弯曲的线条，有了柔韧的弹性和想象力。

所以，与毕加索和米罗是老乡的西班牙最著名的建筑家高迪曾经说过：

“直线是人为的，曲线是上帝的。”

曾经听说过曲线属于女人，却从来没有听说曲线属于上帝，在高迪的眼里，曲线如此的至高无上。现在，想想，高迪说的真有道理。大自然中，你见过有直线存在吗？常说笔直的大树，其实是夸张的形容，树干也是由些微的曲线构成，才真的好看，就更不用说起伏的山脉、蜿蜒的河流，或错落有致的草地花丛、鸟飞天际那摇曳的曲线。巴甫洛夫说动物都知道两点之间直线距离最短，其实两点之间动物跑出的从来不会是一条直线，雪地里看小狗踩出的那一串脚印，弯弯曲曲的，才如洒下一路细碎的花瓣一样漂亮。

去年，我在贝尔格莱德看一个现代艺术展，展览馆外先声夺人立着第一件展品，是在本来应该爬满花朵的花架里，塞满了一大堆缠绕在一起的铁丝网，乱麻一般的铁丝网的曲线肆意而充满饱满张力地纠葛冲撞着，花架成了想要约束它们却又约束不了它们的一幅画框。在这样尖锐的曲线面前，你可以想象许多，为它取好多个题目。

没错，曲线是上帝的，这个上帝属于自然、艺术和孩子，因为只有这三者最容易接近上帝。

2007 年 10 月 28 日于北京

大合唱

对于大合唱，我一直都是格外的倾心，有一种神圣的感觉，会随着那么多人发出整齐洪亮的声音，而一起如浪一样地连天涌来。总觉得那声音来自心底，也来自天宇之间，人的声音伴随着天风猎猎，让人声升华，那种回荡在四周的声音，真的会让人感到人的内心原来是可以和天空一样浩荡无边的呀。

第一次见到合唱团，是 1960 年 9 月 1 日。之所以记得如此清楚，是因为那天是开学的日子，我刚刚小学毕业，考入了北京汇文中学。那时，我 13 岁。

学校开迎新会，有学校合唱团和慕贞女中合唱团联合演唱的全本《黄河大合唱》。指挥是我们学校的音乐教师，叫纪恒，是一位口琴演奏家，和当时颇为有名的口琴家石人旺同辈齐名。那时，我见识很少，第一次见到这样庞大的合唱团，站满了整个舞台，声音灌满礼堂，回荡着，如惊涛拍岸，真的颇为震撼。

我一直认为，合唱的传统来自宗教，中世纪教堂里的格里高利圣咏，开合唱之先河，很多人从童年就参加教堂的唱诗班，据说那时各种各样的合唱曲就有一千六百多首。文艺复兴时期最有名的音乐家之一帕勒斯特里那，小时候就是唱诗班的成员，成年后所作的五百余首作品，其中大部分是合唱曲。

老作家林希先生，也格外钟情合唱，从小也是合唱团的团员，他曾经说过："站在合唱队列里，立即有了神圣感。"我特别赞同他的这个说法。这种神圣感，让合唱区别于其他形式的演唱。因为无论西洋或民间或流行的独唱重唱，可以有属于私人化或宏大叙事的种种丰富的情感在内，却难有这样来自天外之音的神圣感。神圣感需要有一定的人数和空间。

最喜欢的大合唱，是《听妈妈讲那过去的故事》和《五月的鲜花》。

《五月的鲜花》，第一次听到，是我们学校和慕贞女中合唱团的演唱。这首大合唱在我们的汇文中学的校园里听到，和在别处听来，感受和意味绝对不一样。不仅因为曲子太哀婉动人，而且作曲者是我们学校里的特级数学教师阎述诗先生，所以听来多一份亲切。它几乎成了我们学校的校歌，常常会在学校各种活动中演唱。最难忘的一次，应该是在阎述诗老师逝世的那一年，在学校的礼堂里，听校合唱团唱这首大合唱，刚听到第一句"五月的鲜花，开遍了原野……"很多同学和老师都流下眼泪。那一年，我正在读初二。

《听妈妈讲那过去的故事》，是前几年从电视里听到的，无伴奏合唱，一群孩子唱得实在动人，一种尘埃落定的心情和一切都归顺于圣洁和虔诚的感觉，让我忍不住抬起头看看歌中唱的月亮，是不是还那样清澈透明。在以后的很多日子里，我都在电视里找这个合唱，希望和它重逢。可惜，我再也没有找到。心想，此曲只有天上闻，给予我的机会只有一次吧？

在近年的央视青年歌手大赛中，新增加了合唱。其中不少很是不错，但也有不少过于刻意，技巧和形式感多于内容和情感。而且，受制于荧屏，人数不够，显得单薄，合唱的气势便弱了许多。现在，听大合唱，要到公园里。在北京，天坛、北海、景山公园都有群众自发的合唱团。由于完全出于自娱自乐，没有一点儿功利，唱得就是不一样，发自内心的声音，才属于音乐的本质。

星期天，有时我会到天坛，在长廊有不止一支合唱队，其中一支人数最多，他们手里拿着歌谱，唱得格外认真，指挥的年龄不小了，一脸沧桑，疲惫劳累的样子，但手指在空中一动，像有了魔力一样，完全是另一个人。他们常常唱的一首歌是《祖国颂》。那是一首老歌，他们唱得格外高亢而情深，吸引了不少游客，包括外国游客，不少人加入他们的大合唱中。我也是加入者之一。于是，合唱的人越来越多，歌声也越来越激荡，成了天坛公园里的一大壮观景象。

我想，对比器乐，人声可以显示自己美妙至极的可为和可能性，显示了人类可以创造的奇迹，真的是令人叹为观止。如今，科技发展，让器乐特别是电声乐器发展得过于繁复，甚至吵人。如此，才更显示了人声的单纯美好和壮观，才让人们对合唱如此倾心吧？

2010年1月17日于北京

在蚂蚁的隔壁，在蜗牛的对门

亮相今年春晚之后，草根歌手“旭日阳刚”迅速走红，各种关心和议论纷至沓来，特别是汪峰收回自己《春天里》的演出权，致使“旭日阳刚”一时出现无歌可唱的窘状，其前景也跟着一起莫测纷纭。

我想起另外几位草根歌手。

一位是美国的柴斯纳特，他是一位残疾人。他一直坚持自编自唱，坐在轮椅上，云游僧一样四处游荡，从来没有大红大紫过，却从来都受到他的歌迷的喜爱。

十多年前，我曾经从唱盘里听到他唱的一首叫作《海绵》的歌，很动听，便记住了这个名字。他这样唱道：“快乐像巧克力一样化掉，我那带着蓝丝带的勇气也已不在。肮脏的阶梯，冰冷的混凝土，脚下虚伪的土地，街道里沉浮的气息……是的，这世界是一块海绵……在这一次丑陋的出行中，我喃喃自语我本该大吼出的东西，但我马上就会安静了，你将什么都听不见，因为这个世界是一块海绵！这个世界，这个世界，这个世界是一块海绵！”

现在想起来，最后柴斯纳特反复唱的“这世界是一块海绵”，非常像“旭日阳刚”唱《春天里》最后反复大吼出来的“有一天我老无所依，请把我埋在这春天里”，一样的历尽人生沧桑、看遍春秋演绎之后的苍凉。不同的是，唱完《海绵》之后，这十几年里，柴斯纳特一直有新歌在唱，每一首都是他自己的创作，都给人以感动，让人能看到他生活的耐性和生命的韧劲，以及对现实和世界独特的带有哲理性的看法和态度。一般都是他坐在轮椅上唱，人们站在他的四周听，表达着对他的敬意。那情景不是电视上的豪华舞台，而像是在工地或地铁通道的感觉。

另一位是来自我国宁夏的歌手苏阳，他出身草根，来到北京唱歌之后，最想回到银川西门桥头为那里的农民工唱歌。他说："那样的音乐很纯粹，没有社会角度的批判，没有音乐门类、知名度、舞台灯光的暗示……"他渴望走的是一条回归的路，而不是很多草根歌手梦寐以求的央视的舞台，特别是春晚。于是，我们的歌手和我们的歌，很容易变得像软壳蛋一样，或者精致点儿，像蛋壳上的雕刻画一样，已经孵不出新的生命来了。

我听过苏阳唱的《劳动与爱情》，刚开头引子部分的板胡，听得就让我心动，有种想哭的感觉。那是只属于西北的音乐元素，苍凉、粗放、随意、漫不经心，赤裸着脊梁，晒黑了脸庞，云一样四处流浪，风一样无遮无拦，草一样无拘无束，紫外线一样，刺青一般暗暗地刺进你的肤色之中。

《劳动与爱情》是首唱农民工的歌："太阳出来照街上，街上走着一个吊儿郎，卷起铺盖我盖起这楼，楼高十层我住在地上。东到平罗麦子香，西到银川花儿漂亮，人说那蜜蜂最勤劳，我比那蜜蜂更繁忙……"特别是那句"卷起铺盖我盖起这楼，楼高十层我住在地上"，听得让我感动，虽然只是楼和人浅显的对比，无奈的辛酸，残酷的现实，唱得那样的朴素而真切，就像他唱的花儿一样，就像西北的土地一样，质朴却真实、真诚。

他在另一首歌里这样唱："我要带你们去我的家乡，那里有很多人活着和你们一样，花儿开在粪土之上，像草一样，像草一样。"他最后反复吟唱的"像草一样"，有些像"旭日阳刚"唱《春天里》最后反复大吼出来的"有一天我老无所依，请把我埋在这春天里”。“花儿开在粪土之上”，就应该是草根歌手的特征和特质，来自直露的美学和民间逻辑，是电视或舞台上矫情乔装或商业包装之后所没有的。

还有一位草根歌手，也曾在路边卖唱，他是我国盲人歌手周云蓬。周云蓬出道多年，却从来没有上过春晚甚至任何的电视，但他和柴斯纳特一样，游吟诗人一样自编自唱，背着一把吉他，云游四方，走遍大江南北，到处流浪卖唱，唱着那动人的歌谣，唱得年头那样久远。

前几年，我偶然听到他的一盘唱盘《中国孩子》，这是他出版的第二张唱盘。其中《中国孩子》《煮熟的鸭子飞跑了》《买房子》，听了之后，非常地感动。特别是《中国孩子》，真的让我非常感动。他哀恸地唱克拉玛依那场大火中“死到临头让领导先走”的大人们，唱那些“火烧伤皮肤让娘心焦”的孩子们。他最后反复吟唱着“中国孩子！中国孩子”和“旭日阳刚”唱《春天里》最后反复大吼出来的“有一天我老无所依，请把我埋在这春天里”一样，唱得我心里发热，再也忘不了这位歌手。

对于这个世界的现实，他有着自己的发言，不仅拥有一腔正义与真情，还有那样独特而敏感的艺术感觉。他的歌和我们的电视屏幕上制作的一批又一批的晚会歌曲，我们的唱片公司孵化的更多的那种千篇一律的爱情歌曲，真的大不相同。他不愿意走宏大叙事的路子邀宠媚上，不愿意吃着别人嚼过的馍，去屈膝于市场和时尚。

后来我又听到了他的《一个人三次来北京》，同样的感动，在叙事的唱风和幽默的语调中，同样让我感受到他对生活独特的发现和感受，他将一个外乡人北京梦的艰辛、心酸和执着，爱恨交加，唱得那样别致，又撕心裂肺。他的音乐不是别人的，他唱的不是他人为他编织好的哪怕是再精致的花环，而是属于自己的心和情感的延伸，坚持的依然是草根。

从他出版的《中国孩子》的唱盘的前言里，我抄录过他说的这样的话：“音乐不在空中，它在泥土里，在蚂蚁的隔壁，在蜗牛的对门。当我们无路可走的时候，当我们说不出来的时候，音乐，愿你降临。”这样的话，特别适合同样作为草根歌手的“旭日阳刚”。所以，我说，电视特别是春晚，是一把双刃剑，既可成也草根，亦可败也草根。有眼光有志气的草根歌手，真正的舞台不在春晚，不在商演，而在广阔的民间。用你歌唱的真心，用你创作的能力，用你对这个世界独特的音乐发言，未来的路才可以一路花开，走得长远。

没错，“音乐不在空中，它在泥土里，在蚂蚁的隔壁，在蜗牛的对门”。

2011 年 3 月 3 日写毕于北京

萤火虫

想起去年夏天，在美国普林斯顿一个社区里，我和一对来自上海的老夫妇聊天，都是来看望孩子的，便格外聊得来，家长里短，上至天文地理，下至鸡毛蒜皮，聊得兴致浓郁，竟然忘记了时间，从夕阳落山到了繁星满天时分。那时，我们坐在一泓小湖旁边的长椅上，面前是一片开阔的草坪，一直连到湖边。当夜色如雾完全把草坪染成墨色的时候，抬头一看，忽然看见草坪中有光一闪一闪在跳跃，再往远看，到处闪烁着这样一闪一闪的光亮。由于四周幽暗，那一闪一闪的光显得格外明亮，最开始的感觉，它们是上下在跳，高低不一，但跳跃得非常有节奏，仿佛带着音乐一般，让人觉得有种置身童话世界的感觉。

起初，我没有反应过来，那光亮是什么东西，感到非常惊讶，竟然傻乎乎地叫道："这是什么呀？"老夫妇去年就来过这里，早见过这情景，已经屡见不鲜，笑着告诉我："是萤火虫。"我不好意思地对他们说："我都有好几十年没有见过萤火虫了。"他们连声道："是啊，是啊，在我们的城市里，已经见不到萤火虫了。"

想想，真的是久违了，我以前看见的萤火虫，还是在童年，住在北京胡同里的大院的时候。算算日子，至少有50年的光阴了。那时，我住在一个叫粤东会馆的三进三出的大院里，在花草中和墙角处，不仅能见到萤火虫，还能听得见蟋蟀、油葫芦和纺织娘的叫声。夏天的夜晚，满院子里疯跑捉萤火虫，然后把萤火虫放进透明的玻璃小瓶里，制作我们自认为的“手电筒”，再满院子里疯跑，是我们孩子最爱玩的游戏。

如今，在北京，不仅这样的四合院越来越少，就是有这样的四合院硕果仅存，孩子们也再见不到萤火虫，玩不成这样的游戏了。如今的城市，有霓虹灯和电子游戏，比萤火虫的闪烁要明亮甚至炫得神奇，但是，那些毕竟是人工的，不是来自大自然的光亮。如今，童话般的心理感觉和视觉冲击，往往来自电脑制作或 3D 电影。其实，对于孩子，乃至成年人，那种童话般的感觉和感动，更多的应该是来自大自然。越来越高科技现代化的城市，隔膜住了大自然，让我们远离了大自然。

之所以想起了去年和萤火虫重逢的事情，是前两天在报纸上看到一则这样的消息：如今，在淘宝网上可以买到萤火虫。每只萤火虫卖 3 元到 4 元，一般批量出售是一百只萤火虫为单位的。接到订单之后，商家指派人到野外去捉萤火虫，但大多数是在仿生态的环境下人工饲养的。把萤火虫捉到后，把它们装进扎了小孔的塑料瓶里，空运过来。这些活体萤火虫用于情侣放飞、婚庆气氛的营造。网上的广告上说：送她可爱的萤火虫，可以营造出非常温馨浪漫的情调。

心里不禁有些感慨。曾经伴我们儿时游戏的萤火虫，如今被发现了身上具有的商业价值。是什么让它们具有了商业价值？城市赶走了它们，再把它们请回来的时候，它们就摇身一变。这样坐着飞机千里迢迢而来的萤火虫，不再是我们的朋友，而成了我们花钱买来的商品，放飞的还是以前我们曾经拥有过的童话感觉或浪漫感觉吗？

想起了法国作家于·列那尔写过的一首题为《萤火虫》的散文诗，只有一句话：“有什么事情呢？晚上九点钟了，他屋里还点着灯。”如今，他屋里还能够为我们点着灯吗？

2011 年 7 月 17 日写于北京雨中

我们便身在天堂

一般人们会更关注奥运会的比赛，我却更关心奥运会的音乐。在赛场上听到的歌声，和在音乐厅里听到的感觉完全不同。其实，从音响效果上讲，奥运会赛场上远远赶不上音乐厅。但是，无论身在其中，还是坐在电视机前，听得我总是非常的感动，甚至激动。记得20年前的巴塞罗那奥运会的闭幕式上，我坐在体育场内，听到卡雷拉斯和莎拉·布莱曼合唱的一曲，特别是看到他们在自己的歌声随圣火渐渐熄灭而终止后激动的拥抱在一起的时候，我忍不住流下了眼泪。后来，我买了一盘闭幕式现场录音的CD，但是，拿回家放进音响里再听，满不是一回事，再无法听出当时的感觉。

今年夏天伦敦奥运会闭幕式上的音乐，歌声占据了绝对的主角，简直成了一个简版英国摇滚史一样的专场音乐会，是历届奥运会都没有出现过的奇迹。其中，有一个68岁的老歌手叫雷·戴维斯，是英国老牌乐队“奇想乐队”的主唱。他唱了一首《日落滑铁卢》的老歌，令我非常感动，至今依然清晰在耳。他唱得非常幽婉抒情，其中有一句：“只要注视着滑铁卢的落日，我们便身在天堂。”那种真切却又格外珍惜的感情，真的很动人。

滑铁卢是伦敦一座有名的桥，电影《魂断蓝桥》里说的那座蓝桥，就是戴维斯歌里唱的滑铁卢桥。是因为它的历史，它的故事，才让它的落日不同寻常又韵味悠然，以至于让戴维斯如此深情缅怀地吟唱，并那样坚定地认为“便身在天堂”吗？

其实，那不过是伦敦的一座古桥而已，就像我们北京天安门的金水桥，或者天津海河上的解放桥一样的吧。可是，我又在想，我们何曾注视着金水桥或解放桥的落日，然后能够感动得或感觉到自己便身在天堂呢？起码我自己，无论年轻的时候，还是后来的悠悠岁月里，无数次的经过金水桥和解放桥，无数次看过荡漾在金水河和海河水里的落日，但是，我没有一次的感受到雷·戴维斯唱的“我们便身在天堂”的感觉。

是的，天堂是一种感觉，而不是一个如教堂、如饭堂、如酒店、如别墅，或者像马尔克斯所幻想的如图书馆一样的实体。天堂不是满足我们物欲要求的地方，也不是安放我们死后的身体并能够将我们灵魂升天的地方。天堂只是抚慰我们精神、栖息我们感觉的地方。你感觉到它了，它便存在；你感觉不到它，它便不存在。

只是如今，在强大的物欲横流的冲击下，身为物役的我们，感觉已经迟钝，感觉远远赶不上对金钱和权力的嗅觉、对美食和美女的味觉、对古瓷或古画的触觉，来得更灵敏一些。

我们也可能会想起看看落日，但一般更乐于到长江、黄河边看那“长河落日圆”，或到大西洋边看那“半洋瑟瑟半洋红”。是那种旅游中的落日，是那种彩色照片上的落日。我们更注重那背景，那情调，那新买的新款尼康或佳能单反相机拍下的照片的效果和回味的说辞。我们常常忽略掉身边的常见易见的事物，便也就容易常常从金水桥或解放桥或任何一座比滑铁卢桥还要古老的桥旁边走过而视而不见。那曾经无数次灿烂而动人的落日，可以让我们觉得那一刻“我们便身在天堂”的情景，便也就无数次地和我们失之交臂。

说到底，我们对于天堂的要求过于实际，或者过于奢侈，不像雷·戴维斯唱的那样简单，简单得如同一个孩子得到了一支棒棒糖或一个氢气球，就可以欢蹦乱跳，将发自心底的笑声飞迸而出，变为美丽的歌声。

真的，如果不是雷·戴维斯在伦敦奥运会上重新唱起了这首《日落滑铁卢》，我根本不知道这个世界上还曾经有过这样一首这么动听的好歌。是戴维斯将一首老歌点石成金，仿佛一位梅开二度的老树，重新焕发出魅力和活力。

不过，有一点，我想如果没有奥运会的背景，没有圣火随美好的音乐一起渐渐熄灭，雷·戴维斯的歌声还会这样动听而让我们难忘吗？会不会被我们忽视，甚至擦肩而过而素不相识呢？真没准就是这样呢。想到这里的时候，雷·戴维斯的滑铁卢落日，和奥运会的圣火，一起升起，又一起消逝，更一起燃烧并灼伤我的心头。

如今，我们的各种音乐大赛很多，出的各种唱盘更是多如牛毛，但是我们似乎缺少这样的歌。腾格尔的《天堂》，唱的是他的草原故乡，当然，故乡也可以是我们的天堂，腾格尔唱得也很美，但毕竟还是实体。天堂是不存在的实体，它只存在于我们的想象中、我们的感觉里。我们的歌，往往愿意唱的内容很大，天堂便显得离我们很远。我们往往愿意唱得很空泛，天堂便显得越发的虚无缥缈，让我们只是唱唱而已，自己并不相信。

2012 年夏于北京

生日诗会

都已是鬓发斑斑，五个六十多岁的老头，和一位整整80岁的老翁，聚会在北京春寒料峭的春天里。

今年春天，是我们中学语文老师田增科八十大寿的日子，我们五个中学同学早就商量好，给田老师过一个别开生面的生日。不到饭店去觥筹交错，不买生日蛋糕，再千篇一律地点燃生日蜡烛，而是约好这一天到田老师家里来，每个人带上写好的一首祝寿诗，送给田老师。然后，请田老师还像当年教我们的时候，在课堂上点评我们的作文一样，点评每首诗的长短优劣。

田老师高兴地说："好，好，这比什么花样翻新的生日都有意义，让我又回到年轻的时候。"其实，我们也一样重返年轻时的青春岁月。整整50年前，1963年，我们在汇文中学读初三，是十五六岁的孩子；田老师30岁，大学毕业没几年。师生之情，平淡如水，却也温润如水，漫延过了半个世纪，浸润着我们，从孩子变老。这中间连接着一段"文革"和我们云游四方到各地插队的漫长难熬的日子。即便那时候，我们和田老师也没有断了联系。记得那一年，我从北大荒回京探亲，田老师从内部买来当时的禁书《三国》《水浒》和《红楼梦》，亲自跑到我家里送来，让我带回北大荒，嘱咐我无论再怎样路远天长、条件艰苦，不要忘记读书，要记住：书能养心，技不压身。那几本书，在我们几个人中间传看，又蔓延出去，最后传到哪里，不知所踪。

我们每个人朗读了自己的诗。建国诗“八旬矍铄儒风在，鹤寿松青度晚年”，最贴贺寿的题旨。俊戌诗“一生执教仪风范，三尺讲台业精勤”，勾勒出田老师当了一辈子老师的生命轨迹。老傅诗“目随暮野阔，心逐新柳青”，祝贺的是田老师新出版的两卷文集《新柳集》。老朱诗“汇文忆课颂老子，百花寻香育新禾”，回忆在汇文读书时具体情景。那时，我们学校一楼大厅墙上，挂有一个用乒乓球案子做的写作园地，上面贴着一张张抄写工整的稿纸，是师生的文章。这个园地的名字叫《百花》，上面常有田老师的文章。老傅记性最好，当场便说出具体的年月，田老师写的两篇文章，批评我当时也在《百花》上写的文章，一是指出除夕没有月亮，一是指出一品红不开花，叶子就是它的花。

说起我来，田老师对我帮助最大。那年初三，北京市征文比赛，田老师修改我的一篇作文《一幅画像》获奖，并得到叶圣陶老人的夸奖和接见。可以说，田老师是我文学的启蒙者和引路人，没有田老师，也许我不会步入文坛执笔为文。我事先将写好的诗装裱在镜框里，最后向田老师格外郑重地读：“寿筵八秩日，花放满春园。堂上多金桂，身边有玉莲。红烛心外尽，黑板鬓前斑。风雨长相忆，师生五十年。”诗里说的玉莲，是田老师老伴的名字，也是一位当了一辈子的老师。还有什么比老师更让人敬重的职业吗？更何况是一辈子没有离开过讲台和黑板的老师！

窗外的阳光明朗，院子里的桃花正在开放，仿佛是有意为这些诗衬托出的温馨背景，浮动起的动人音乐。田老师静静地听着，没有褒贬，只是概括了每个人诗的特点：建国最讲格律，俊戌最老派，老傅属于才子型的，老朱属于苦吟型的。没错，老朱的确属苦吟型，老朱的诗，拿来了三稿，请田老师选哪一稿更好。那一刻，蒜瓣一般头碰头凑在一起的评点和推敲，真的像是又回到当年的课堂里。

最有意思的是大家的争论，像是课堂上讨论时的自由发言。五个小老头，返老还童一般，五朵争相怒放的花朵一般，五只叽叽喳喳的小鸟一般，把田老师家里搅成一锅粥。指出谁诗里平仄、对仗和词语的毛病，谁都不服气，谁都要争辩。“一畦萝卜一畦菜，自己的孩子自己爱”一般，都觉得是自己的好。最后，把皮球推给田老师，请田老师裁判。田老师笑吟吟地先没说话，然后拿出早已写好的两首诗，对我们说：“在你们的感染下，我也写了两首诗，以前我是你们的老师，现在你们是我的老师了，我想请你们评评我的诗呢。”其中一首：“复兴大荒诗三百，老傅雅韵唱俚词。堪笑老朱博客主，拉匹老马鸣嘶嘶。”将我们几人都说到了——老朱博客里常有他写的新诗，老傅的诗田老师最为欣赏，说我指的是我的新书《北大荒三百首》。田老师谦虚的夫子自道，老马奋蹄，令人感怀。

回家后，忍不住写下一首打油，以记春日难忘的生日诗会——

六十老头八十翁，堆盘寿宴是诗丛。
春光乍泄丝丝暖，雅韵初集句句清。
流水偏争花落意，老鸦犹赛燕新声。
都夸自己颜色好，返老还童师与生。

2013年4月10日于北京

小品文时代

在我看来，小品文就是散文。一般而言，世纪交替的那些年头，属于小品文时代。这在上一个世纪之末和本世纪之初，就可以充分地看出来，所以鲁迅先生说过那个五四新文化运动时期的小品文的成就，是在诗歌和小说之上的。

小品文时代出现的背景，如周作人所说，依赖于20世纪末的王纲解体。旧的体制、旧的价值体系、旧的精神寄托，在新的世纪到来之际被冲撞、被颠覆、被解构，而新的一切尚未建立起来，一切便只是碎片，是钢镚儿，是沙子，是散文形散神也散的散。自然，散文或叫作小品文，最生正逢时，世无英雄，遂使竖子成名。小品文时代，不是英雄的时代，却是城头频换大王旗的时代。

小品文时代出现的标志，是谁都可以写，小品文既可以是旧时王谢堂前燕，又可以飞入寻常百姓家。学者教授可以写，中学生也可以写，文人可以写，明星也可以写。明星出书写自己再配以生活照的散文集大量孵出，便是理所当然的事。虽然同当年小靳庄人人可以写诗不可同日而语，但散文的解放，却使人人将小品文是可以拿得起、放得下，在以往只是文人属地的小品文的王国里当家做主人。小品文时代，是自娱自乐的卡拉OK时代。小品文时代，是赵本山和宋丹丹在小品中说的可以把自己出的书糊满自家墙的时代。

小品文时代的天地在无限地扩大，小品文不再仅仅在文学刊物上玲珑剔透而高傲地栖息，而是如漫天雪花或蝗虫一样纷纷扬扬扑入大小报纸间，甚至网络之间。小品文时代，是刊物尤其是文学刊物不断在萎缩的时代，却是报纸不断壮大发展的时代，是网络铺天盖地无所不在的时代。因此，可以说，小品文的时代就是报纸的时代，是网络的时代。这也就是说，人们随生活节奏的加快已经没有那么大的耐心去看鸿篇巨制；同时，也就是说，小品文不再是重要的物品，需要仔细保存，甚至连小摆设都不是，无须上架把玩，而是同报纸一样看完即可随手扔掉或包咸带鱼；同网络上看完即可一键删进垃圾箱一样。小品文时代，是一次性的时代。

小品文时代拒绝沉重和厚重，拒绝叙事和抒情。小品文时代，是舞台上消失了戏剧却红火了小品和相声的时代；是电影票房历史厚重的《一九四二》打不过浅薄搞笑的《泰囧》的时代；是电视上脸蛋和声音大相竞逐的相亲和走秀节目越来越热闹走红的时代；是为了博得出位和收视率而让明星们玩命的时代；是潘家园里人头攒动字画瓷器假的盛行于市却照样全民皆兵般红了全民收藏的时代；是纸本上淡化了小说和诗歌却成就了微博、短信、飞信和段子的时代；是天空中污染的雾霾越来越重而难得看见蔚蓝的时代；是大地上荒草萋萋比大树还要茂盛的时代；是凤凰古城城门一关就可以开始坐地收钱雁过拔毛为所欲为的时代；是禽流感闹得人心惶惶南京全城一刀切遍杀鸡鸭的荒诞时代；是愿意把古迹拆掉重新建造宋城或唐城的赝品时代；是城管人员不是和小贩相互厮打就是和小贩相互跪地诉说彼此难处的悲摧时代；是把猪蹄子改名为猪手把鸡爪子改名为凤爪把赖尿虾改名为富贵虾的时代；是市场上野菜的价钱卖得比新鲜蔬菜还要贵的时代；是每晚电视连续剧越演越长和街上姑娘的裙子越穿越短的时代。

小品文时代，是思想和穿着一样单薄而紧、透、露的时代；是浓妆艳抹比素面朝天流行的时代。小品文时代，散文集子尤其是女性散文和明星散文的集子，自然要比大部头的学术著作要好卖得多。

小品文时代是入世的时代。世俗性是涂抹在它身上最美丽的色彩，享乐性是包裹在它心里最美味的肉馅。小品文时代，是及时行乐的快餐时代。小品文时代，不要求深刻，小品文只是放飞出一只只美丽可爱的小鸟或纸做的鸢尾花，不能如波音飞机一样驮负那样的重载，甚至连如老牛拉车驮满被阳光晒得暖洋洋的稻草都不能。

小品文时代，小品文只是佳肴、是美酒、是腮红、是豆蔻指甲、是香车宝马、是偎红依翠；而不会是画、是音乐、是梦、是诗。

小品文时代，像跳脱衣舞一样，迅速就将散文本来拥有的一切脱得精光，轻而易举地将散文的名字改成了小品文。

2013 年 4 月 23 日改毕于北京

满头白发却缘诗

博文、俊戊和我是中学的同班同学，迄今已经有 51 年的友情历史。他们两位中学时代就喜好写旧体诗，经常诗书往来，唱和应答。没有手机的时候，是写在信中；有了手机之后，便发短信；有时候等不及，索性拿起电话对着话筒把诗念出来。他们真的是只管耕耘，不问收获，偏于一隅，自娱自乐。特别是前几年退休之后，更是重拾旧好，乐此不疲。难得是诗中对渐入老境的生存状态与心理谱线的细致描摹和尽情抒发，丝毫没有沾惹如今旧体诗中常见的那种空泛的“老干部体”之风，而多了浓郁的烟火气，和真切的心情律动。

俊戊诗：“体弱药煎回春酒，寿长足泡不老汤。练身林苑舞太极，找乐琴房唱昆腔。”将自己的日常生活状态和达观的心理表现，抒发得淋漓尽致。他就是这样，每天到天坛公园打打太极，到琴房尽情地吼几嗓子。难得的是，他不是把生活单摆浮搁地端出来，而是进行了诗化的剪裁，昆腔和太极，练身和找乐，回春酒和不老汤，这些日常生活常见的景物，才变得有了对仗的情趣，有了庸常中难得的诗意，有了跌宕的韵律，有了我们会心会意的共鸣。

俊戊还有一首题为《遛狗》：“夜重罩窗纱，玻璃结冰花。行人街暗少，路面雪残滑。爆竹惊飞犬，脱缰似野马。声嘶疾步寻，寻到已朝霞。”冬夜遛狗突遇爆竹炸响，小狗惊脱，寻找竟夜，小狗如脱缰野马，自己喊破嗓子疾步而寻，两相对应，人与狗两条平行线的蒙太奇，彼此写得格律严谨，有情有景，如描如绘，情趣盎然。

博文有一首题为《习书自得》：“皓首学书为乐和，写孬写好又如何。有心砺刃雕狗马，无欲润毫画龙蛇。宁被斯文骂山寨，莫装豪放笑馆阁。每逢笔到得意处，不待铃朱呼老婆。”写得确实不俗，他这几年，一直疾病缠身，连下楼都困难，却乐观向上，生活得有滋有味。平时爱好练习书法，临帖拜师，消磨时间，磨炼性情。也常把他的书法作品拍成照片，电脑发我，相互切磋，为一大快事。这首诗写他的生活实情实景，却虚实交加，有心情，有感悟，有书中自得，也有言外之意，更有他生性的桀骜性格的流露。最后一联“每逢笔到得意处，不待铃朱唤老婆”，多么潇洒，颇有魏晋之风。

博文还有一首题为《街头即景》：“天下有人管，自家不能离。买书学炒菜，拎米看下棋。牵狗压马路，听人吹牛皮。老妻凭窗唤，该管孙学习。”写得风趣俏皮，生活气息扑面。特别是“牵狗压马路，听人吹牛皮”一联，让我想起流沙河先生写的“狱中陈水扁，楼下赖汤圆”。“陈水扁”与“赖汤圆”人名的对仗中“扁”和“圆”，是巧对；“压马路”和“吹牛皮”的生活俗语对仗中“马”与“牛”，也是巧对，让我忍俊不禁，感受到他们的智慧，以及旧体诗中独有的乐趣。如此能够将庸常场景和日常用语入诗，并对仗得如此巧妙工稳，是写诗的本事，更是生活的态度。

我喜欢读这样的诗，赞赏这样的写法，旧体诗不应该体裁属于旧，就一定都写得风花雪月一样的旧，而是能够如他们一样将现实的日常生活入诗。这样才会让旧体诗焕发新的生命和新的韵味。近年来，旧体诗词重新复活，在聂绀弩、邵燕祥等老一辈作家的诗集一版再版的带动和影响下，获得越来越多人的喜爱。前些日子，诗人流沙河又尖锐地指出“新诗是一场失败的实验”，而倡导回归旧体诗。不管这种说法是否极端，都说明旧体诗的读者和作者在扩大，旧体诗的创作和现今生活的关系越来越密切。从某种程度而言，旧体诗复兴的生命力，不居庙堂之高，而处江湖之远，多在草根民间。

俊戌和博文的诗，让我想起最近四川大学教授的旧体诗集《将进茶》被评获鲁迅文学奖而引起争论的事情。俊戌和博文没有出过诗集，但如果有人认真读他们的诗，并仔细比较一下，真的一点儿不比鲁迅奖的差，也一点儿不比眼下正儿八经写旧体诗的诗人差。而且，从他们的诗可以看出，旧体诗对现实生活的介入，也不仅仅是着眼于时尚与新闻的打油，和博文嘲笑的那种宏大叙事的馆阁体，更多应在于日常与内心，真正的好诗，是从心灵走向心灵。

俊戌和博文的诗，让我想起晚年放翁的诗句：“一寸丹心空许国，满头白发却缘诗。”他们写诗，只是因为真心的喜欢，才会毕其一生钟情旧体诗。不为争春，只为裁诗叙心，诗便更有生命力。

2014 年 5 月 29 日于布鲁明顿

诗的补课

我这里说的诗，指的是古典旧体诗。

想想，除了小学在语文课本里学过“床前明月光”和“锄禾日当午”几首有限的古诗之外，第一次读旧体诗的诗集，是我读初一的时候。我从同学那里借了一本《千家诗》，是那种清末民初的旧版书，发黄的薄薄马莲纸，竖行排印，每一页的上端，都有一幅木刻古画。它让我对旧体诗着迷，我用一个写作业的田字格本把这本《千家诗》从头到尾抄了一遍。到现在还记得抄写的第一首诗是：“古木阴中系短篷，杖藜扶我过桥东。沾衣欲湿杏花雨，扑面不寒杨柳风。”那时候，每天在一张小纸片上抄一首上面的诗，带到上学的路上背诵，车水马龙的喧嚣都不在了，只剩下了诗句连成的想象和意境，成了学生时代难忘的回忆和成长的背景。

第一次染指旧体诗的写作，是在“文革”后期。逍遥校园，插队在即，同学又要风流云散，天各一方，前途未卜，心绪动荡，大概是最适宜旧体诗书写的客观条件。爱好一点儿文学，自视几分清高，所谓革命理想的膨胀，又有铺天盖地的毛泽东诗词的影响，如此四点合一，大概是那时旧体诗书写的主观因素。由此诗情大发，激扬文字，还要学古人那样相互唱和，抒发高蹈的情怀：“振衣千仞岗，濯足万里流。我有辞乡剑，玉锋堪裁云。”想想，十分好笑，又是那样天真，书生意气，贴着青春蹩脚的韵脚，留下稚气未脱的诗行。

不过，那时对旧体诗的热情，很快就随着插队和返城繁杂庸常而疲于奔命的日子散去。旧体诗，只是青春期图谋快感的一次手淫。重新拾起旧体诗，是几十年过去退休前后的事情。特别是2007年年底退休之后，我知道，随着时间一下子闲暇了起来，其实，也是人渐入老境的开始。为打发时间，对付老境，我选择了学习旧体诗和学习绘画这样两种方式，自娱自乐。老杜诗云：自吟诗送老，相对酒开颜。将其中的“酒”字，换成“画”字，是我生活真实的写照。诗与画，是进入老境的两根快乐而合手的手杖。

真的是无知者无畏，信手写诗，和信笔涂鸦一样，写得那样自以为是。因学识浅陋，又无人指点，不知其中已是错误百出、千疮百孔。2010年春天，我去美国小住半年，无所事事，从图书馆借来台湾版的《读杜心解》（上下册）和一本《唐诗鉴赏词典》，两相对照，方知旧体诗里面的学问和规矩，远比我想当然的丰富得多、讲究得多。其中格律则是旧体诗尤其是格律诗至关重要的律令。重新看自己所写的旧体诗，不禁汗颜，因为几乎没有一首是合格的。便从头逐一修改。修改的过程，是学习的过程；学习的过程，也是快乐的过程。

聂绀弩和邵燕祥先生都曾经说过，旧体诗的写作是一种游戏。这种游戏的快乐，首先便在于其严谨的格律。格律，让平仄和对仗，有了音乐般的韵律，有了词与词、字和字之间细致入微、紧密非凡而奇特无比的关系，即布罗茨基所讲的：“一个词在上下文中特殊的重力。”而这种韵律和关系，则为中国文字、中国文学乃至中国文化所独有，有旧体诗自成一体的语言系统、美学系统和价值系统。这些系统不是正襟危坐的高头讲章，而是温润清澈，如水流动，贯通在旧体诗的格律与韵律之中，真的是一种中国独有的奇妙而有着特殊重力的存在。

在这里，可以真切地触摸到并可以学习到，对于世事沧桑与人生况味，古人是如何体味、追寻、处理和表达的。由此观照现今的社会和自己，那种流失的古典情怀以及它们的表达方式，常让我在这些旧体诗里面生发感喟，甚至羞愧。当然，也让我靠近它们庇荫取暖，学习到许多，并得到快乐许多。

因为，面对现今纷繁变化的世界，我们需要这样带有古典情怀的诗性的营养，起码对于我，需要这样诗性的释怀。同样，还因为，现今存在的一切，以及我们内心所思悟和情感所需要的一切，在旧体诗中都可以找到这样诗性的对应，非常地奇特，而且，非常地准确，又非常地含蓄蕴藉和浓缩。

那天，看孙犁先生的女儿出版的一部新书中，有一张照片，影印孙犁先生晚年书写的一幅字，抄录的是老杜晚年的几句诗，其中一联印象非常深刻：雕虫蒙记忆，烹鲤问沈绵。后查诗集，是老杜去世前两年所写的一首百韵五排中的一联。对于文字写作的意义，和对于朋友的书信其实更是情谊的关切，同为暮年，经历了人生和世事的沧桑跌宕之后，孙犁先生和老杜的心境会如此相通，竟然一步跨越了一千多年的历史长河，找到了自己心情最合适最干练的抒发，不能不说是旧体诗的魅力，真的叫人叹为观止。

因此，阅读和写作旧体诗，寻找这种韵律和关系，寻找这种古今心思与表达与抒发之间的奥妙与微妙，则大有曲径通幽之乐趣。其乐趣，在于游戏精神和古典情怀并存，相得益彰。而且，它特别适合独自一人的思索、品味和探寻，可以不必打扰任何人，将自己的心情和感情、一瞬即飞的回忆、擦肩而过的思绪，在中国独有的方块字，而且是有限的方块字之间，其实也是在无限的想象天地之间，逐渐显影，逐渐摇曳，“穿花蛱蝶深深见，点水蜻蜓款款飞”。在这有限和无限之间，在节制和限制之中，有着“众里寻他千百度”，有着“咫尺应须论万里”的魅力和诱惑，尤其适合需要远避尘嚣的老年人的清静之心。我称之为我自己的智慧体操，是我常常操习的八段锦。

正如布罗茨基所说：“除了少数例外，近代所有不少有些名气的作家都交过诗歌的学费。”我没有多少名气，却一样也是在交诗歌的学费，在为自己补课。中国古典的诗歌尤其是格律诗，其绝妙可以说全世界绝无仅有，更值得为它交学费。我只是觉得自己交的时间晚了些。

我只学写格律诗。这样做，是想集中一点学习，可以毕其功于一役。说是律诗，当然，也只是打油而已，因为距离严格的律诗有很大的差距。对于律诗的学习，我采取的是宽韵严律的原则，对于“鱼”和“虞”、“佳”和“麻”、“真”和“文”之类严格的区分，不会在意，就像王力先生在《诗词格律》中所讲的：“今天如果我们也写律诗，就不必拘泥古人的诗韵……只要朗诵起来谐和，都是可以的。”但对于平仄的要求，则尽可能地遵守。如此做，为了是让格律诗更像格律诗一点，也为了是让自己在其中找到的乐儿更多一些。尽管努力，也是按下葫芦起了瓢，错误如落叶时时飘落在自己的头顶而全然不知。

我信奉已故老作家萧军所说：“只有旧体诗，才是为自己写的。才和自己有着血肉关联。”前辈学者钱穆先生，在论述旧体诗时也曾经说过这样类似的话：“中国古人曾说‘诗言志’，此是说诗是讲我们心里的东西的。”在这里，对于“诗言志”的“志”，钱穆先生做了最好的解释，而不囿于传统和现时惯用的那种宏大的指向，强调的是“心里的东西”，即萧军先生所说的“和自己有着血肉关联”的东西。这个“心里的”和“血肉关联的”，我想，大约是旧体诗区别于新诗乃至文学其他品种最特殊的地方，也是最迷人的地方。所以，钱穆先生又说：“正因文学是人生最亲切的东西，而中国文学又是最真实的人生写照，所以学诗就成为学做人的一条径直大道了。”这是学习旧体诗的更高境界了。这样的境界，值得为它多交学费，好好地补课。

2015年3月9日写毕于北京

加拿大红枫

街口对面的人行道上，有两棵高大的加拿大红枫。看样子，树龄够老的，树干粗粗的，树皮斑驳，长得足有三四层楼高，枝叶茂密，五角形阔大的叶子，被风吹得哗哗地响似海浪。

每天黄昏，我都要到这里等候校车的到来，接小孙子放学回家；每天都要和这两棵红枫见面。正是深秋季节，特别是在夕阳的映照下，枫树红得像燃烧的火，直冲天空，红叶蓝天白云，相互映衬，格外醒目。

这一次来美国已经快一个月了。天天看见这两棵红枫，像老朋友似的，让这个秋天都显得很温暖。

但是，这个周末休息两天没见，周一黄昏到街口接孩子的时候，忽然发现对面的那两棵红枫没有了。两棵大树，这么会突然没有了呢？开始还奇怪，仔细看，才发现，树竟然光秃秃的，一片叶子都没有了。不过是周六下了半天的雨，周日刮了一天的风，就这样快地让两棵这么高大威武的枫树，一下子衰老得齿落发凋了吗？大自然的力量，真的是无法抗拒。失去了红叶的老枫树，威风尽失，生命显得是那么脆弱，表面上那满树枫叶如火的劲头，已经扛不住一天风雨突然袭来了。火红的夕阳下，两棵枫树只剩下斑驳的树干和赭色的枝条，像是伤病之后的老者，显得灰头灰脸，瘦了一圈。风中被吹折的枝条，发出凄清的声响。

心里忽然有些伤感。

我知道，伤感的不仅是为这两棵加拿大红枫，而是为去年这个时候曾经见过的一对夫妇。他们推着一辆婴儿车，正在枫树下照相。那时候，树上枫叶如火，树下落叶萧萧，婴儿刚刚落生一个来月，他们是给外孙子拍满月照，特意选择了这里。树荫中都是温暖的红色，阳光透过叶间的缝隙洒进来，一片阴凉在老两口和孩子的脸上扑闪着。

就这么聊了起来。本来住在这个社区里的中国人就不多，相见恨晚一般，聊得格外投机。老两口是山东人，赶在女儿生孩子前就来到了美国，专门伺候月子的。女儿女婿都是美国名牌大学博士毕业，女婿在读博士后，女儿在这里的大学教书，工作收入都不错，如今添丁，无比的幸福洋溢在老两口的脸上。他们邀请我到他们家中做客，老伴指着丈夫说："他会种菜，我们的院子里种着好多西红柿、白菜和韭菜，你们去拿点儿！"他们的年龄比我还小两岁，身体硬朗得很，不仅帮助女儿带孩子，还能种菜，真让人羡慕。

今年秋天来到这里，却没能见到他们。按照我们这样都是来这里看孩子的老人来说，候鸟一样，都是来美国半年，回国半年再来，这时候是他们应该来的时间。或许，是他们提前来过了，要不就是把时间往后推移了。散步的时候，还曾经到他们的房前看过，孩子都上班去了，房子静悄悄的，院子里也没有了去年菜园的姹紫嫣红。没有了老父亲的侍弄，院子显得有些荒芜。

前几天和儿子闲谈中说起了这对山东老夫妻，问了句今年他们怎么没来呢？儿子告诉我，本来前些天要来的，飞机票都订好了，突然老爷子病了。我忙问："什么病呀？"儿子摇摇头说不清楚："反正是挺突然的，说病了就病重得起不来了，他女儿都请假回去了。”我心里暗暗叹口气，毕竟人老了。白天不知夜的黑，秋天也不再是春天了。

周一黄昏等候接孙子，看到对面那两棵突然凋零的枫树，我忍不住想起了老爷子。树犹如此，人何以堪！

2015 年 10 月 25 日于布鲁明顿

叶曲两章

一

树的叶子，深秋时才会令人瞩目。春天和夏天，所有树的叶子，尽管形状不同，却一律都是绿色的。千篇一律的颜色，会让人司空见惯。更何况，在春天，树上盛开五颜六色的花朵，就像舞台上呈现出色彩缤纷的服装秀，总会炫人眼目。

只有到了深秋季节，树的叶子一下子变幻了一春一夏单调的绿色，变得如花开一般，也五彩缤纷起来。像在秋风的吹拂下主角出场了，突然转身一亮相，格外灿烂。没错，这时候的树叶，摇身一变，成为真正的主角。

除了长青的松柏，这时候的树叶都会变了颜色，不是变黄，就是变红，或者红黄交错的握手，或者黄绿相融的二重奏。像是一群笔管条直的小学生，脱去了统一呆板的校服，换上了节日的盛装，赶赴参加一个大Party。这时候的树叶被红黄两种色彩统治，远远一片，万山红遍，层林尽染，红得像火焰，黄得如凡·高涂抹过的金色，实在是壮观，是树一生最为辉煌的时候。

这次来美国，赶上了秋季的全过程，见证了树叶如此的辉煌壮观。才发现，在北京只顾着脚后跟打后脑勺日子的匆忙，忽略了树叶这时候的样子，其实是可以和春天的花朵相互媲美的。也才发现，即便是树叶红黄两大色系，这时候的红黄也不尽相同。

红，不仅仅是香山黄栌或常见的枫树的那种。在这里，加拿大红枫，高大十几米，红得鲜艳而浑厚，像是重重的油彩涂抹过一样，一株株挺立在秋风中，如同戏里的红脸关公，铁板铜钹高声大唱；矮矮的灌木石楠，则红得鲜嫩而跳跃，像是刚刚在清水里洗过，一簇簇鲜灵灵地簇拥在房前房后，如同小姑娘脸上的笑靥，轻轻吟唱着乡间民谣。忍不住想起上中学时读过五四时期的诗人潘漠华写过的一首小诗：五角枫穿上新嫁衣要嫁人了。心想，不仅是五角枫穿上新嫁衣呢。

当然，还有山茱萸、山胡桃、紫叶李、槭树和橡树，还有我认不出的树的叶子，红得深浅层次不同，橙红、酒红或深红、紫红，将红色渲染得淋漓尽致，奏响一曲红色交响。

在这里，我才发现，即便是五角枫，也不只是一种红色，有的是金黄色的，叶子比红枫还大，如果一黄一红的五角枫站在一起，真像是秋天里的哼哈二将。黄，不仅仅是以前见惯的银杏叶子一种。

叶子变得金黄的，还有白桦的叶子。白桦树，在北大荒时见过多了，注意更多的是它修长而洁白的树干，就像注意力都集中在姑娘的美腿上。这时候才仔细看清它的叶子是心形的，边缘带锯齿，叶脉清晰，左右对称如卡通里的一株小树。和其他树密集的叶子不同，它的叶子已经稀疏零落，散落在下垂的枝间，如同年纪变大的女人不胜发簪的头发，金黄中带有不甘心褪去的绿色，摇曳在秋阳中，像西尔斯或修拉忧郁的点彩画。

树上的叶子萧萧飘落，是秋天另一种景致。萧萧是声音，需要安静作为背景，是与喧嚣相背离的。无边落木萧萧下，落木千山天远大，这样壮观的情景，都已经很难见到。有一天，在社区散步，忽然听到身后一片喧哗，以为是人的脚步声，回头一看，一片金黄色的落叶正铺天盖地地飘落，叶落在地上发出的萧萧之声，我是第一次听见，居然这样响亮而清脆，犹如一阵急雨琵琶。

落叶不尽是音乐，有时也是麻烦。一层层的落叶积在房前屋后的草坪上，会越积越多，越积越厚。清扫落叶，成为这里人们从深秋到初冬必备的功课。每家都会有扫落叶的耙子、夹落叶的夹子和吹落叶的鼓风机。总之，要用种种方法，一遍遍地把落叶清理到路边，等候垃圾车来拉走。专门收集落叶的垃圾车，在这季节里只会来两次。错过了这样的机会，你只好把落叶装在大大的纸袋里，自己请垃圾车运走了。但是，这是要付费的。落叶给予人们审美愉悦的同时，也需要付出代价。这算是这时候树的叶子的出场费吧。

二

想找树叶做手工，已是入冬。几场冷风冷雨，树上的叶子凋零无几，大多落在地上。不过，由于雨水频繁，落在地上的叶子湿润，还散发着树枝的气息，呼应着残存在枝头上的叶子，做最后的告别，虽有几分凄婉，却也十分动人。

放学的时候，在路口等候校车，看见小孙子从车上跳下来，见到我的第一句话就是："咱们找树叶去吧！"便先不回家，沿着落叶缤纷的小路找树叶。这时候，才会发现，秋末时分枝头上的树叶，或金黄，或红火一片，在秋风的吹拂下，是那样的灿烂炫目；落在地上的叶子却有别样的形状、色彩和风情。

形状不一样了。由于距离的变化，拿在手中，近在眼前，才发现同样都是枫树，有三角枫、五角枫和七角枫的区别。而且，不同的枫叶，像伸出不同的触角，活了一般，让那红色的叶脉弯弯曲曲像是真的有血液在流动。不同流向的叶脉，让叶子的触角有了不同的弧度，那弧度像是舞蹈演员柔软而变幻无穷的手臂，富有韵律，让我们充满想象，便也成为我们做手工最佳的选择。我和小孙子用这样红色和黄色的枫叶，做成的金孔雀和红孔雀，让我们自己都惊讶那一片片枫叶怎么那么像孔雀开屏时漂亮的羽毛呢？好像它们就是特意落在地上，等着我们弯腰拾起，去做孔雀那五彩洒金的尾巴呢。

还有那槭树和石楠的叶子，椭圆形，粗看起来，大同小异，细看大有玄机。石楠叶小，槭树叶大，小的小巧玲珑，像童话里的小姑娘，大的像大姐姐一样温柔敦厚。石楠叶薄，薄得几乎透明，红红的颜色像是过滤了一样，淡淡的胭脂似的，可以随风蹁跹起舞。槭树叶厚，且有光亮的釉色，像穿着盔甲的武士，似乎能够听到风声雨声；又像天鹅绒的幕布，拉开来，舞台上就可以上演有趣的戏剧。槭树叶和石楠叶最好找，几乎遍地都是，我们常常会如进山寻宝的人，总有些贪婪，弯腰拾起了这片，又抬头看见了那片，捧在手里一大捧，反复权衡，恋恋不舍，好像它们都是我们的至爱亲朋。我们用不同的槭树叶做成了不同形状的鱼，用不同的石楠叶做成了莲花，五片石楠叶错落在一起，就是一朵盛开的莲花；大小两片石楠叶合在一起，就是一朵含苞待放的娇羞的莲花；再找两片小小的黄栌，要找那种还能顽强保持着绿色的叶子，放在莲花下面，就是莲叶田田了。

当然，色彩也不一样了呢。别看落叶没有了在枝头连成一片的金黄和火红耀眼的阵势，但落叶不是落花顷刻辗转成泥，溃不成军。落叶区别于树上叶子的重要之处，在于树上的叶子连成一片的金黄和火红，让所有的叶子变成了一种颜色，淹没在相同的色彩之中，很像当年见过的“红海洋”，和如今已经泛滥的凡·高的向日葵的金黄色。落叶散落在草丛中，灌木间，或泥土里，却是色彩不尽相同，彰显每一片叶子舒展的个性，甚至色彩渗进叶脉，都让我们看得须眉毕现，触目惊心，也赏心悦心。

同样是杜梨树上落下的叶子，经霜和被雨水反复打湿后，每一片叶子上的红色已经不同，那种沁入红色深处的黑色光晕，浸淫红色四周的褐色斑点，像磨出的铁锈，溅上的离人泪，似乎让每一片落叶都有了专属于自己前世的故事似的，更让每一片落叶都成了一幅绝妙而无法复制的图画。由于杜梨叶比较厚实，叶子上面有一层釉色，显得很是油亮，每一片落叶都像是一幅精致的油画小品。那些随心所欲而富有才华的大色块渲染，毕加索未见得能够胜上一筹；那些飞溅而落的斑斑点点，西尔斯拿手的点彩也未见得能够如此五彩缤纷。

杜梨叶，是我们最喜欢的，我们常常在地上仔细寻找，不放过任何一片闯入眼帘的叶子，常常会有美丽的邂逅而让我们赏心悦目，便常常会听见小孙子的大呼小叫："爷爷，快看，这里有一片好看的树叶！"

找到的最好看最别致的一片杜梨叶，竟然是黑色的。那种黑，不是被污染的乌黑，也不是姑娘劣质眉笔的那种漆黑，而是油亮油亮的黑，叶子的边缘有一层浅浅的灰色，像黑色的火焰燃尽之后吐出一抹余韵；像淡出画面之外的空镜头里的远天远水，让叶子的黑色充满想象的韵味。

这片黑色的杜梨叶，一直没有舍得用。也不是真的舍不得，是不知道用在哪里恰到好处。我们用别的杜梨叶做的热带鱼或大公鸡，都让不同色彩的杜梨叶尽显各自的英雄本色，让那种不同的红色交织成一曲红色的交响。只是这片黑杜梨叶，一直夹在书本里。曾经想用它做成一只海龟，它黑亮黑亮的釉色和粗粗的叶脉，还真有几分海龟的意思。也曾经想把它一剪两半，做成两条木船，在上面用银杏叶和红枫叶做成它们各自的风帆。但是，都觉得不是最佳选择。它暂时还沉睡在我们的书本里，它的生命跃动，在我们的想象中，也在它自己的梦中。

真的，别以为落叶就是死掉的树叶，落叶离开树枝，不过是生命另一种形式的转移。龚自珍诗曾说：落红不是无情物，化作春泥更护花。落叶更是如此，更具有化为泥土中腐殖质的营养作用，来年新一轮春花的盛开，是落叶生命的一种呈现。如今，落叶生命的另一种呈现，在我和小孙子的手工中，它们存活在我们的册页里和记忆中。

2015 年 11 月 29 日于布鲁明顿雨中

剪 纸

那天，我带孙子高高去美术馆看马蒂斯的剪纸。这个名为“马蒂斯剪纸：‘爵士’”的展览，是马蒂斯的一组剪纸画，共有 20 幅。这是 1942 年时马蒂斯的作品，那时，马蒂斯 73 岁，信手拿起了剪刀和纸。剪刀在他的手中，鬼魂附体一般，灵动如仙；鲜艳的色块和诡异的线条，充满难得的童趣，让我看到了他绘画艺术的另一面。

我指着马蒂斯的剪纸，问高高：“好看吗？”他回答我说：“挺好玩的！”高高只有四岁半，他的这个回答，让我高兴，因为他没有顺着我的问话回答说“好看”，而是说“好玩”。剪纸，和正儿八经的油画不同，正在于好玩。油画，需要画笔、颜料、画布和画架，剪纸，只要一把剪刀和一张纸就可以了。所以，剪纸，来自民间，而不像油画来自宫廷和学院。

我和高高说话的时候，高高的爸爸正在前面，俯身趴在马蒂斯的一张剪纸前观看，不知道他看出了什么，又会想起什么。那一刻，我想起了他小时候，和高高差不多大的年纪，有一天，我和他妈妈有事外出，把他丢给奶奶照看。小孩子，没有一个是省油的灯，他开始磨着奶奶，和他一起玩，玩他的积木、魔方、变形金刚和电动火车。那时候，奶奶已经七十多岁了，哪里会玩他的这些新式玩具？便总在玩的时候出差错，不是积木坍塌，就是火车出轨。他玩得兴趣锐减，开始磨着奶奶要找爸爸妈妈。奶奶没有办法，从针线笸箩里拿出一把剪刀，让他找张纸，说：“奶奶教你剪纸吧！”

孙子眨巴着眼睛，望着奶奶，有些奇怪，但听说剪纸，还是来了情绪，飞快地跑走找纸去了。那时，我家里有很多杂志，花花绿绿的封面，正好成了剪纸的好材料。不一会儿，他抱来一摞杂志，递给奶奶说：“你教我剪纸吧！”

其实，奶奶哪里会什么剪纸！除了鞋样，她老人家一辈子也没有剪过一回纸，实在是被这个磨人精的小孙子磨得没招儿了。年轻时，在农村生活，她看过村里人剪纸，是过年的时候剪出的窗花和吊钱，贴在窗户上，挂在房棂前，红红火火的，吉祥，又好看。那些窗花里有很多如喜鹊登梅等好看却又复杂的图案，那些吊钱里有元宝和“福、禄、寿、喜”更复杂的图案，奶奶哪里会剪呀！奶奶是被赶上架，只好拿起剪刀，冲着杂志封面开剪了，完全是有枣一棒子，没枣一棒子，剪刀没有任何章法地随意游走。彩色的纸屑抖落在奶奶的衣襟上之后，剪出来的剪纸，虽然祖孙俩谁也认不出是什么花样，却都很开心。孙子说了句“真好玩”，便从奶奶的手里拿过剪刀，冲着另一本杂志的封面下笊篱。他觉得原来剪纸这么简单，一点儿都不难。

我回家的时候，看见床上和地上都是彩色的纸屑，桌上铺满祖孙俩的杰作。他跑过来对我说，全是我和奶奶剪的，好看吗？我连说好看，那一幅幅剪纸，是比马蒂斯的剪纸还要抽象和野兽派，完全看不出来剪出来的是什么东西。但是，随意甚至肆意的线条，如水如风，在彩色的纸上游龙戏凤，留下了祖孙俩心情和想象的痕迹。这些剪纸，让我第一次真正地意识到，包括剪纸和绘画在内的艺术，不见得都具象得让人看懂，关键是里面要有你的心情、想象和真挚的情感。

从此，很长一段时间，我家总会是一地彩色纸屑，如同开春后的五花草地。奶奶成了孙子的剪纸老师，祖孙俩让家里的那些杂志变废为宝。我从他们两人的剪纸里各挑出一张，夹在我的笔记本里，成为一段美好的记忆。

一晃，三十多年过去了，儿子长到我当年的年龄，而孙子和他当年一样大了。生命的循环，是以日子的逝去为代价的。那天，从美术馆回到家中，我拿出剪刀，对高高说，去，看看你爸爸那里有没有废杂志，爷爷教你剪纸！高高眨动着眼睛，好奇地问我："你会剪纸，像马蒂斯一样的剪纸？"我信心满满地对他说："对，比马蒂斯还要好看好玩的剪纸！"

又是一地彩色的纸屑。

2015年春节前夕于北京

第四辑 风中华尔兹

手机使街上的人们表情丰富

有一次，我在大街上走，忽然看到一位年轻女子独自站在马路牙子上，是一个侧身，黄昏时的霞光把她镀成漂亮的剪影。只是她仰着头莫名其妙又说又笑，而她的对面并没有任何人，只有车辆在川流不息，那样子非常像一个演员在舞台上旁若无人地独白。后来才发现她是拿着手机在打电话。

我才明白是自己的大惊小怪。自从手机普及之后，大街上人们的表情，再不只是低头看路抬头看车，而一下子丰富起来了。

如果迎面向你走来的人，虽然是一个人，却向着你绽开灿烂的笑容，口中念念有词，你千万不要以为他或者她是要和你说话，他或者她一定在和手机联系着的另外一个人在说着咸的淡的有意思的或没意思的什么，却是聊不完的话题。

如果你在一个人的背后走，忽然看到他或者她在挥舞着手臂，哪怕是生气得有些张牙舞爪，你千万不要害怕，他或者她并不是没来由地冲着你来的，是在和手机连着的对方发火或者发泄着什么，手机成了情绪延伸或表情掩饰的道具。

如果你看见有一个人走着走着，忽然跑了起来，迅速地跑到了你的前面，你千万不要以为他或者她一定是赶公共汽车，或是着急要上厕所，而是手机在他或者她的耳边响了起来，前边不远正有人在等着，或是他们约会的恋人，或是他们约好的陌生人。

我在街上见到过好几次这样的情景，不管马上就要见到的是什么样的人，手机都带动着他们脸上的表情格外丰富起来，哪怕是等他们的人已近在咫尺，相互看见了，手机也不会关上，而好像特意要为他们相见的这一刻见证和伴奏。

情人节那天晚上，我在东单的一条街上走，看到几乎一街的人的手里都拿着玫瑰花，也几乎是一街的人的手里都拿着手机在通话。那一刻，是平常日子里见不到的一种壮观。街灯和路旁商店的霓虹灯，辉映着鲜红的玫瑰和萤火虫似的不住闪光的手机，使得一街都充满着感动和温馨。

还是在那天，天刚擦黑时分，朦胧的雾霭和夜色刚飘起来，在我家前一条小街的十字路口，一个年轻姑娘，非要他的男朋友抱着她过这个街口。众目睽睽之下，小伙子有些不大好意思，可姑娘撒着娇坚持站在那里就是不走。绿灯亮了，小伙子豁出去了，一把抱起了娇小玲珑的姑娘，走上了斑马线。走到半截，姑娘的手机响了，她打开手机，和对方通着话，一直到小伙子把她抱过了马路，话还没有完，谁也不知道她在说着什么。躺在小伙子的怀中过马路，所有的车辆都在为她让路，所有的人们都在望着她，打手机的感觉一定不错，我从来没有见过街上人的表情这样幸福而得意。

手机不仅使街上人们的表情丰富，也使整条街的表情丰富起来。

2005 年初春于北京

一场戏的工夫

那天晚上，我到戏剧学院的剧场看戏。秋风乍起，夜色中朦胧的路灯都显得有了些凉意。因为路上堵车，时间有些晚了，穿过学院前的那条胡同，我走得很快。戏剧学院是我的母校，27 年前，我曾经在这里读了 4 年的书，毕业以后，又曾经在这里教了 3 年书，这条胡同，我很熟。因此，走在这条路上，颇有点老马识途的感觉，逝去的往日的气息，随风扑面而来。

在校门前高高的院墙边，有一盏路灯，昏暗得很，我上学的时候怎样昏暗，现在还是怎样的昏暗。院墙就在这里结束，路面凹进去一块，形成一个死角，路灯正好弯在里面，我读书的时候，校园里时兴“英语角”什么的，大家就管这里叫作“爱情角”。那时候，常常有同学和外校的同学谈恋爱，在这里告别，悄悄地拉着手，卿卿我我磨磨唧唧地说着说不完的情话，似乎昏暗的路灯光可以帮助他们遮掩一点儿羞涩。

有意思的是，那天我路过这里的时候，看见一对年轻的情侣，正在那盏路灯下拥抱，忘情得很，我的匆匆脚步，并没有打搅他们。我和他们擦肩而过，看得很清楚，他们正在热吻，而他们却旁若无人，根本不需要灯光的遮掩，相反他们看见我从他们身边走过，还冲我嘻嘻地笑了两声，四瓣嘴唇没有松开，那细微的笑声，像是开水顶着壶盖呜呜在冒泡儿。我走过去之后，忍不住回头看了看他们，男的穿着牛仔裤，包裹着修长的腿，女的穿着一条喇叭裙，蹬着一双高筒靴，亭亭玉立。不知道他们是我的小校友，还是外校的同学，或者是其他地方的年轻人？我在祝福他们的同时，不由得感慨时代确实变化太快了，我们那时候，虽然有这样一个“爱情角”，但还不敢这样大胆，毕竟是离学校大门口不远。

戏看完了，悲欢离合一杯酒，南北东西万里程，两个小时的戏，演绎了好多个人的一生。因为散戏的时候正好碰见了留在学院里教书的老同学，聊了会儿天，耽搁了一会儿，等我走出剧场，胡同里安静得很，散场的那么多人，已经如潮水退去得没有一点儿影子，仿佛被浓重的夜色都收进去了似的。夜风大了一些，也更凉了一些，我不急，慢慢地走在这条曾经熟悉的胡同，情不自禁地想起在学院里读书和教书时的一些往事和故人。这些年，北京城变化很大，许多大学的校园变化也很大，我的母校变化却不大，大概因为它地处市中心，地盘很小，无法扩展，受到了限制吧。这条胡同变化也不大，和我读书的时候几乎一个样子，我们都变老了，而它仿佛还没有长大。也许，变化大的，只有我们自己了，往来千里路常在，聚散十年人不同嘛。

我这样一边胡思乱想，一边顺着原路往回走着，又快走到校门前那个“爱情角”的时候，在那盏昏暗的路灯的辉映下，看见来的时候看见的那对情侣，还站在那里。不过，这回，他们不是拥抱亲吻，而是面对面地对峙着，甚至挥动着拳头，气哼哼地指责着对方，相互在谩骂着，如斗鸡似的，显得格外的愤怒，势不两立的样子。

这样的情景，让我感到意外，禁不住停住了脚步。起初，我想大概不是我来时看到的那一对，那一对刚才是多么的甜蜜，密如雨点似的吻，还有那亲吻时嘴唇都不离开情不自禁冲着我的笑声，不可能这么快就都变成了谩骂而出的吐沫星子吧。可是，当我走近一看，就是他们，牛仔裤、高筒靴、喇叭裙，都像是无可推卸的物证一样，证明就是那一对年轻人。我弄不清楚，他们为什么会突然变成了这样，刚才还是明朗朗的艳阳天，怎么一下子就变成了轰隆隆的雷雨了呢？不过只是一场戏的工夫。

我隐隐听见，好像男的在解释着什么，而女的就是不依不饶，男的急了，女的更急了，争吵变成了谩骂，而且在不断升级，大概已经吵了一会儿了。而且，我也听出了，他们就是这所学院的同学，只是我猜不出他们是哪个系的。不管出于什么样的原因，也不该这样快就突然从亲吻变成谩骂，这样跌宕，即使是戏也不算是好戏，像是没有过渡一样，愣愣地转折，让人无法接受。哪怕也许过一会儿，他们又可能和好如初，亲吻如蜜。

我再一次和他们擦肩而过，他们和戏开演之前我从他们身边路过一样旁若无人，还在忘情地对骂着，声音在寂静的胡同里清脆地荡漾。只是我好像在一场戏的工夫里，那样快地走过两个截然不同的季节。我才忽然意识到，这条我曾经熟悉的胡同，和这条胡同里我曾经熟悉的学院，其实都早已经变得我不大认识了。

离开他们很远了，我回头看看，他们还在那里吵，而且似乎更厉害了，张牙舞爪的样子，在昏暗的路灯灯光下，剪影一样的感觉，像是皮影戏。

2005 年秋日于北京

软卧车厢上铺的女人

那一次，我乘火车从青岛回北京，列车是夕发朝至，上车天就黑了，没一会儿，大家就都如鸟上架一样，爬上自己的铺位睡觉了。软卧车厢里四个铺位，只有我的上铺没有人，车开了好大一会儿了，还是空的。送我们上车的青岛朋友和车长是好朋友，对我们说："没人来了，就你们三人，安心睡个安稳觉吧！"

我刚刚睡着，隐隐听见有动静，先是车厢门开的声音，光线闪了一闪，然后是鞋子落在地板上的声音，紧接着是一只脚软软的踩在我的脚上。"对不起呀！"是一个女人年轻而细微的声音。我睁开眼，借着车窗外闪进来的朦胧灯光，看见是一个女人，个子很高，很有礼貌地、像猫一样很麻利地爬上上铺。很快，就没有一点儿声响，只听见列车撞击铁轨单调的声音。是一个懂事的女人，知道大家都已经入睡了，不想打搅别人。

不是说车长答应不再安排人了吗？看来年轻女人的一张漂亮的脸蛋儿，还是一张畅通无阻的通行证。不过，倒还是一个懂事的女人，应该把铺位给人家。

让这个爬到我上铺的女人闹的，我半天没有睡着，便忍不住瞎想，她长得什么样，漂亮，还是不漂亮。不过，比起知情达理来，漂亮不漂亮，都是第二位的了。就这样，胡思乱想和扑闪在车窗的流萤一般明灭的灯火，交织一起，我糊里糊涂地睡着了。

天刚蒙蒙亮，我被一阵手机铃声震醒，以为是自己的手机，发现声音来自我的上铺，听见她在接听电话，很小的声音。我只隐隐地听见她在说什么："想，怎么不想呀，我一宿都没怎么睡，你还让我坐飞机，那么晚了，哪儿还有飞机呀，又得等一天……"

大概是怕吵着人，也是怕别人听见，她一边说着，一边麻利地爬下铺，推开门走到外面去了。我像是偷听见人家的隐私一样，心里有些过意不去，又有些好奇，忍不住猜想，不用说，这个女人匆匆地从青岛赶上火车，是到北京来会她的情人。心情急切，连一天都等不及，连夜赶来，一清早就可以见面了。只有爱情才有这样的力量。

她再次回来的时候，大家都醒了。她抱歉地对大家说："真对不起，一清早就打手机，把你们都吵醒了。"

我这才看清她的模样，很漂亮的一个女人，大概有三十出头的样子，只是因为一夜没睡，一脸的憔悴。她爬上上铺，我看见她在对着小镜子化妆，马上就要见到自己的情人了，当然应该修饰一下自己。

车快进站的时候，她的手机又响了。这一次，她显得有些沉不住气，几乎忘了我的存在，连连慌忙地说："不用，不用，你不用来接，我自己去……"

她放下手机的时候，才发现我站在她的下面，有些尴尬地冲我笑了笑。这让我有些奇怪，为什么不让自己的情人来车站接自己？这不大合乎情理，特别是对于急切渴望重逢的情人，就更显得哪儿不那么对劲儿了。

车缓缓地进站了。她跳下上铺收拾好她的行李——一个手提箱，放在我的铺位上，就走到车厢外面的走廊里，眼睛一直紧盯着窗外。我在收拾行李的时候，发现一本从上铺掉下来的书，封面是一个花花绿绿穿着暴露的女人，书名叫作《情欲》。我想是她的书，就随手把书放在她的手提箱上。她回来拿手提箱的时候，看见了书，一把抓起，飞快地把书扔到上铺上。她发现我在看她，脸一下子红了。

走出出站口，我看见了她。她独自一人站在那里，清晨的风有些凉，她微微地抖了一下。

2005 年岁末于北京

铁板的呼吸

铅灰色的墙，铁锈红四围的顶和一抹感叹号的外饰，和那阴沉沉的天，是那样的匹配。冬日的风吹得也是那样的适时适地，料峭而凛人。狭窄的门内，是一道弯曲的走廊，内墙全部都是由长方形的铁板一块块砌成，铆上的钉眼看得很明显，如同一颗颗明亮的黑眸。铁板墙上挂满了战俘的照片，是那场抗日战争中被日军俘虏去的中国军人，发黄的照片，褐色的镜框，沉淀着逝去了半个多世纪的日子。

在世界上，我从来没有见过一座战俘纪念馆。我也从来没有见过全部用铁板建成的一座纪念馆。似乎只有用这样沉甸甸的铁板，才能够托得起沉甸甸的历史和亡魂。走在窄窄的走廊里，两旁战俘的照片投射下来的目光，和两旁的铁板一样沉重，但绝对不是压抑。因为地板也全部由铁板铺就，只有间或铺着的玻璃砖下，看得见下面的日本侵略者的钢盔被地灯照亮，侵略者已经被我们踩在了脚下。

特别是看到这样的照片，比如刘启雄将军的照片，在那场震惊世界的南京大屠杀中，他是日军捕获的中国最高将领。军大衣的领子高高竖立着，剑眉高挑，目光如炬，不像是战俘，倒像是在凛然地审判着侵略者。

还有那张成本华的照片，一位战斗到最后一刻被捕的女兵，看得见她的身后是一排日本兵。虽然看不见，她的面前也应该有一排日本兵。她那样地潇洒，扣襻的中式棉袄蜈蚣襻紧紧扣到了领口，腰间系着武装皮带。她双手抱在胸前，眼睛和嘴角都含有微微的笑意。那笑意是对生死的置之度外，是对敌人的蔑视。

还有那张照片，一个不知名的十三四岁的少年军人，子弹袋、军号和军用水壶都还挎在身上，逆光的脸庞上，呈现出不屈的神情。稚气未脱的孩子，笔直立定站在那里，定格在苍茫的历史中。

……

一种从未有过的感动，冲击在我的胸口。解说员告诉我，被俘到日本的战俘，百分之九十点九七最后都死在了日本。在那战火纷飞的血腥战场上，牺牲的是烈士，生还的是英雄，被俘的呢？多少年来，他们和他们的亲人，一直饱受着别人所无法理解的痛苦和屈辱。其实，只要没有变节，他们一样是英雄，为了把侵略者赶出我们的国土，他们一样是胜利的奠基者，他们不仅用自己肉体的生命，更用自己屈辱的灵魂，为我们和平的今天铺平了道路。

这样的照片，布满整个纪念馆，或挂在墙上，或矗立在地上，或陈列在玻璃柜中，或悬挂在墙顶。它们如同群鸟，密集如云，用自己的羽翼遮挡住天空中的风雨，给我们的今天一片阴凉和安宁。

走在这样的纪念馆中，他们的目光无处不在，会从任何一个缝隙中，穿透悠长而容易被我们遗忘的日子，投射到我的脸上和身上，无语话沧桑，似乎他们每一个人时时都能够从照片中跳出来，感时思报国，拔剑起蒿莱。这时候，你真的能够感受到，纪念馆中紧紧包围在你四周的铁板那含有温热的呼吸。真的能够听到，怦怦的，让你和它们一起心跳如鼓。

这些照片全部是一位叫作樊建川的中国人到日本收集来的。他抛撒了大量的金钱，耗费了二十余年的时间，滴水石穿。据说，有一次他买回了一批照片，从日本回国，海关的人很奇怪，带着这么多箱子里面究竟藏有什么，非要拆箱检查。他们看到了，是这样的照片，不禁肃然起敬。他用时间更用良知，建了这座战俘纪念馆，他让一直尘埋网封的这样一段特殊的历史，他让这样一个个不屈的生命和灵魂，没有被风干，没有被遗忘，而是真实又充满敬意富于生命感地走到我们的面前。

走出纪念馆，紧靠的是一池清水潭，被称为静心池。开阔的天空和沉郁的铁板都映在池水中，仿佛故意用这一池碧水清波和四周的铁板做刚柔相济的衬托。它让我的心有了沉静融化的地方，它让那些不死的灵魂有了归来安栖的抚摸。

这个纪念馆在四川的安仁镇，离成都大约四十公里。我告诉自己要记住这个地方，也告诉我的朋友，四川不仅有峨眉九寨、杜甫草堂和武侯祠，还有这样一座用铁板建成的战俘纪念馆。

2006 年 12 月 8 日成都归来

街上连狗的目光都变了

如今，走在街上，你会发现，来来往往的人们的目光，和以前大不一样。低头匆匆忙忙赶路的，他们的目光只停留在眼前的路上，那目光几乎是呆滞的。“拇指一族”打手机或发送短信的，他们的目光只停留在小小的手机上，那目光有时可以是旁若无人的，却几乎是隐晦的。也有一脸官司的，让你不敢和他那恼怒的目光相遇。也有满面狐疑的，让你看着他的目光感到恍惚。也有不少目光散失了焦点，如同没有缰绳的马四处散逛。但是，看风景的很少，不少目光却是鬼鬼祟祟的，让你遇到他的目光，赶紧捂住自己的腰包，加快了自己的脚步。所以，前不久北京的公安部门劝告市民，当有人向你问路的时候，一定要和问路的陌生人保持距离，以防意外。

不管是宽阔的大街，还是偏僻而人少的小街，人们的目光越来越冷漠，越来越惶惑，越来越可疑。哪怕是最天真的孩子，遇到陌生人的目光，即使不像惊飞的小鸟一样立刻避开，也会警惕地紧紧拉住父母的手。

当然，大街上也常会看到热辣辣的目光，一般是男人投射到漂亮的女人身上，或者是女人投射在帅小伙或所谓成功人士的身上，但那更多的并不是真正爱情意义的目光，而是欲望毫无遮拦的宣泄。含羞半敛眉，眼媚双波溜，是千载难逢，很难一遇了。彼此可以金是衣裳玉是身，却难是眼如秋水目如霜了。

在夜晚，由于城市的污染和高楼的林立，已经很难看到瓦蓝色的夜空和夜空中的星星了。“天阶夜色凉如水，卧看牵牛织女星”，那种和夜色一样清澈的目光，也很难看到了。灿烂的霓虹灯和街灯，以及一街扑朔迷离的车灯闪烁，彻底替代了夜空的银河，我们的目光可以在相书上轻而易举地找到自己的星座，却再也看不到北斗七星倒转斗柄的奇迹了。我们的目光便如一盏酒杯，只盛下了满眼扑来的灯红酒绿。

在书中，我们的目光也变得近视，乃至猥琐，甚至攫取式的贪婪。我们的目光已经很难和安徒生、格林兄弟的童话相遇，也很难和莎士比亚或易卜生的戏剧相遇。如果不是为了应付考试，大概也不会和我们的唐诗宋词握手言欢；如果不是为了选秀，大概也不会和《红楼梦》相见甚欢。我们的目光更多地投入到考试的辅导教材，投入到怎么学开车怎么玩股票怎么发财怎么升官怎么应对老板的书上面。我们渴望捷径渴望暴发渴望一夜成名，我们的目光便很难再相信童话能够出现在眼前，莎士比亚的戏剧，也被我们改造成了《夜宴》式的欲望的淋漓尽致的展示。而《红楼梦》当然可以成为我们娱乐节目的一种，就像大观园可以成为我们尽情游玩的公园一样。

在交往中，我们的目光变得越来越矜持，越来越彬彬有礼，越来越有日本味儿和西洋范儿，却也越来越程式化、格式化，甚至透露着虚伪。就像罗大佑在歌里面唱的：“人们变得越来越有礼貌，可见面的机会却越来越少；苹果的价钱卖得比以前高，可味道不见得比以前的好。”

缺少了天真和真诚，连街上的狗的目光，也变成小心翼翼、格外警惕的样子了。如果它想撒尿，都要四处看看，然后跑到树下或汽车的车轮旁，翘起后腿；如果它见到你迎面走来，它会格外地害怕和警觉，悄悄地躲在主人的身后。即使是被称为“都市忧郁的诗人”的猫，那曾经拥有的忧郁的目光，也变得鬼鬼祟祟、猥猥琐琐的了。它们见到了生人，很少再如以前一样，“喵呜——”吟唱出忧郁的诗句，而是立刻跳上房檐，回眸一望，却不是“百媚生”，而是和我们一样隔膜、狐疑乃至警惕的目光扑闪着。

2006 年 10 月 10 日于北京

雪被城市带坏了

如今，地球普遍变暖变旱，冬天里的雪已经越来越稀罕。特别是在城里，难得飘落下来一场雪，如同难得见到一位真正清纯可人的美人一样了。

城市的雪，从入冬以来就一直在期盼中。在我居住的北京，仿佛要和春天里的沙尘暴有意做着强烈的对比，沙尘暴不请自到，而且次数频繁的光临，并不受城市的欢迎，但是，受欢迎的雪却总是在冬天里姗姗来迟，像是一位难产的高龄孕妇。

以往的日子里，最耐不住性子的是渴望下雪天能够堆雪人打雪仗的孩子；如今，最焦灼不堪的是城边的滑雪场，总也等不来雪，只好先急不可耐地鼓动起人工造雪机，将人造的雪花纷纷扬扬地吹了出来，那只不过是冬天的赝品。

隆冬时分，城市的雪，终于在期盼中飘洒下来，但是，这种随着雪花纷纷飘来的喜悦很快就会消失，不用多久，雪便不再受欢迎，仿佛约会前的憧憬在见面的瞬间便顷刻扫兴地坍塌。雪落在树木上，再不会有玉树琼枝；雪落在房檐上，再不会有晶莹的曲线；雪落在院子里，再不会有绒绒的地毯和小狗跑在上面踩出的花瓣一样的脚印；雪落在马路上，很快被融雪剂覆盖，立刻化成了黑乎乎一摊摊泥泞的雪水。据说，这样化后的雪水，渗进街边的树根，能够让树都枯萎死掉。城市的雪，成了路面花草的敌人。

那种纷纷扬扬，飘飘洒洒，小精灵一样，跳着轻巧细碎的足尖芭蕾的晶莹雪花；那种覆盖在地上，毛茸茸的，嫩草一样，像是从地上长出来的神奇的童话般的晶莹雪花；已经是再难见到了。

也很难见到雪人，即使偶尔见到了雪人，也是脏兮兮的。城市污染的空气、汽车的尾气、制热空调机喷出的废气，一起尽情地把雪人的脸和全身涂抹得尘垢遍体，如同衣衫褴褛的弃儿，再没有原先那种洁白可爱。去年冬天，北京下了一场雪，我在街头见到一个雪人，上午刚刚见到时，它还高高大大，插着胡萝卜的鼻子和橘子的眼睛，格外鲜艳夺目，没到中午，它已经脏成一团，附近餐馆倒出的污水，无情地将它浇头灌顶，把它当成了污水桶。那天，我特意到天坛公园转了一圈，偌大的公园里，只看到一个雪人，小得如同一个布娃娃。公园并不能够为它遮挡污染，它一样脏兮兮的，只有头顶上盖着一个肯德基盛炸鸡块的小盒子，权且当一顶帽子，闪烁着带有油渍渍的色彩，像是故意给雪作的一个黑色幽默。

城市的雪，再不是大自然送来的冬天的礼物，而成了并不受欢迎的客人，成了城市污浊的乞儿，成了pH试纸一样测试城市污染的显形器。

其实，雪是无辜的，雪到了城市，没有得到娇惯和恩宠，相反被城市带坏了。雪的本色应该是洁白晶莹可爱的，却这样一次次地受到了伤害。

我想起苏联作家普里什文写的《星星般的初雪》。他说："雪花仿佛是从星星上飘下来的，它们落在地上，也像星星一般烁亮。"他又说："今天来到莫斯科，一眼发现马路上也有星星一般的初雪，而且那样轻，麻雀落在上面，一会儿又飞起的时候，它的翅膀上便飘下一大堆星星来。"

只是，如今的城市，无论是莫斯科还是北京，再不会有这样星星般的雪花了，再也不会有雪中飞起的麻雀翅膀上飘下一大堆星星的景象了。我想起前几年的初春到莫斯科，前一天下的雪刚化，无论红场还是普希金广场，无论加里宁大街还是阿尔巴特小街，都是一样的泥泞一片，黑乎乎的雪水，几乎是雪花在城市卸妆之后唯一的模样，处处雷同，走路都要提起裤腿，小心别踩到上面。

三十多年前，在北大荒插队的时候，我倒是见过一种叫雪雀的鸟，特别爱在冬天下雪的日子里出来，叽叽喳喳地飞起飞落，格外活跃。它们和麻雀一样大小，浑身上下的羽毛和雪花一样白，大概是常年洁白的雪帮助它的一种变异，环境的力量有时强大得超乎想象。心里暗想，今天这种雪雀要是飞进城市，也得随雪花一起再变异回去，羽毛重新变成褐色，甚至乌鸦一样的黑色。

雪花的洁白，不在冬天里，只能在梦里、童话里，和普里什文的文字带给我们的想象里。

2007年1月8日于北京

塑料袋

6月1日，全国已经实行“限塑令”。相信这一新词将成为2008年最有影响力的词语之一。

塑料袋至今已经有106年的历史，塑料袋的发明，无疑为人们的购物提供了廉价而实用的方便，当年被称为“白色革命”而令人欢欣。曾几何时，不过百年，如今的塑料袋如同走过了一个轮回，却触目惊心地成为世界性的污染，据说塑料袋埋在地下，也需要200年的时间才能腐烂。曾经给予人类不少甜头的塑料袋，如今变成了惩罚人类的最普遍的象征物，人类搬起石头砸了自己的脚，方才醒悟过来，原来塑料袋是人类改造自然的同时被自然反过头来反抗人类的一种隐喻，真的是上帝在开启了一扇窗的时候，也关上了一扇门。

不止一次刮风的日子里，走在北京的大街上，看见的景象是漫天飞舞的塑料袋，远远望去，还以为是纷飞的雪片。有的塑料袋被风吹挂在树枝上，并非“千树万树梨花开”，而是如尿褯子一样，成为都市羞耻的景观。那些被我们随手抛弃的塑料袋，潜伏在草丛里、墙角里、绿化带里，被风吹得一下子都显现了原形。面对这样的风景，我真的感到无比的羞愧，因为在这样白色的风景中，也有我随手丢掉的塑料袋。

记得几年前一次全国油画展中，曾经看过这样的一幅油画，现代楼群的街景里，飘过一个白色的塑料袋，巨鸟一般，硕大无比，竟然比楼房还要巨大，定格在城市的半空中，像一只白色的眼睛盯着居住在这座城市的我们。我不知道画家画这幅画的用意何在，是不是在提醒我们应该把过度开发兴建楼盘的一部分热情移植到治理塑料袋上来？是不是在警醒业已失控的塑料袋已经在威胁着我们的城市和我们自身的生存？

而这一切，塑料袋并非为原罪，是我们的手，充满欲望的手，毫无节制的手，让塑料袋越来越没有节制地泛滥，几乎无时无刻不在尽情地使用，然后又随时随地将它们弃之如敝屣。塑料袋变成了我们日常生活不可缺少的一部分，渐渐磨出了老茧，甚至毒瘤一样，那样难以根除。塑料袋是我们自己埋下的种子，自然开出了惩罚我们自己的恶之花。

想起我母亲在世的时候，老太太上街买东西，都是拎着一个自己用布缝制的布袋，装东西用脏了之后洗洗再用，那布不是我穿旧的衣服，就是家里没用的碎布头，属于废物利用。其实，在那个塑料袋还未兴起的年代里，人们买东西一般都是使用这样的布袋，即使不用布袋，也会有足够的想象力，想出其他的替代品，比如买肉用荷叶，买咸菜用油篓，买白薯用竹篮，买蔬菜用棉线织的网兜，买螃蟹用马莲拴成一串。

有一次，那还是在20世纪80年代的中期，塑料袋尚未普及，我买咸带鱼，卖鱼的用废报纸包着鱼，回家打开一看，包鱼的那张报纸上正印着那年我的一篇小说获得首届青年文学奖的感言，文章旁边还配发了一张我的照片。虽然那时我偶尔和咸带鱼为伴，但起码没有像现在天天和塑料袋为伍。

2008年6月于北京

总有一处让你感动

今天读报，看到北京市检察院一分院的检察官徐焕写的一篇文章《愤怒的大雪》。今年 4 月，华北电力大学一对学生情侣被残杀，徐焕是这起案件的公诉人。在这篇《愤怒的大雪》里，他一开头就写道：今年 11 月 9 日，北京下了一场罕见的大雪。第二天，他去法庭开庭审理这起案件，一清早，被害人的家属找到他，其中女学生的母亲拿出孩子的一张照片给他看，并告诉他："昨天是我女儿 19 岁的生日，因为生她的那天下雪，所以给她取名叫小雪。19 岁生日这天又下起了大雪。"徐焕说："我看着照片，又望着窗外的大雪，一时说不出话来。"开庭之后，作为公诉人，他在宣读证据读到小雪的名字的时候，他停顿了十几秒，几乎读不下去，因为在名字的后面，是小雪的出生年月日，1990 年 11 月 9 日，生日就在昨天。一个还没有来得及过 19 岁生日的如花一样的姑娘，就这样凋谢了。

就是徐焕停顿的这十几秒，让我感动。瞬间的心底波澜，最能毫不遮掩地体现人心，因为在世俗的世界之中，我们的心早已经磨损得如搓脚石一样千疮百孔，难得有徐焕这样瞬间的波澜。我说他是瞬间的波澜，是因为在他的面前，不仅仅一纸文书千万恨，令他临风怅望独长吟，更重要的是一条活生生的生命，是一个如花似玉的 19 岁姑娘的青春呀。

记得在20世纪60年代，曾经流行过一部长篇小说《欧阳海之歌》，那里面曾经有一段欧阳海在疾驰的火车即将来临之前拦惊马那十几秒的瞬间都在想些什么的描写，被广为传诵。如今，徐焕这十几秒的瞬间，不过只是停顿，他并没有写他都想了些什么。也许，他什么都没想，只是情不自禁，是心一瞬间的战栗。如今，我们已经缺乏了这种对生命本能的敬畏，尤其是对他者陌生生命的关爱和敬重了。

最让我感动的是徐焕文章的最后，他说："家长临行前，我给了每位家长200元钱，让他们替我在孩子的灵前献把鲜花。"真的，读到这里，我的眼睛湿润了。如今的文章，从纸面到网络，铺天盖地，妙笔生花、活色生香、聪明透顶、搞笑翻天的多得是，但真正能够打动人的，却不那么多。因为真情已经被利益所阉割，被关系所缠绕，被金钱所异化，就如同罗大佑的歌里唱的："苹果的价钱卖得比以前高，味道却不见得比以前的好；彩色电视机变得越来越花哨，能辨别黑白的人却越来越少。"

我从来没有见过一位检察官，我甚至一直也没有搞清楚检察官和法官的真正区别，徐焕让我对检察官肃然起敬。他献给两个无辜孩子灵前的鲜花，让我感受到他的内心。有人说这是他的铁骨柔情，我却总觉得并不那么准确，可能还有他内心涌动的那么一点脆弱，他甚至和我一样，忍不住想落泪，否则，他不会在宣读证据的时候，有那十几秒的停顿。只不过，和我不一样，他是检察官，即使想落泪，也必须忍着。

这个世界上，如今鲜花遍地开放，情人节、母亲节、圣诞节、春节……无数的节日或非节日里，鲜花几乎泛滥，"九百九十九朵玫瑰"，已经不仅仅成为流行的歌词，也成了一种情感奢靡、浮泛，甚至虚假伪饰的明喻。但是，今天，这些鲜花都无法和徐焕这两把献给孩子灵前的鲜花相比，因为无论情人节、母亲节、圣诞节、春节……还是其他不是节日的鲜花，送给的都是和我们血肉或友情相关的人，即使不是和血肉或友情相关，也是有所需求或有利可图，而徐焕的鲜花献给的人和他非亲非故，他无欲无求，他不为别的，只为两个亡魂，还有自己的一颗心。

在这个世界上，让我们发愁甚至让我们愤怒的事情越来越多，特别是在世界经济危机到来的时刻，飞速高涨的房价，大学生的就业和失业，大气的污染，垃圾的焚烧，食品的安全……都让我们的心里无法安宁。我说过，庸常的人生，烦恼和痛苦所组成的琐碎的日子，总是多于幸福和欢乐的日子，但是，也总会有一处让人感动，以求得我们内心和这个世界的平衡。2009年年底，这一处是检察官徐焕那十几秒的停顿和他的两把鲜花。

2010年元旦试笔于北京

风中华尔兹

那天的晚上，风很大，公共汽车站上没几个人等车，车好久没有来，着急的人打的早走了，剩下的人有些无奈。这时候，走过来一个姑娘，黑暗中看不清她的面孔，但个头高挑，身材苗条，穿着一条长摆裙子，还是很养眼。但公共汽车并没有因养眼的姑娘的到来而提前进站，等车的人们还在焦急地望眼欲穿，有人在骂街了。

不知这位高个儿的姑娘是刚逛完商厦，还是刚赴完晚宴，或是刚刚下班，总之，她显得神情愉悦，一点儿也不着急，竟然伸展修长的手臂，在站牌下转了两圈。是几步华尔兹，风兜起她的长裙，旋转成了一朵盛开的花，汽车站仿佛成了她的舞台。

这一幕，留给我的印象很深，记得那一晚的站牌下，对这位突然情不自禁地跳起华尔兹的姑娘，有人欣赏，有人侧目，有人悄悄说："神经病！"我当时想，同样的夜晚，同样的大风，同样的焦急，人家姑娘的华尔兹，能够在自娱自乐之中化解焦灼，是本事，也是一种平和的心态。

有一天，我路过我家附近不远的一个小区，小区的大门口有一间不大的收发室，收发室的窗前挂着一块小黑板，黑板上密密麻麻地写着几门几号有挂号信，几门几号有汇款单，无论是阿拉伯数字，还是汉字，都写成斜体的美术体，分外醒目。一笔一画，一丝不苟，写得正经不错。走过那么多的小区，还从没见过哪里的收发室前的小黑板上有这样好看的美术字呢。

有意思的是，我看见收发室里坐着的一个小伙子，正拿着一支笔，正襟危坐，往纸上写着什么。好奇心驱使我走了过去，和小伙子打招呼，一看他正在练美术字，双线镂空的美术字，满满地写在了一张废报纸上。我夸他写得真好，他笑着说："天天坐在这里没事，练练字解闷呗！"

其实，解闷的方法有多种，喝喝小酒，看看电视，下下棋，都可以解闷。小伙子选择了写美术字，即使往小黑板上写邮件通知，也要用美术字写得那样整齐、那样好看，就像学校里出板报一样正规。我对这个小伙子心生敬意，因为并不是什么人都有他这样的本事，能够将日常琐碎的事情做成如此赏心悦目，让自己看着，也让别人看着，那么舒服。

曾经在网上看到浙江湖州一位叫作李云舟的小伙子，和我见过的这个用美术字写黑板的收发小伙子，有异曲同工之妙。李是一个小区的保安，他向他的主管提了好多建议，都没有被采纳，一气之下，不干了。不干了，他的辞职信写得不同一般，竟然是用文言文的赋体形式写成。你可以说他怀才不遇，你也可以指出他的赋有这样那样的毛病，但你不得不承认，那赋古风悠悠，洋洋洒洒，有典故，有文采，还有他的抑制不住的心情，或者那么一点儿自尊和自命不凡。于是，这篇赋体的辞职信迅速在网上走红，而李被称为"湖州第一神保"。也可以这样说，这是中国第一赋体的辞职信呢，简称"中国第一赋辞"。

生活中，并不是每天都会下雨，也不是每晚都出星星；花好月圆总是属于少数人，月白风清总是属于幸运儿。大多的人，大多的日子，却是庸常琐碎、寡淡无味，甚至会有许多苦涩和不如意，怀才不遇的折磨会更多。能够如这两位小伙子，即使写再平常不过的邮件通知，也要写成与众不同的斜体美术字；即使写再卑微不过的辞职信，也要写成一唱三叹的赋体。我想，这也许就是我们常常说的一种对生活的态度吧？是古诗里说的“行到水穷处，坐看云起时”；是罗大佑唱过的“胜利让给英雄们去轮替，真情要靠我们凡人自己努力”；是那位大风里焦急候车的姑娘，将生活化为了华尔兹，让哪怕是滋生出来那一点点的艺术，也会有一点点快乐，温暖我们自己的心吧？

2010年春节于北京

春节回家结婚

我去的那家美发厅，小伙子个个长得比女的要精神。发型师阿荣就是其中的一个身材瘦削、面容俊朗的小伙子。春节前去那里理发，门口站着一排师傅，问我是否有约或请哪位师傅。环顾四周，我看见了躲在角落里的阿荣，便对他说：“还在找你，你怎么躲在里面？”他腼腆地说：“怕你不找我呢！”

落座下来，阿荣把他的专用箱拿过来，里面装满理发用具，大多来自韩国，一把发剪的价钱就不菲，可以说是他最贵的家当了。那是他赖以生存的宝贝，就像琴师的小提琴。他拿起发剪，总会在手里跳一个三百六十度的大跳，这是他的习惯动作，就像枪手随心所欲玩自己的手枪，在手心上划过的一道银色弧形，和他的眼神一起专注地闪动。看发剪在阿荣手指间灵活地舞动，是一种享受，如同魔术师手中的魔术棒，将无穷的神奇收进其中。咔嚓咔嚓的声音，有节奏，富于韵律，是阿荣的小步舞曲，也是阿荣的夜曲。他常常就是这样在夜深时分才能够结束自己的工作，疲惫地躺在床上就睡着了，梦中都是这种声音，嗡嗡地响着，好像蜜蜂不停地从头顶飞过。

他对我说：“这是你第三次找我理发了。”我说：“你的记性真好。”记得第一次来，也是门口站满一排师傅，问我准备请哪一位师傅。我一眼看见门口的柜门上摆着一张彩色的大照片，是一位年轻的帅小伙在2005年北京一次美发美容大赛获奖后的留影。我指着照片说："就请这位吧。"他就是阿荣。

阿荣和我住在一个小区，他31楼，我48楼，但我从来没有在小区里见过他，见他都是在美发厅里，就像看演员，精彩的亮相只在舞台和屏幕上。他每天下班都要到半夜里，那时候，也许我在看电视，或者已经躺在床上。他曾经对我说："发型师的工作没有点儿。"我知道，只要有客人，他就得在镜子前舞动他的发剪，不能谢幕。他租的房子，一个小三居室，每月租金2000元。我对他说不算贵，他说但到了今年5月，租期就到了，恐怕得涨钱。

刚刚理了一会儿发，阿荣忽然对我说："今年春节我得回家长一点儿时间。"我问他："大约多长时间？"他说："得二十多天吧？"我一准儿猜到了，便问他："是回家结婚吧？"他一下子像个大姑娘脸色绯红地说："你猜得真对。"我问他："什么时候走？"他说："大年初一。"年三十，是他最忙的时候。放下他的发剪，他就要踏上回家的火车了。我看得出，他的心充满着跃跃欲试的兴奋心情。多年前，离开芜湖附近的一个矿山，火车带着他只身一人闯荡北京，那时他才十几岁。如今，十来年的时光过去了，火车将带着他和他的爱人一起回家，他不仅收获了爱情，而且收获了一手在北京获过大奖的技艺。回家的车厢里肯定超载，回家的心情却总在提速。

我向他表示祝贺，问他："家里新房准备得怎么样？"他说："早准备好了，但我爸爸的房子就要拆迁，我让他们不要大动，要不装修完了白花钱。"阿荣是个懂事的孩子。都说穷人的孩子早当家，穷人的孩子知道日子的艰难，便容易从最低处最实处做起，不那么好高骛远，更不会像一些城里的独生子女爱把眼眶子放在眼眉毛上去。

发型师的收入不错，阿荣一直想买一套自己的房子。特别是结婚以后，租房子住，总还觉得像漂着一样，浮萍无根，没有家的感觉。但是，居高不下的房价一直让他头疼，房价的拐点就是荒诞派戏剧里的戈多一样迟迟不来。他对我说："反正我是不准备离开北京了，所以你说像我这样从外地来北京的人都想在北京买房，房价能够降下来吗？我想实在不行，就买郊区的房子。"我祝他好梦成真，那样的话，下次回家就可以多带一张他自己真正的家的照片了，他便可以说自己也是一个北京人，而且比有些北京人过得还要好呢。他靠自己的本事和努力，还有一份结实的希望，在北京打拼，北京就该一视同仁，给他爱情，给他幸福，给他一份事业，也给他一个房子。

我的头发剪完了，阿荣让他的助手再给我洗一遍，然后帮我吹干。吹风机的插销一次次脱落，他蹲下来一次次安上，没有着急，没有不耐烦。他知道生活就是这样，一次次磨炼着你，当你能够坚持到最后一次的时候，它起码就会给你想要的里面的一小部分。

阿荣是安徽人，今年26岁。他的爱人是辽宁人，今年21岁，是一位美容师。我衷心祝福他们春节回家结婚。

阿荣对我说："我们好多天都要在火车上过了，你看，我们要从北京先回安徽我的家，然后再去辽宁她的家。"

我对他说："即使再奔波，也是幸福的。"26岁、21岁，多么令人羡慕的年龄；春节，多么吉祥的日子；回家，又是一个多么温暖的呼唤。

火车车轮撞击轨道隆隆的声音，是你发剪声音的放大，是你小步舞曲和夜曲的变奏和延长。

2010年春节前夕于北京

公交车落下的花瓣

那天等公交车，站台上，我前面站着两个姑娘，看装束模样，像打工妹。寒风中，车好久没有来，两人跺着脚，东扯葫芦西扯瓢地聊了起来。聊得挺带劲儿，时不时忍不住咯咯笑。听她们的言谈话语，才知道已经不是姑娘了，都刚结婚不久，嘴里的“老公，老公”跟蹦豆儿似的，叫得亲得很。

其中一个系着红头巾的女人，对带着黑白相间毛线帽的女人说起自己和老公的一次吵架，说得兴味盎然。我听得真真的，前些天，她和老公吵架，一气之下，跑出了家门，一走走了老远，走到天快黑了，想起回家，坐上公交车，才发现自己穿的连衣裙没有一个兜，自然没带一分钱。她对戴毛线帽的女人说：“你知道我和我老公结婚后租的房子挺偏的，得倒两回车，没钱买票，心想这可怎么办？我就对售票员说我忘了带钱，你让我坐车吧。人家还就真的没跟我要钱。倒下一趟车的时候，我又说我忘了带钱，你让我坐车吧，人家又没跟我要钱。我都到家了，我老公还在外面瞎找我呢，等他回来天都黑了，他进门看我在家里，问我是不是打车回来的？我笑他，没带一分钱，还打车呢？”说着，两个女人都像得了喜帖子似的笑了起来。售票员的善意，让小夫妻之间不愉快的吵架也变得有了滋味。

毛线帽对红头巾说：“北京公交车售票员小丫头片子的眼睛长得都比眉

毛高，没刁难你，让你白坐车，算是让你碰上了！”

红头巾对毛线帽说：“要不待会儿来车了，你也试试？你就说没带钱，看看是不是和我一样，也能碰上好人？”

毛线帽拨浪鼓似的连连摆头：“我可不敢，让人家连卷带损的数落一顿，别找那不自在！”

红头巾却一个劲儿地怂恿，边说边推了一把毛线帽：“没事，你试验一次嘛！”

毛线帽回推了一把红头巾：“要试你试！”

红头巾撇撇嘴：“胆子这么小，我试就我试，给你看看！”

正说着，公交车已经进站，停在她们的前面，车门吱的一声开了。两人脚跟着脚的上了车。车上的人不算多，有个空座位，两人让给了我，好像故意让我坐下来好好看她们接下来的表演。

红头巾走到售票员的前面，毛线帽拽着吊环扶手没动窝，眼瞅着她怎么张开口。售票员是位四十多岁的大嫂，眼睛一直盯着向自己走过来的红头巾，以为是来买票的，没有想到红头巾说：“阿姨，我忘了带钱了，您看看能不能让我坐车呀？”售票员面无表情，抬起手，一根细长的食指毫不客气地指指后面的毛线帽说：“你没带钱，她也没带钱怎么着？”

得，今天遇到的售票员不是个善茬儿，试验刚开始，就卡壳了。幸亏红头巾反应得快，回过头也指了指毛线帽说：“我们不是一起的。”毛线帽只好配合着赶紧点头又摆手。谁知售票员久经沧海，眼睛里不揉沙子，对她们俩人说：“行啦，进站的时候我早看见了，你们俩推推搡搡连打带闹的，还说不是一起的！”

像一只气球，还没飞起来，就被一针无情地扎破，满怀信心想试验一把，让夏天那个美好的回忆重现，没想到演砸了。红头巾一下子尴尬起来，瘪茄子似的耷拉着头，不知如何是好。售票员步步紧逼，嘴里不停地说："快着吧，麻利儿地赶紧掏钱买票，一块钱一张票都舍不得花？"说得满车厢的人的目光都落在红头巾的身上，毛线帽赶紧走上前去，掏钱替红头巾买了票。红头巾才像沉底的鱼又浮上水面缓过了神儿，对售票员解释："阿姨，不是我不想买票，我是想试验一下，看看……"售票员撕下票塞在她的手里打断她："行啦，试验什么呀？像你这样逃票的，我见得多了！"

我心里在想，售票员应该把红头巾的话听完，就明白了红头巾坚持试验的一点小小的愿望，兴许就是另一种结局。但也说不好，即使知道了红头巾试验的愿望，没准照样是这种结局。如今很多事情，结尾常南辕而北辙，美好芬芳的愿望如旷世的童话，早已经被现实磨烂得成了一双臭袜子被随手丢弃。

车开了两站，我到了，车门打开，刚下车，发现那两个女人也下了车，落荒而逃似的从我身旁跑走，只是一边跑一边咯咯地笑。过了很多天，脑子里还总是出现这个场面。有一天，忽然莫名其妙地想起了美国诗人庞德的一首叫《在一个地铁车站》的诗，很短，只有两句："人群中这些面孔像幽灵一般显现，湿漉漉的枝条上的许多花瓣。"事后庞德解释这首诗时说，他是在巴黎一个地铁车站，走出车厢的时候，看见了一个美丽的儿童的面孔，一个美丽的女人的面孔。我很难想象，如果庞德看到这两个落荒而逃的女人的面孔，会觉得还像美丽的花瓣吗？

2010 年春于北京

煤老板的马勒

那天，我去大剧院听马勒的交响曲，坐的二楼侧座。那地方虽然偏于一隅，却在乐队一侧偏后的位置，正好可以看到指挥的正面，其表情须眉毕现尽在眼前，不亦乐乎。

我的座位旁边是三位中年男人，都是笔挺的黑色西装革履，还都规整的系着领带。正是夏日，大概穿得有些多，脑门直出汗，不停用节目单当扇子在扇风。开始，我对他们多少有些敬意，为自己的休闲装而自惭。因为在国外听古典音乐会，一般都是这样的正装，他们显得很对得起就要奏响的马勒。但听他们一谈话，我听出来了一口的老陈醋味儿。三位都是来自山西的小煤老板，第一次来参观大剧院，晚饭在前门外全聚德吃的烤鸭，吃完后，溜达到天安门广场，顺便听听音乐会，消化消化食儿。不敢说人家就是附庸风雅，我自己就不是，但敢肯定马勒不马勒对于他们并不怎么重要，只不过是让他们赶上了。听他们说话知道，旁边的小剧场演话剧《骆驼祥子》，可惜没票了，只好用马勒顶替祥子。

演出开始了。剧场里的灯光暗了下来，但依然有些亮，可以看到明显的空座位，像豁牙子的嘴。坐在我旁边的胖子，指着楼下第一排空座位，对我们悄悄地说了句："那儿还有座位呢，还不如买那儿的票呢。"我小声地对他说："那儿不如咱们这里好，得抬头看，脖子酸，咱这里看得清楚。"他附和着：“那倒是，还是这里看得真儿！”

以后，再没说话，三位听得都非常认真。很安静地坐着，任马勒的旋律带他们遨游。我暗暗地责怪自己对煤老板的偏见，煤老板怎么就不可以欣赏马勒了？你自己就一定比人家听得懂马勒吗？再说了，马勒就一定比祥子高贵多少吗？

第二乐章结束的时候，指挥用手帕擦了擦脑门上的汗，剧场里有咳嗽声和喘息声，人们和乐队都有小小的调节。我侧头一看，才发现身旁的三位煤老板，不知什么时候已经走了两位，只有靠我身边座位上的那个胖子还在坚持听着马勒。看到我的目光，他对我笑笑，不尴不尬的，不大自然，似乎为两个伙伴的中途离席有些歉意。

因为有那两位的对比，我对这个胖子颇有好感。但是，我很快发现我错了，他的兴趣并不在马勒身上，而是在楼下一排的座位上面。我发现他的目光如鸟，总是扑闪闪地飞落到楼下，第一排靠边离我们很近的一个座位上，坐着一位长发女郎，穿着一袭旗袍，高开衩，一条修长的大腿，如一条洁白的象牙从座位上垂落。由于她的一侧是空座，另一侧坐着的是位穿牛仔裤的女子。她的那条玉腿弧线柔和圆润，确实很打眼。我才发现，旁边的这位胖子的注意力集中在这位女郎的身上，台上马勒的音乐不过是在为他扑扑的心跳在伴奏。

中场休息的时候，剧场里的灯全部亮了。我们俩都站起身来，他看看我，笑笑。那笑有些莫衷一是，有些暧昧，也有些羞涩，显得挺怪，也挺可爱。我们都走出剧场，到外面休息。

下半场演出开始了，他没有来。我悄悄地想，能有个美女在楼下遥遥相陪，让他坚持半场，也算不错了。便赶紧收回心思听马勒。一直到演出结束，观众都站了起来，雷鸣般的掌声中，让指挥一次次地谢幕中，偶然间一瞥，我看见一楼的那个美女的身边站着那个胖子。下半场，他神不知鬼不觉地坐在了美女的身边。这得需要一点儿勇气的。心里禁不住莞尔一笑，那一刻，马勒就是美女。

2011 年 8 月于北京

足球与艺术

足球和艺术确实有的一拼。

有些地方，足球要胜过艺术。比如，足球的绿茵场要比世界任何一个舞台都要阔大。世界杯更是无限放大了足球的舞台，全世界几十亿观众的日夜簇拥观看，实在是别的舞台无法比拟的。在欧洲也曾经有艺术扩充自己的容量而扩大舞台，比如马勒著名的千人交响乐，规模浩大；著名的“柏林森林音乐会”，将舞台扩展到了森林，舞台利用了一面轩豁山坡的底部，观众席随坡就势环抱在半环形的山坡上；但即便如此，和足球比赛的绿茵场一比，就小巫见大巫了。可以说，没有一项体育项目比赛的场地有足球场大，这样宏大的场地，天生造就了足球成了第一体育运动，方才有可能一次世界杯就搅得环球同此凉热，从国家总统到平民百姓，都要把目光聚集在绿茵场上，再恢宏的艺术舞台，当然也就相形见绌了。

再比如，足球比赛尽管上场的人员可以走马灯一样千变万化，也可以演尽悲欢离合或爱恨情仇，甚至颠覆乾坤或血洗豪门，但所有的大戏小戏乃至运筹帷幄或阴谋诡计，都是集中在绿茵场一个光天化日般的舞台上尽情演绎，比古典的三一律还要三一律。而且，戏码最长，在世界杯期间要演出一个月，即使是瓦格纳的大歌剧《尼伯龙的指环》，或我们的连台本的昆曲《长生殿》、京戏《王宝钏》，也不过是连演几天而已，无法和世界杯的足球相比，便也没有世界杯足球如此长久阔大的时空交错对人心的占领和征服力量。

再比如，足球比赛拥有世界一切艺术所没有的即时性和现场感，也就是说一切艺术的情节和结局，都是事先预设好的，即使是即兴的艺术，也有一个基本的框架，万变不离其宗。足球比赛的情节变化从来都是不确定性的，没有一星半点的程式化，云谲波诡，结局更是常常出人意料。艺术也有意外，但那意外是编导者拉着观众一起跌进他们事先挖掘好的陷阱，编导者自己偷着乐；足球的意外却是观众和球员、教练一起掉进比赛自身突然地震般坍塌的陷阱里，一起或兴奋发狂或欲哭无泪。南非世界杯，谁会料到卫冕冠亚军先在小组赛中翻船，谁又料到巴西和阿根廷双双止步四强？如今，世界杯即将落下帷幕，谁又敢肯定最后争夺冠亚军的，一定还是欧洲那老几位呢？

再比如，足球舞台的演员和观众互动性远胜过所有的艺术。球员如果算作这个舞台上的职业演员，看台上的球迷不过是来自世界各地的业余演员，但夺人眼目的从来不仅仅是职业演员，看台上的业余演员风光，常常会喧宾夺主压过球员的风头。那一届是小贝的夫人，上一届是罗纳尔多的情人。这一届，太太团和情人连，都赶不上巴拉圭一个叫拉里萨·里克尔梅的“乳神”。她乳沟夹着手机激情狂呼的照片，风情万种，性感十足，赛过了麦孔的零角度射门和克洛泽的凌空抽射，让看台上的观众可以一跃而成为主角，成为参赛球队中的“第十二人”。这恐怕是所有艺术都望尘莫及的。

但是，足球毕竟只是圆的，无法伸缩自如成为其他形状，便有自己的局限性，也有永远赶不上艺术的地方。

比如，足球有自己的理想，但足球的理想一般都会夭折在足球的赛场上，绿茵场是埋下足球理想种子的地方，也是风吹雨打让繁花凋零落尽的地方。这一点，足球永远无法和艺术相比。在艺术的舞台上，再颓废的演出，也曲折地含有现实所缺少的理想成分，而激情四溢的浪漫艺术更是把理想张扬得如火如炽，一直激情澎湃地燃烧到演出结束之后，长久地激荡在你的心里。这一届南非世界杯的理想是“屎壳郎推动足球”，这是一个草根的理想，是一个平凡却温暖的理想。但比赛即将结束了，屎壳郎推动足球了吗？豪门阔少和“富n代”，依然统治着世界杯的舞台，草根过早地纷纷离开了赛场，四强之中唯一的平凡英雄乌拉圭，今天也被荷兰击败，成了南非夏日里的最后一朵玫瑰。

因此，足球永远比艺术更容易臣服世俗，委身功利，屈膝势力，匍匐金钱名誉。难道不是吗？以前的绿茵场，还曾经盛开过艺术足球之花，让我们赏心悦目而沉醉迷狂。但这届南非世界杯，我们已经看不到了。荷兰郁金香般芬芳华丽的艺术足球，和巴西桑巴式风情万种的艺术足球，我们都看不到了。代之而起的是实用主义，他们甩掉艺术足球，就像甩掉自己的鼻涕。世界杯的冠军比什么都重要，方法从来只为目的服务，过程已经不是最主要的了。好听好看的艺术，那只是银样镴枪头，是绣花枕头。世界杯又不是歌手大奖赛或舞剧演出，非要耍什么花腔高音或华丽的表演。他们不愿意只是做满场飞的花蝴蝶，陪花朵跳舞不是目的，因此，他们要做能够采来花蜜的蜜蜂，虽无蝴蝶好看的翅膀，但多了实惠。他们也不愿意做只会开谎花的果树，即使花朵再多再璀璨耀眼，也无济于事，他们不愿意把再鲜艳的花朵华而不实地插在花瓶里，他们要把实实在在的功名利禄像旗帜一样插在大力神杯上。

足球，可以成为艺术，但就像我们人可以成为天使，只是现实的力量太强大、太残酷，需要我们自身的历练一样，还需要假以时日。在艺术的天国里，天会比现实中的更蓝，绿茵场也会比世界杯中的更绿，风吹过每一株草尖上跳跃的阳光，都会比金子更灿烂。

只是，这一切离我们还太遥远。太臭的中国足球现实，让我们背气，唯一不可阻挡我们的，是对足球的想象。

2010 年 7 月 7 日于普林斯顿
2014 年 6 月 10 改于布鲁明顿

世界杯和NBA

此次巴西世界杯开战之时，正赶上NBA总决赛之际，酒吧里围在电视机前的，都是看马刺对热火的决赛，尽管此次世界杯上美国队表现不俗，小组出线在望，但一般美国人很少看他们的比赛。很明显，美国人关心NBA的热度远远高于世界杯。在很多美国人眼里，NBA是一杯滚烫的热酒，世界杯不过是一杯饮料。

对于我这样热心四处找世界杯看的人，他们有所不解，然后拔出萝卜带出泥，对中国居然有那么多世界杯的球迷，不仅点灯熬夜看世界杯的电视现场直播，还要花那么多钱大老远地跑到巴西来看球，实在是难以理解。他们常这样问我："世界杯又没有你们中国队，为什么还那么关心？"然后，又会紧接着问我："你说说，世界杯和NBA有什么区别？"

我仔细想想，还真是有区别，而且是挺大的区别。

NBA远没有世界杯的场面大，纵使比赛激烈的程度大同小异，但气势就无法和世界杯比了。这就是足球的性质，场面宏伟，决定气势的排山倒海，进攻或防守的排兵布阵，无论进军气势如虹一泻千里，还是防不胜防兵败如山倒，都会看得清清楚楚。所以说，足球比赛是战争的缩写版，是袖珍化的战争，它是由战争衍化而来的和平年代里人们对征服世界的一种欲望和梦想。从来没有听说过篮球和战争的比附。因此，坐在看台上，看足球顶级赛事的世界杯，和看 NBA 是无法同日而语的。如此对比之下，看 NBA 如螺蛳壳里做道场，显得有些杯水风波，有些舞台化、戏剧腔；而世界杯则大开大合，高歌击筑，荡气回肠，是一幅泼墨的画，是一首无韵的诗。因此，世界杯绝无 NBA 的暂停而中断比赛；NBA 也绝无世界杯的红牌那样一举定终身的生死牌。红牌，便是战争中壮烈的死亡；暂停，则是战争中虚妄的玩笑。

NBA 一场比赛进球可以数十个计，如进山采蘑，无须走出多远，便会左右逢源，一时即可采得盈筐，分数过百，不算奇迹。世界杯一场比赛进球则区区只有几个，甚至一个都没有，如进山打猎，踏雪冒寒，进入深山老林腹地，只为寻找一个猎物，枪响中的，背一只胜利品即可得胜回朝，却也很可能最后是无功而返，反而被猎物咬伤了自己。如此赛事的结果赫然不同，便越发显得世界杯的独一无二，物以稀为贵，为一个进球而苦苦鏖战 90 分钟，甚至打入加时赛，便显得那一个球的价值连城。NBA 如果是快餐时代的代表，世界杯则是古典时代的遗迹。NBA 代表着欲望，多多益善，速战速决，千里江陵一日还；世界杯则代表着理想，漫漫长路兮，吾将上下而求索。如果前者可以比喻为性，后者可以比喻为爱情；性披挂上阵气宇轩昂可以在瞬间完成，而爱情则要有一个你来我往百折千回追求的过程，甚至如罗密欧与朱丽叶一般拼得个死去活来，还很可能最后是一无所获。

NBA 和世界杯都会有奇迹发生。但奇迹的含金量有所不同。当年乔丹比赛最后一秒钟的压哨三分，为比赛赢得关键的胜利，那一刻非同寻常，让我们感到更多的是激动，如同看一场大戏，落幕之前有了意外而惊险的大转折，让我们久久回味；今天的世界杯，美国队开场仅仅 29 秒邓普西便神速地射进一球，那一刻同样非同寻常，让我们感到更多的则是惊异，还是如同看一场大戏，开场之际，还没有进入剧情，缓过神来，便惊雷炸响，先声夺人，让我们忍不住先叫一声“挑帘好”。由于篮球和足球进球的难易程度不同，邓普西的那一粒进球，和乔丹的那一粒进球，便价值与意义有所不同。或许乔丹那一粒进球更具比赛输赢的实际价值，但邓普西那一粒进球则更具比赛美学的艺术意义。

同样，墨西哥门将奥乔亚此次世界杯神奇地扑救出那么多的险球，也属于赛场上绝无仅有的奇迹。在NBA的赛场上，也会有“盖帽儿”封堵住势在必得的进球，但从来不会有奥乔亚这样在一次比赛中封堵住所有进球的事情发生。所以，我说NBA和世界杯都会有奇迹发生，但奇迹的含金量和意义就是有所不同。NBA可以让我们看到在平常日子里夺目而艳丽的花开花落，世界杯则能够让我们看到在雷电交加的日子里森林中大树呼啸的起伏和惊心动魄的折断。NBA和世界杯都会有英雄诞生，这次NBA总决赛带领马刺队夺得冠军的邓肯，便是NBA的英雄，但他是夺得胜利的英雄，而奥乔亚则是保护胜利的英雄。邓肯是那种振臂一呼昂扬的战旗，奥乔亚则是风雨不动安如山的中流砥柱。邓肯让我们想到的是一扇扇我们渴望打开的城门，奥乔亚则是我们希望安全归来的家门。邓肯让我们感到理得；奥乔亚则让我们感到心安。同样充满着激情，邓肯是浪漫主义，奥乔亚则是现实主义。

当然，尽管比赛激烈充满火药味，但NBA没有世界杯那样多的铲人、踩人、推人、绊人，甚至如乌拉圭的苏亚雷斯的咬人等更恶意犯规的动作。那些明铺暗盖和明目张胆的犯规，可以说是野蛮。这便是足球相比篮球从野蛮的战争和原始的厮斗的脱胎换骨中未能彻底进化的表现，世界杯让其显示了留存的那一截未能剔除干净的野蛮的尾巴。同时，也说明了人类人性与兽性并存的两面性长期搏杀并长期存在的现实，在世界杯中显现得比NBA更充分。如果说，看NBA和看世界杯，其实都是在看我们自己，那么比起NBA来，世界杯和我们，彼此更是互为镜像。

2014年6月24日于布鲁斯顿

端砚和淮盐票

历代以来，对于为官者，清廉都是一条标准。这条标准，既属于高线，也属于底线。在古代，“三年清知府，十万雪花银”，对应的是“家贫清史在，身老白云深”。前者，是当时的民谚，是对贪官愤怒的写真；后者，是海瑞的名诗，是对清廉警醒的自律。在海瑞的眼里，是把清廉和清白放在一起的，清廉是从政的政治标准，清白是为人的道德标准。所以，后世者，烈士方志敏有“清贫”之说，作家张承志有“清洁的精神”之说，将其上升为精神的层面。

不必为清廉再定义和正名，只需重新温习历史，重新寻找那些清廉的榜样，便可以将这种精神大旗高高扬起。既为廉政，也为良心；既为百姓，也为自己。

作为清廉之官的典型，包拯包孝肃公，历来为世人所称道并景仰。他任广东端州知州的时候，一身正气，两袖清风，传下佳话。端州出端砚，自古有名，是向皇帝进贡的贡品。端州知州，其中一项任务，便是向民间征收上品端砚，进贡皇帝。在包拯前后任端州知州的官僚，没有一个不是借此机会中饱私囊。他们贪端砚为己有的方法，几乎一致，便是大笔一挥将进贡的数目扩大几十倍，然后将余下的端砚，不是据为己有，就是贿赂上级官员和朝中权贵，让端砚成为自己升迁的敲门砖和润滑剂。这和如今时兴送字画玩石一样，成了一种“雅贿”。包拯任端州知州期间，命令匠人只做好进贡的数量的端砚之后，不得再做新的端砚。即便到了他离任的时候，也没有带走一方端砚。

这在如今还可以做到吗？不要说是区区一方端砚了，就是再名贵的东西，再多的银两，也敢伸手，更敢毫无愧疚毫无畏惧的揣入自己的袋中。不是人心不古，而是我们不少人气血两亏，缺少了包拯这样的凛然正气；是我们唯利是图，眼睛近视，将端砚立马量化为金钱的数目，转化为仕途上的筹码，而包拯则看到的是，如此自己声名和良心将无以补偿的受损。在价值系统的天平上，差距就这样拉开得如此悬殊。

曾国藩曾文正公曾是清朝廷中的重臣，也是清廉为官的另一典型。他在任两江总督的时候，淮盐和端砚一样，很出名，是当地发财的源泉之一。他亲自创立了两淮盐票，这种盐票的面值是两百两银子，但利息很高，一年下来，就可以有三四千两银子的可观利息。后来，盐票水涨船高，已经从每张两百两银子涨到两万两。当时，谁的家里只要有一张这样的两淮盐票，就等于发财了。作为当地的行政最高长官，盐票又是自己亲手设置并颁发的，揣上几张这样的盐票，应该算不上是什么贪污或以权谋私。即使他自己不拿，他的孩子或其他亲属，打着他的旗号拿上几张盐票，他完全也可以睁一只眼闭一只眼的。但是，曾国藩交代自己的孩子和亲属，绝对不可以承领一张盐票；下令下属，绝对不可以开口子巧取营私。他离任升官至朝廷时，也没有拿走一张盐票；他去世多年之后，他的孩子和亲属也没有拿过一张盐票。

当然，重提包拯和曾国藩旧事，不是想用古事来为今日贪腐救赎。而是想说，古人可以做到，我们号称天下为公的共产党人更可以也应该做到。同时，是想说，包拯和曾国藩的事例告诉我们，廉政需要官场的法制制约，也需要官场的伦理学教育。如今，我们缺少这样的一堂教育课。记得包拯家训中说：“后世子孙仕宦，有犯赃滥者，不得放归本家。”这是为官伦理学中最高的警戒和惩罚了。这样做，起码让为官者有一丝畏惧。曾国藩家书中，将“清、慎、勤”三字家训全都改了，其中第一个字“清”改为了“廉”字。未能有廉无以为清，廉是物质性的硬性标准，清是精神性的自省纬度。如此，清廉才可以成为由外到内由政治到道德的一个整体。这也是官场伦理学必修的一课。

2015 年 1 月 19 日于北京

怕也是一种力量

体育比赛，我最喜欢看田径。尤其是短跑和跳高跳远，锱铢必较，在小数点后面些微差别之间定胜负，最见世界的残酷，和人生的公平。

此次北京田径世锦赛，男子 100 米和 200 米的冠军，都让牙买加人博尔特拿走，被禁赛 4 年的美国运动员加特林复出，憋着一口气，却只屈尊亚军。赛后，看央视记者采访，问到他为什么已经到了 33 岁，在很多人的质疑中，还要憋着一口气参加比赛时，他说：因为我害怕，害怕这时候离开赛场，会让我的一生留下遗憾。加特林的话，让我心头一震。

在我们一般人的词典里，怕，即使不是一个贬义词，也是多少有着负面意义的词。尽管在我们的生活和命运中，会有很多或深或浅的怕，像是杂草簇拥在我们周围。我们常要做的，是芟夷这些杂草，将怕从我们的心头剔除。因为，我们会觉得这些大大小小的怕，会影响我们的生活，我们的精神，起码，会影响我们的情绪。所以，通常，我们都会说，要战胜惧怕，摆脱惧怕。我们不会像加特林这样说怕，将这种潜伏在自己内心里的怕，说成自己坚持往前走的一种比赛的理由，一种人生的逻辑，一种心理的依托。

居然，把这种怕留在自己的心里。加特林没有把怕当成丛生的杂草，而是当成可以重放的花朵。

就像马蒂斯说黑色也是一种彩色一样，怕，居然也可以是一种力量。支撑着加特林在众人质疑的目光下，重新走向赛场，33岁，重振雄风。这不是一种轻松的选择，因为他要付出比年轻时更多的代价，不仅是生理方面，还有心理方面，同时，更有来自博尔特强悍飓风的劲吹。博尔特在夺冠之后接受记者采访时说，他可以证明用干净的方法也能够夺得金牌。这话中有话，含沙射影，不尽友好。善于挑事的记者将博尔特的话告诉给加特林，问他有什么想法。加特林说：我只关注比赛。其实，这样的话，他已经听得很多，为这样的话，他早已经付出了4年禁赛的代价。他说：我是一个故事，我希望告诉人们一个完整的故事，有好的，也有不好的。我在成长。

我也曾经采访过一些世界有名的运动员，觉得加特林的表达真实平易。他说得很好，他在成长。在他成长的过程中，他吸取过好的和坏的不同的营养成分，如今，在他33岁的年纪，怕成了他最需要也最为丰富的营养。有了这样的怕，他才选择了坚持，选择了挑战，他不想给自己的一生留下遗憾。这样来说，其实说明他的心里渴望重铸辉煌。他怕的是什么呢？仅仅是怕荣誉的失去？如果有这种怕的存在，因他的坚持可能导致挑战的最终失败，不仅让荣誉失去，更让所有的付出和自尊尽失。他一定考虑透彻了，作为运动员，他渴望成功，却不怕失败。他怕的是失去人生这样难逢的过程。他需要的是属于自己的一个完整的故事。

我们不是加特林，但是，我们每一个人都会拥有类似的人生过程。在渴望成功与面临失败的双重选择中，在曾经失败而不甘心又有些一朝被蛇咬十年怕井绳的双重考验下，我们常常怕的不是与这样难逢的过程失之交臂，而往往是不敢走这样的过程。我们的怕，便没有成为一种力量，而成了丛生的杂草，我们的故事便虎头蛇尾。

2015年9月8日于北京

第五辑 二十四节气笔记

立　春

立春，是二十四节气里的第一个节气，我们又叫迎春、送春、打春、咬春、踏春、邀春、讨春。春字前面的那一个个不同的动词，无一不透露着我们对春天到来的喜悦和跃跃欲试之情。我没有看到过哪一个节气有立春这样多的修饰和形容，简直像是多声部的重唱。

明刘若愚著《酌中志》中记载："立春前一日，顺天府于东直门外迎春，凡勋戚内臣，达官武士，赴春场跑马，比较优劣。至次日立春，无论贵贱，皆嚼萝卜，曰'咬春'。"可见那时的风俗与风情，迎春、踏春、咬春、讨春，是在一起进行的，透着格外的热闹。

迎春、送春、打春，说的是一回事；踏春、邀春、讨春，说的是一回事；咬春，说的又是另一回事。

先来说咬春，立春这一日，民间是讲究要买个萝卜来吃的，这叫"咬春"，因为萝卜味辣，取古人咬得草根断，则百事可做之意。这个风俗自什么时候开始，我不清楚；皇宫内，要不要咬春，御膳单里有没有记载，我也不清楚。但是，我知道在民间，这一日却是人人要咬春的。在老北京，这一日从一大早，就有人挑着担子在胡同里吆喝："萝卜赛梨——"这是我小时候还能够听到的声音，见到的场面。那时候，再穷的人家，也要买个萝卜给孩子咬咬春。北京卖的是那种心里美萝卜，都是经过了一冬储存的，哪怕便宜得糠了心呢，也是要咬一咬的。

清人专有《咬春诗》：“暖律潜催腊底春，登筵生菜记芳辰。灵根斸土含冰脆，细缕堆盘切玉匀。佐酒暗香生匕梜，加餐清响动牙唇。帝城节物乡园味，取次关心白发新。”可以想象，那时咬春的风俗还是非常浓郁，也是非常时尚的。诗中所描绘的咬春吃萝卜，有点像是万圣节里美国人吃南瓜的劲头，花样翻新，且分外精细，乡园味十足。一个咬字，是心情，更是心底埋下的吃得了苦的一种韧劲儿，是中国人特有的一种风俗。

踏春、邀春和讨春，是指踏青郊游，皇都佳丽日，春日艳阳年，这是无论皇宫内外一律都要的必备节目。明诗专有记述：“东风渐次步青阳，龙过抬头蛰不藏。水出御河凝鸭绿，柳摇金屋变鹅黄。中官走马珠为勒，艳女寻花锦作装。自笑宦闲无一事，经旬携酒为春忙。”这是官宦人家的踏春了。“燕市重逢燕九，春游载选春朝。寒城旭日除丽，暖阁微阳欲骄……书传海外青鸟，箭落风前皂雕。翟茀烟尘骤合，马蹄冰雪全消……宝幢星斗斜挂，仙乐云璈碎敲……”大概是宫廷郊游的豪华版了。而民间流传的“高梁桥踏青，万柳堂听莺”，则是一般百姓人家了。高梁桥在城北，万柳堂在城南，是那时的一片旷野，清风朗日不花一文钱的，当然是穷人家的最好去处。在老北京，百姓人家的踏青郊游，在每年的三月三蟠桃宫庙会，达到高潮。清末震钧写的《天咫偶闻》中说蟠桃宫“庙极小……庙市最盛”，形容它“地近河壖（壖即河边空地），了无市聒；春波泻绿，软土铺红；百戏竞陈，大堤入曲；衣香人影，摇飏春风，凡三里余”。并盛赞它是“一幅活《清明上河图》也”。春天在这里，降下了帷幕。这里所说的踏春、邀春和讨春，无论皇宫，还是贵族，还是百姓，体现的都是人们对土地的亲近之情，和土地那种水乳交融的天然状态。

再来说迎春、送春、打春。三个词，打春的“打”字最抢眼、最生动。打春的风俗，最早来自皇宫，到底自什么朝代开始，我不清楚。只知道传说立春这一天，皇宫内外都要把它当作节日一般，是要格外隆重地庆祝一番。最早有立春之日要把皇宫门前立的泥塑春牛打碎一说，史书上记载：“周公始制立春土牛。”那样说的话，年头几乎和我们中华民族一样老。《京都风俗志》中记载，宫前“东设芒神，西设春牛”，礼毕散场之后，“众役打焚，故谓之打春”。那时，将春牛打碎，有鞭策老牛下地耕田的“催耕”之意，人们纷纷将春牛的碎片抢回家，视之为吉祥的象征。

这里说的芒神，就是春神，主宰一年的农事，这在《礼记》和《左传》里，都有记载。立春这一日，老北京的庙会里，一般都会卖《春牛图》，前面牵牛的那个男人，画的就是芒神。一般人家，哪怕已经进了城，不是农民了，也会把《春牛图》请回家，和那些拿回家里的春牛的碎片的意义是一样的，自己对自己祈祷，春神和春牛都是一年收获的保佑。

彩牛绘身，鞭炮齐鸣，还有装扮成的春官跑在道前相迎，接芒神，打春牛，这样的仪式，历史很悠久了。而且最早都是宫里亲自出马操办这一切的，是要在宫内亲自迎接芒神和春牛的。最早时皇上还要像模像样做亲自扶犁状，剪彩一般，做个象征性的造型。宋《东京梦华录》中记载，芒神和春牛“从午门中门入，至乾清门、慈宁门恭进，内监各接奏，礼毕皆退”，可谓礼仪隆盛备至。

这一传统，到了后来已经稍稍有一些变动，把芒神和春牛设于宫前，改为设立在郊外。这样的变动，自何时始，我不大清楚，在明朝的文字中已经有了记载，在东直门外，专门设立了置放芒神和春牛的春场。不过，在京城，所有的仪式照旧还是由宫廷委托顺天府尹（相当于现今北京市的市长吧）来组织完成，有些普天同庆，官民同乐的意思。明崇祯年间印制的《帝京景物略》一书中，有专门对春场的记载：“东直门外五里，为春场。场内春亭，万历癸巳府尹谢杰建也。故事，先春一日，大京兆迎春，旗帜前导，次田家乐，次勾芒神亭，次春牛台，次县正佐、耆老、学师儒。府上下衙皆骑，丞尹舆。官皆衣朱簪花迎春，自场入于府。是日，塑小春牛、芒神，以京兆生舁（抬之意）入朝，进皇上春，进中宫春，进皇子春。毕，百官朝服贺。立春候，府县官吏具公服，礼勾芒，各以彩仗鞭牛者三，劝耕也。”这里所说的春场，有人考证，就是现在东直门外东胡别墅的地方。

这样的风俗，一直延续到清朝。清人有记载：“立春日，大兴、宛平县令设案于午门外正中……府县生员舁进，礼部官前导，尚书、侍郎、府尹及丞后随，由午门中门入。”那轰轰烈烈的阵势，一点儿没有变。

可见，那时的“打春”，和最早以前的一哄而上“众役打焚”，拾取春牛碎片如鸟兽散回家以求吉祥的情景，已经有所不同。不过，礼仪似乎更加繁复，一列逶迤，由府尹带队，将春牛从午门抬入宫内，百官朝服，彩仗鞭牛，把那场面推向更加壮观的高潮，那场面颇似外国狂欢节时分满城沸腾热烈。鞭打春牛之后，众官退朝时，还可以得到皇上的“各以彩仗赠贻”，那些官员如以前农人把春牛碎片拿回家一样，乐不可支，求得一年的风调雨顺，其祈祷与保佑的含义，是和前辈一样的继承和延续。

据说，那时民间里泥制的春牛和以前也有所不同，肚子里要装有五谷，打碎之后散落出来的五谷，象征着五谷丰登。不知道从午门抬入宫内的春牛，肚子里是不是也装有五谷。看《帝京景物略》，似乎没有这样的记载，大概是怕撒落一地的五谷，脏了宫廷里的金砖玉阶，宫廷里的春牛，只是取其神似。

明朝有许多诗是描写这种“打春”风俗的，说的就是这种意思：“春有牛，其耳湿湿，京师之野，万民悦怿。”“春有仗，其朱孔扬，丰年穰穰，千万礼箱。”因此，拿回家彩仗也好，抢其春牛的碎片也好，撒落一地五谷也好，还是鞭打春牛，劝其勤耕也罢，实际上都是对新的一年丰收的鞭策和期盼，算得上是从皇宫到民间的一次迎春总动员。虽然现在再也见不到那壮观的场面了，但是回想在北大荒插队时每年一次的春耕动员大会，晒场上，地头边，红旗招展，锣鼓喧天，一排排拖拉机、播种机上披红戴花，多少和那场面有些相似。

清著名诗人钱谦益有诗：“迎春春在凤城头，簇仗衣冠进土牛。”说明一直到清前期，这种彩仗鞭牛的风俗，还是盛行的。民俗的东西，就是这样演绎在宫廷内外，蔓延在历史的变迁之中，成为我们的一种想象，一笔财富，一幅从遥远过去垂挂在今日的长卷迎春图。

雨　水

紧挨着立春的节气，是雨水。说是雨水，一般在这个节气里，其实是很难见到雨水的，连雨丝飘洒都很难。沾衣欲湿的雨丝，起码要挨到清明了。这个节气雨水中的“雨”，和谷雨节气里的“雨”的含义，大不相同。不过是对雨的一种期盼罢了。

古语中说，这个节气里，天生一水，春始属木。实际上说的是节气的变化，到这时候有了转折的契机，春天要来了。古人对大自然的理解和认识，比我们现代人更贴近泥土草木，这里所说的春天到来的标志，一是水，一是木。水木之间的关系，不仅体现古人的自然观，还体现了古人的哲学态度。没有水，草木很难发芽发绿，没有草木的回黄转绿，春天就不会到来；同时，如果不是春天的到来，冬天里处于冰雪状态的水就不会转化为雨水的到来。所以，古人说天生一水，春始属木。这是一种大自然链条的循环，方才有了四季的变化与轮回，有了生生不息的生命与生长。你得佩服古人，不仅是对自然的认知，还有用词的准确干练，富有深邃的哲思。

雨水节气，都在正月十五前后。这时候的天气，尤其在北方，风追残雪去，水送破冰来。天上下雨的日子，实在还早着呢。在我曾经插队的北大荒，这时候，雪还厚厚一层，田野里一片白皑皑，松花江、黑龙江上还结着实实在在的冰呢。江河开化的开江时刻，要在清明前后了。雨水，只是这个时节里大自然流年暗换的一种象征，是人们心底渴望春天的一种希望。

雨水节气里，天气乍暖还寒，老北京人讲究的“春捂秋冻”里的春捂，指的就是这样的天气里，别早早地脱下棉衣。老天爷的脸变化无常，雨水节气里，没有雨水，反倒突然之间下起一场雪来，不是没有的事情。雨水，不过是二十四节气里给你抛下的一颗看不见吃不着的甜枣，有点儿逗你的咳嗽，让你的心里犯痒痒，越发想脱下棉衣，奔跑进春天里。

在过去的老年间，雨水这个节气，对于各家最重要的，不是不切实际的盼望雨水的到来，而是盼望出嫁的女儿的到来。雨水这一天，按照老北京的习俗，是出嫁的闺女回门的日子。一般都是女儿在刚出嫁之后的第三天回门，最为讲究，为什么女儿非要在以后还要特别规定每年的这一天回门，我不大清楚。这一天，闺女回娘家，要带一段红绸布，或是一碗红烧肉，图的就是一个红字。这个红字里，是蕴藏着什么意思，我私下里猜想，无论女儿还是娘家人，大概都希望雨水的滋润，透露着日子红红火火的意思，也透露着春天里花红柳绿的意思吧。

雨水无雨，是这个节气里的常态。雨水有雨，有时候不见得就是好事。民谚里说：“雨水有雨百日阴。”“雨水落了雨，阴阴沉沉到谷雨。”前人根据节气里这样反常的变化，来判定未来的天气，可以说是节气经验的总结，节气便成了农事稼穑的风向标和晴雨表。

在今天日渐干旱的北方，雨水中降雨，更属于天方夜谭。相反，常常是在这个时候，又把抗旱提早提到了议事日程。在华北地区，还赶不上我曾经插队的北大荒，那里因有一冬大雪覆盖，在春天渐渐到来的日子里，可以融化为水，灌溉田野。雨水节气里，无雨不可怕，可怕的是一直干旱下去，让雨水一直成为人们看不见摸不着的渴望。

在二十四节气里，雨水、谷雨、白露、寒露、霜降、小雪和大雪，分别是水在节气的变化中不同的几种状态，在二十四节气里占有七个位置，约三分之一。这不仅说明着水对于节气变化明确而醒目的显性作用，同时说明水对于人类生活与生存的不可须臾离开的重要作用。想古人说的“天生一水，春始属木”，真的是对着呢，将水与天并列，水的作用无与伦比，雨水这一节气在二十四节气里的位置，便也就彰显无比。

惊蛰

我国二十四节气的名字，起得很有意思，都是两个字，简洁，平和，在所有用动词标识的，比如立春、立秋的“立”，夏至、冬至的“至”，或处暑的“处”，霜降的“降”，无一不是平和的，很客观、中立的表明节气到来的意思，是一种诉说而已。唯一富有动作感和感情色彩的，是惊蛰。一个“惊”字，凸显这个节气的来头和气势与众不同，有一种惊叹的意思在内。

小时候，老师在讲解惊蛰这个词的时候，说是天空打雷惊动了地底下的虫子要拱出地面了。老师的这个解释，强调了雷、虫和土地这样三者的关系。现在想想，觉得很有意思。如果不打雷，便惊动不了睡了一冬的虫子；如果睡了一冬的虫子没被雷声惊醒，便不会从冰封冻了一冬的土地里拱出来；而虫子能够从冰冻的土地里爬出来，是因为这时候的土地里的泥土已经变得松软了。雷、虫和土地这三者，皆因这个惊蛰的节气到来，而发生了如此密切互动的关系。也就是说，只有在这个节气中，雷、虫和土地这三者才从静止状态变为动态，活了起来，有了生命。

其实，在北京，很少能够听得到惊蛰时打雷的。惊蛰的雷声，应该出现在南方。但是，没有雷声的惊蛰，还能够叫惊蛰吗？那些小虫子怎么能被惊醒呢？惊蛰的雷声，应该像是起床的铃声、上课的钟声一样，准点准时出现才对。那时候，惊蛰的雷声，只出现我的想象里。想象着雷声响了——小虫子从泥土里钻出来了——春天到了，这样一幕戏的三部曲，有声有色，次第出场，动画片一样。

小时候，不懂得这个生命就是春天的生命，是大自然万物开始生长的生命，是唐诗里早就写过的“微雨众卉新，一雷惊蛰始”的生命。

那时候，就知道这个节气到了，冬眠的各种小虫子，该开始活过来了。那时候，在我居住的北京大杂院里，松软的泥土里开始有蚂蚁出来了，湿漉漉的墙上开始有小肉虫蠕动了，回黄转绿的蒙蒙树枝上开始有破茧而出的飞蛾，也开始有小鸟叽叽喳喳地叫着飞来了。

即使后来到北大荒插队，这个印象依然很深，北大荒这个节气里，春雪还在，依然很冷，但我相信蹲仓蹲了一冬的熊瞎子也该醒过来了，能够从树洞里出来找食吃了。更重要的是，春耕开始备耕了。生产队的铁牛——拖拉机，一色火红的车身，拖着铁犁耙，列阵村头，就要下地翻耕土地了。

在我小时候，有一个惊蛰吃梨的传统，觉得就像立春那一天要吃萝卜一样，是一种民俗，但我不明其意。老人们说，春天到了，这时候乍暖还寒，天气又燥，吃点儿梨，败败火。那时候，鸭梨存放一冬，都已经变蔫儿，要不就是心里发黑了，我们常吃的是一种叫作红肖梨的梨，那种梨水分充足，甜中带酸，黄色的皮上有红红的光晕，很鲜艳，很适合春天的色彩，应该是属于惊蛰的颜色吧。

今年的节气有意思，雨水赶上和春节大年初一同一天，惊蛰又紧挨着正月十五元宵节的后一天。雨水那一天，北京下了一冬以来最大的一场雪，叫作“百年不遇水浇春”，惊蛰的这一天，莫非也能出现这样的奇迹，让我听到春雷鸣春的声音吗？那可是真的如放翁诗中所写的那样，“雷动风行惊蛰户，湖海春回发兴新”了。

其实，不管这一天有没有雷声，惊蛰，前有雨水，后有春分，夹在这两个节气之间，它的角色就是来奏响春天的前奏曲的。

春 分

二十四节气里，有一些具有祭祀的意义。一类是对大自然之神的祭祀，带有原始自然崇拜的色彩，比如春分和秋分；一类则是对自己亲人的祭祀，比如清明。

过了惊蛰，就是春分了，春天的脚步，一步紧似一步。过去的人们讲究春分祭日，秋分祭月，将这两个节气的祭祀属性分割得格外清爽，又和大自然匹配融合得那样恰如其分。按照我们文化的传统，则是阴阳的对立和交融。

春分祭日，在于这一日太阳直射赤道，寒暑均分，昼夜相等。也就是说，一改冬日里夜长于白天的现象，而天气也渐渐暖和了。这些自然现象的变化，都源于太阳在这一日地位重要性的凸现，所谓日照中天。所以，祭日便是顺理成章的事情，渐渐成了一种传统，也成了一种民俗。

过去，在老北京，皇帝在春分时祭日，要去日坛。王公贵族则去寺庙。《北平风物类征》一书引《燕京岁时记》说："春分前后，宫中寺庙皆有大臣致祭。世家大族，亦于是日致祭宗祠。"而普通百姓，便去东直门外的太阳宫，或各大小土地庙了。可以看出，春分祭日，一直到清末民初，还是有这样的传统的。只是，如今，日坛健在，成了公园，而太阳宫只成了一个地名，存在于地铁和公交车的站牌上了。

普通百姓，春分祭日时，必要以太阳饼为祭物的。这种太阳饼，不是我国台湾台中地区那种有名的太阳饼的做法，而是用很简单的米面团成面团，擀成薄薄的小圆饼状，五枚一层，最上面驮着一只用面团捏成的小鸡。清《天咫偶闻》中说："太阳宫进香，人家以米糕祭日，糕上以彩面作鸡形。"也就是说，讲究一点儿的太阳饼上面的小鸡是彩色的。小时候，我不明白，为什么太阳饼上要驮着一只小鸡？我没有做过研究，一直到现在也只是猜想，大概鸡鸣则太阳出，闻鸡而起舞，鸡便是太阳的Logo，或者形象代言人吧。

总之，太阳饼上驮着只小鸡，挺有意思的。在我国用于祭祀的糕点中，比如寒食的寒食饼、中秋的月饼、重阳的花糕，都是将内容包裹在里面的，唯独春分祭日的太阳饼，有这样一个鸡顶在上面，外露而形象，直指天空，内心的膜拜与期许，直泻无余。

今年有些怪，好几个节气和节日凑巧相合，春节和雨水在同一天。春分，正和二月二龙抬头之日在同一天。这便让今年的春分之祭，多了一项内容。二月二这一日，民间讲究要祭祀龙神，所谓龙抬头，就是天气还阳，龙要伸伸腰身耕云播雨了，和节气相关，和春分的意思相似。这一日，民间要吃龙须面，所谓龙须面的称谓也是由此而来。细细的面条象征着龙须，扯住龙须，交得好运，就像这一日不得动针线，恐伤龙目的意思是一样的。

在老北京，这一日吃龙须面，要在面上浇上烧羊肉，最讲究的，是要去白魁老号。白魁老号是清乾隆四十五年（1780年）开业的一家老字号。它的烧羊肉在北京拔得头筹，因为它烧羊肉的一锅老汤是前一年入秋之后就收入大缸，密封起来，深埋在地里，一直到二月二龙抬头前一天才把老汤从地下取出，这一道老汤是他家的独门秘籍。因为烧羊肉做得好，每年这一天，朝廷要专门派人出宫，手捧着八个朱漆彩绘的捧盒，到白魁老号这里来取定制好的烧羊肉。皇上和太后们也要赶在二月二龙抬头这一天尝一口白魁老号的烧羊肉做浇头的龙须面，百姓更是要去白魁老号排队去买烧羊肉，外带要上一碗老汤。

过了春分，下一个节气，就是清明。祭祀完了太阳，祭祀亲人，老天爷安排得紧凑而恰如其分。在同一个春天里，让我们仰望天空，再垂首大地。上天有太阳每天都在看着我们，即便是阴雨天或雾霾天，太阳也不是不存在，而是在云层里看着我们，注视着我们的善恶贪廉的一切。大地则埋有我们的亲人，入土为安，是中国的传统。大地上生长出来的花草树木和庄稼，都是我们亲人的化身，我想如今时兴的树葬，最能体现这样的一类特性。

清明这一天，最好下雨，而且是那种蒙蒙细雨。我一直这么想，清明时节雨纷纷，是上天和大地相互衔接最好的表示，是将春分祭日与清明祭人最富有情感的结合，最富有仪式感的表达了。当然，如果再有一曲《春之祭》就更完美了。可惜，如今只有外国音乐家斯特拉文斯基的《春之祭》，还没有我们自己的《春之祭》。我盼着我们自己的《春之祭》，在沾衣欲湿的清明雨中，舒缓地奏响，会让整个春天都弥漫起氤氲蕴藉的气氛。

清明

大概是杜牧那首有名的诗的缘故，“清明时节雨纷纷，路上行人欲断魂”，清明给人的第一印象就是为死去的亲人扫墓，而且，这一天应该总是下雨才好才对，下着的，是那种沾衣欲湿的“杏花雨”。有一首歌的名字就叫《清明雨》。

在北方，因为天气干燥，清明这天下雨的概率很低。不过，这时候是真正的春天，乍暖还寒的天气已经过去了，迎面扑来的风都暖和了许多。柳树早已经是一片旺绿了，草色也不再只是“遥看近却无”，而是茵茵如一片绿色地毯了。春花已经开过了一茬，玉兰、桃花、迎春都开谢了，这时候开得正旺的是梨花。如果到了梨园，一片洁白如雪。正好为清明扫墓相配，是上天在墓前献上的祭祀的白花。

在我国的二十四个节气里，唯独清明兼有节日的意义。足见清明的重要性。应该说，在二十四节气里，它最富大自然和人的双重情感意义。

不过，在传统文化中，清明除了扫墓，还有一重意义，便是踏青郊游。这一点意义，常常被我今天仅仅认为是旅游。其实，并不这么简单。旅游，可以在一年四季的任何时候，清明前后的踏青郊游，并不仅是旅游的一种游山玩水。

记得我童年的时候，因为母亲去世，父亲每年在清明这一天都带我出广安门，到母亲的墓前扫墓。他会把事先写好的一整页纸的信，在墓前读给母亲听，读完后，烧掉，算作祭祀给母亲的纸钱。然后，他会带我在周围踏青转上半天。那时候，广安门外就是农田，满眼绿色，生意盎然，印象最深的是小河沟里有很多蝌蚪，我会捉好多蝌蚪回家。父亲像是对我说，也像是自言自语："清明是万物复苏的时候，活着的人要好好活着，才对得起死去的人。"那时候，我不懂得他说这些话的意思，现在，我明白了，清明踏青，是要死去的人死得安心，也是要让活着的人活得更好。满眼盎然的春天的生机和生气，是生与死的对话，是生对死的力量，也是死对生的一种延伸，一种还魂。

所以，清明雨，更多的是我们内心对于死去亲人的一种情感表达的象征物。清明这一天，迎接我们的更多的不是雨，而是温暖的风。古诗说："梨花风起正清明，游子寻春半出城。"只不过，这首诗没有杜牧的那首出名，常常被人们忽视。

在老北京，清明这一天，寻春半出城，主要到高梁桥外。那里两水夹堤，垂杨十里，《帝京景物略》引诗有句"彼美都人士，出郭清明游。高梁桥西畔，柳软莎亦柔"。在这里，除了梨花风之外，柳树出场了，柳树成为出演清明重要的角色。在过去的很长一段时间里，有折枝簪柳戴于发间的民俗。在老北京的民谣里，有"清明不戴柳，死后变黄狗""清明不戴柳，死在黄巢手"之说。后者，《京都风俗志》中解释说："盖黄巢造反时，以清明日为期，带柳为号，故有是谚也。"

如今，清明戴柳的民俗已经没有了。时代变迁，好多民俗都消失了。但是，清明放风筝这一传统，至今尚存。我小时候，没钱买风筝，自己用纸糊一个风筝，不过是用一张白纸糊在秫秸上，下面垂几条白纸条，北京人叫作"屁股帘儿"。照样放得热火朝天。放风筝，靠的是风，清明前后，风不紧不慢，正是放风筝的好时候。

所以，除了杏花雨，还有梨花风，再加上绿枝柳，这三者一体，是清明最佳的代言人。

谷　雨

中国幅员辽阔，同样的节气里，南北差别非常大，老天爷所呈现的脸的模样，大不相同。民间俗语说：清明断雪，谷雨绝霜。但是，我在北大荒的时候，那里的清明时候雪还冻得老厚，即便是谷雨时节，也是一地的没有完全化干净的雪，沾满泥水，湿湿的、黑黑的、脏兮兮的，当地人称“埋汰雪”。

谷雨的节气，意味着春天的尾声，夏天的到来。对于南方而言，这是没有错的，对于北方，却依然春寒料峭。不过，在北京，花是全都开了，柳树也绿透了，公园湖水里也开始放船了。谷雨前后，也有下雨的可能，但只是可能，因为干旱的北京有可能一春都没有一滴水下。节气毕竟到了，雨生百谷，没有雨，地也松软，湿润了，还可以人工浇水灌园，谷雨时节种谷天，还是没有错的。

遗憾的是，在北京，这时候一般是听不到布谷鸟的叫声的。按理说，谷雨节气的到来，布谷鸟开始叫了，“咕咕、咕咕”的声音，很像“布谷、布谷”的发音，像是在催促人们要趁时播种了，否则，人误地一时，就会地误人一年了。所以，我们便把这种鸟叫作布谷鸟，生动又形象，再也没有比我们中国人更会起名字的了。

有意思的是，去年谷雨，我在美国小住，也没有布谷鸟的叫声，只有在动物园里才能见到布谷鸟。我告诉四岁半的小孙子这鸟叫作布谷鸟，并告诉他："你对着它叫唤'咕咕、咕咕'，它就会跟着你一起叫'咕咕、咕咕'，人们就要下地播种了。"他便冲着布谷鸟一个劲儿叫"咕咕、咕咕"。那鸟就是跟扎嘴的葫芦一样，一声不吭。等我们转身走的时候，它突然叫了起来。真的像"布谷、布谷"的声音，小孙子兴奋地大叫。

今年的节气，就是有意思得很，和很多民间的节日连在一起。今年谷雨是阴历三月初二，第二天，便是传说中的王母娘娘的生日。在北京，原来有有名的三月三蟠桃宫庙会。那时候，京杭大运河一直流到现在东便门再流到前门，蟠桃宫就在东便门南岸，是自春节开始的庙会的收官之作，赏花踏青，看戏听曲，衣香人影，摩肩接踵，异常热闹。如果能延续到今天，应该是对谷雨最好的庆祝。

谷雨前后，在南方，樱桃能够上市，那是一岁的百果之先。在老北京，是有钱人才能够尝得到的鲜。我小时候，在这个时节，上市的是桑葚。古诗里有句"黄栗留鸣桑葚美"，应该说桑葚是北方的一岁百果之先，是可以和樱桃 PK 的谷雨时节的应令水果。只是，桑葚分紫色和白色两种，身上麻麻点点的，远不如红红的樱桃好看，倒像是北方人和南方人长的样子，一个粗壮，一个秀美。

这时候，讲究喝谷雨茶。对于绿茶而言，明前茶最好，谷雨茶殿后，谷雨过后，便没有新鲜的绿茶可饮了。古诗中说："客到家常饭，僧来谷雨茶。"说的是只有僧人来了才饮清新的谷雨茶的。谷雨对仗家常，却不是家常的翻版。

读明人徐渭诗："青箬旧封题谷雨，紫砂新罐买宜兴。"开始不懂其意。为什么非要在谷雨时买宜兴的紫砂新壶？后来读到唐诗里有专门题咏宜兴的谷雨茶，说是“二月山家谷雨天，半坡芳茗露华鲜”。方才知道，宜兴的谷雨茶，在唐代就是茶之上品。便也就明白了徐渭是讲究好茶知时节，买壶为饮谷雨茶呀。

当然，这都是那时候的讲究。但是，中国人对于自己的饮食与民俗应时知节的传统，如此紧密对应着每一个变化的节气，大概是世界上绝无仅有的。这是一种诞生于农耕时代的传统，浸透着对大自然的敬畏之情，方才繁衍出一种与土地和雨雪相亲的文化，朴素，却充满情感。

立夏

立夏。夏天来了。和立春不大一样，立春的讲究更多一些，要咬春，踏春，打春牛，等等，因为那是一年之始，自然要隆重些。立夏，很平易，没有那么多的讲究。绚烂的春花开过了，飞天的柳絮飘过了，夏天来了。仿佛几夜之间，天就一下子暖和了起来，特别是在北方，可能前几天还需要穿毛衣，一夜之间，就要换上单衣了，就是告诉人们，夏天来了。

在老北京，在皇宫里，立夏这一天，男的要脱下暖帽，换上凉帽；女的要摘下金簪，换上玉簪。这些都是夏天到来的象征物。人体最能感受季节的冷暖变化，而装饰品则是为变化的季节镶嵌的花边。

当然，这是皇宫里才有的讲究。不过，即便是皇宫，这样的讲究也很平易了。在历史的记载中，据说在周朝的时候，立夏这一天，帝王要带领文武百官到都城南郊外去祭祀的。不过，这样隆重的传统，早已不再。在二十四节气中，立夏的地位，在皇宫中就已经变得家长里短起来了。

《帝京景物略》中讲："立夏日，启冰，赐文武大臣。"这样的传统，一直延续到清代。那时候，没有冰箱，冰的储存，是用天然的冰窖，如今北京城南北都还各存有冰窖厂胡同的地名。这样的冰窖，一直到新中国成立后，还延续用了很长一段时间。想象立夏这一天，从皇帝带领文武大臣出宫去野外祭祀，到赐冰给文武大臣，这样的变化也实在太大。不过，可以看到立夏真的是一个天人合一的节气，历史的演进，让节气接上了地气，从皇帝和文武大臣做起。

关于立夏这一日，清竹枝词有道：“绿槐荫院柳绵空，官宅民宅约略同。尽揭疏棂糊冷布，更围高屋搭凉棚。”便是说立夏前后，无论官宅民宅，要在院子里搭凉棚，所谓老北京四合院讲究的“天棚鱼缸石榴树”老三样中的“天棚”。同时，要在各家的窗户前安纱帘。在没有空调的年代，凉棚和帘子是为了度过炎热的夏天的必备用品。特别是帘子，即使是再贫寒的人家，可以不搭凉棚，但是，门帘子，哪怕只是用便宜的秫秸编的，也是要准备的。而窗户即使不可能像有钱的人家换成竹帘子或湘帘子，起码也要换上一层窟窿眼儿稀疏的薄薄的纱布，即竹枝词里说的“糊冷布”。那时候，我们管它叫“豆包儿布”，很便宜。

帘子对于北京城人的重要性，要重于冰。所以，在皇宫内务府的衙门里，专门有帘子库，就跟武器库一样，有专门管帘子库的官员。新中国成立以后，前辈作家叶圣陶老先生在东四八条住的院子，就是清时帘子库的官员留下来的。现在想想，会觉得有几分好笑，居然帘子还需要官员专门管理，而且，在立夏前后，这帮管帘子的官员要上下紧忙乎一阵呢。要是没有了帘子，慈禧太后的垂帘听政，还真的有点儿麻烦了。

立夏换帘子这样的传统，一直到我小时候还存在。那时候，我住的大院里，各家都会在这几天换冷布，换纱帘。别看换冷布和纱帘这活儿简单，但弄不好会糊不平，糊不结实。所以，一般都会请裱糊匠，连窗户纸和冷布一揽子活儿。那些天，裱糊匠都忙不过来。现在，我们的大院里那些残存的旧窗户，还可以看见能够支起窗户露出纱窗的挂钩和支架。是那个逝去的年代对于立夏留下的一点儿记忆的痕迹。

如果说，立夏换首饰，多少还带有一点儿对这个节气形而上的象征意义，换帽、备冰和搭凉棚、换帘子乃至换冷布，都是彻底的形而下了，却也是地道的民生，让这个节气和人们的生活有了密切的关系，让这个节气彻底接上了地气。

小　满

立夏过后，小满就快要到了。二十四节气中，有几个，我一直不甚了了。小满是其中的一个。

最初认识小满，是读孙犁先生的中篇小说《铁木前传》，里面有个人物，名字叫小满，是个 19 岁的姑娘，性格活泼，挺招人喜欢的，孙犁先生强调她的纯洁和天真。和孙犁先生以前笔下写熟的女人不一样，猜想给她起小满这样的名字，就是要她这个在变革时代蹦出来的新人物，更充满对爱和对新生活的渴望吧？只有这样年轻的年龄，才会有这样清新的朝气和天真的憧憬。

最近，新上映的电影《万物生长》，男主人公秋水初恋情人的名字，也叫小满。这可是真有点儿英雄所见略同。心想，我们的文学作品中，爱用节气给自己的人物作名字，我国的二十四节气，真的适合给人起名字，这里暗合着多少民俗中的文化密码。

这个小满才只有 17 岁，和孙犁的小满一样，也是对爱情和新生活充满渴望和憧憬，让人心存怜爱的纯真小姑娘。是的，只有年轻小姑娘的名字，只有初恋小姑娘的名字，才可以叫小满。年龄稍微再一大，不要说熟女了，就是涉过初恋这条清澈小河的姑娘的名字，便像橘易地而成枳一样，可以叫小雪，叫立秋，不会叫小满了。

小满小满，小麦渐满。民谣里这样说。说的是小满节气的到来，小麦刚刚灌浆，青青的麦穗初露，远非到了一片金黄的成熟时候。节气和姑娘初恋的形象完全吻合，和那时节姑娘的身体与心理完全吻合，只是小满，远非丰满；只是灌浆初始的青涩初恋，远非血脉偾张的炽烈热恋；只是麦穗在初夏的风中羞涩的轻轻摇曳，和清风悄悄地拉拉手，说着似是而非的缠绵情话，远非在酷烈的热风中沉甸甸摇晃着金碧辉煌的头，摆出一副曾经沧海看穿一切，万事俱备只待开镰收割的骄傲样子。

小满，真是人生的一个好节气。如果说料峭的立春和春分，还是个生牤子一般的小姑娘；萧瑟的小雪和小寒，已是一头霜雪的老太太了；小满是立在这两者之间最富有生机和朝气的年轻姑娘。这个节气的姑娘，涉世未深，清浅如水，却已经不再是一汪雨过地皮湿没心没肺的小水泡，更不是一潭千尺幽深莫测深不见底的桃花水，或者一道被外界排放被自身滋生污染得早已经浑浊不堪却偏要修起漂亮的桥与堤的江河水。

纵使如孙犁笔下的小满，是泛着载不动许多愁的一泓池水；纵使如电影屏幕中的小满，是连一叶扁舟都没有能够驶向对岸的一湾湖水；却都是清澈的还没有被污染的水。小满，之所以让人怜爱，正在于此。世界上还有比初恋更让人觉得美好而值得回忆的吗？而初恋之所以叫作初恋，正是小荷才露尖尖角，是轻翰掠雨绡初剪，是圆荷浮小叶，是细麦落轻花，那样清浅可爱，那样天真纯洁，那样美好动人。小满，这个节气，如此和人生与情感交融，和心理与生理契合，是二十四节气里少见的。小满大风，树头要空。这是另一句民谣。说的是在这样的节气里，最忌讳刮大风。因为树的枝头上结出刚刚小满尚未长得饱满结实的果实，禁不住大风，会被吹掉的。小满时分，人生中对待同样节气的孩子们，特别是年轻的姑娘们，要格外仔细才是，切忌的是大风来袭。

有一段时间，也就是我们年轻的时代，讲究的是年轻人要到大风大雨中去锻炼，所谓“经风雨，见世面”。那时候，高尔基的一篇《海燕》格外风靡，号召年轻人像海燕一样，“让暴风雨来得更猛烈些吧”。自然，这一切都是那个过去时代的口号。人生和节气一样，不是口号，而是客观的规律，要有个自然的过程，和自然的验证才是。小满时，哪里经得住大风甚至暴风雨的洗礼呢？正如民谣里说的那样，小满大风，树头要空。那时候，我在北大荒，有一位天津知青，年龄太小，睡凉炕落下了毛病，晚上憋不住总要尿炕，白天干活憋不住总要尿裤子。这是件很伤自尊的事情，每天出工下田，最担心的事就是尿湿了裤子，被人瞧见的难堪，便最希望干活时天最好下大雨，尿湿的裤子和雨水融为一体，免去被别人看见的尴尬。时过境迁已经40年，每逢想起这位天津知青，心里总是充满伤感。我和我们那一代人的青春是两手空空，就像林子里的过火木一样，徒留下历史大风掠过之后千疮百孔的痕迹斑斑。

在北大荒，这个节气正是放蜂人来到林子和荒原里安营扎寨的时候。这时候，林中树木的各种花和草地的达紫香等野花相继盛开了。有民谣说，小满时候置蜂箱，放蜂酿蜜好风光。北大荒的椴树蜜和野花蜜，一直都很有名。大自然懂得，小满是蜜蜂采花酿蜜的好时候。我们人更应该懂得，这样的节气里，是年轻人花朵般开放的初恋好时候，少挑刺多栽花，少刮风多酿蜜，才是正庄的事由。

芒 种

芒种，是二十四节气中重要的一个节气。读中学的时候，每年都要有一次的下乡劳动，一般都会选在芒种季节，因为这时候北京郊区的麦子黄了，正待收割。我们中学那时候常去南磨房乡帮助老乡收麦子，在乡间，我从老农那里学到一个谚语“杏黄麦熟”，记忆特别深，因为当时我特别好奇，真的是麦子熟了杏就变黄了吗？收完麦子回家到市场一看，果然摊子上到处都有卖大黄杏的。我把学到的这个谚语“杏黄麦熟”，写进作文里，得到老师的表扬。

节气，真的神奇，像是一位魔术师，自然界的一切都逃脱不了节气变幻的色彩晕染。芒种，乡间是麦子的一片金黄，城里没有麦子，也得派澄黄澄黄的杏来诉说这个节气中的一点儿心思。

那时候，觉得南磨房乡离城里很远。现在，早已经成了城区的一部分。我现在居住的潘家园，就位于南磨房管辖范围之中。东三环远近一片林立的楼群，原来就是我读中学时候下乡收割麦子的田野。世事沧桑的变化，城市化的飞速进程，让节气变得只剩下了日历上的一个符号，起码，芒种节气中，属于北方那一片凡·高才能挥洒出的金黄颜色，已经很难见到了。

其实，芒种，不仅是一个收获的季节，还是一个播种的季节。在北方，是磨镰忙收麦子；在南方，则是忙稻子插秧了。过去学过一首古诗，其中有一句：乡村四月闲人少，才了蚕桑又插田。虽然说的是比芒种节气略早一些的时候，却一样可以看出南方播种时的忙乎劲儿了。

在我的理解中，芒种的“芒”，指的是收割麦子；芒种的“种”，指的是播种稻子。一个节气里，既包含收获，又包含播种，在二十四节气中，是绝无仅有的，足见芒种这个节气内容之丰富。可以想象一下，在这样节气里，有这样两种鲜艳色彩在交织，一种是麦子金黄一片，一种是稻秧碧绿一片；一边是北方独属的热辣辣的阳光灿烂，一边是南方特有的子规声里雨如烟。如此辉映在一起，让成熟和成长，在同一时刻呈现，是哪一个节气中可以有的辉煌壮观景象？

芒种这个节气，对于农事的重要性，便也尽显在这里了。所以，过去有民谚一直流传至今，叫作“春争日，夏争时”，这里的夏，指的就是芒种这个既要收获又要播种的节气，其忙碌的程度要以“时”来计算，远超过春节以“日”来计算的。过去还有一句谚语，叫作“芒种芒种，忙收忙种”，说的就是这个节气的忙碌劲儿。在这里，充分显示了我国语言的丰富性，是将芒种中带芒农作物的“芒”字，谐音化为“忙”，一语双关，涵盖南北，将繁忙而丰富的稼穑农事，浓缩在两个字中，实在是我国二十四节气得天独厚的本事，农业时代中很多乡间的文化密码，都蕴含其中了。

说起芒种，总让我会忍不住想起四十多年前在北大荒插队的时候，也是在麦收之后。只不过，在北大荒，麦子收割要晚于芒种一些时日。麦收之后，农闲时刻，我到当地一个姓曹的老农家借书。别看是老农，因是从沈阳军区复员的转业军人，从沈阳带了很多书到北大荒，他家成了我很长一段时间的图书馆。那是我第一次去他家，看见他翻开一个红漆立柜，这种立柜，在乡间一般是盛放米面的柜子。他却从里面掏出了一本本的杂志，我一眼看到，是《芒种》，封面是齐白石题写的“芒种”两个醒目的墨笔大字。我凑过去一看，柜子里全是《芒种》杂志。他笑着告诉我，他有从 1957 年创刊到 1966 年停刊的全部《芒种》。

那些《芒种》，成了我学习文学的范本。我就是从那时候开始学习写作的。一晃，竟然 43 年过去了，芒种，芒种，43 年前，我频繁从老曹家借阅《芒种》，也够一阵紧忙乎的了。想想，那应该是我的播种也是我的收获季节。

夏 至

夏至的天空，白天最长，夜晚最短。夏至的天空，白天最热，夜晚最亮。

在周礼时代，夏至曾经被定为是一个伟大的节日。白天祭地，夜晚焚香，祈求灾消年丰，这是农业时代人们心底普遍的愿景。我曾经猜想，之所以在那遥远的时代，人们将夏至作为一个盛大的节日，大概是因为这时候正是丰收的时节，却也正是夏天雨涝的季节。如此，才格外祈望丰收能够延续，而灾难能够消除吧？节气里，总是蕴含着人们最为朴素的心情，那心情随老天爷阴晴变化而跌宕起伏。节气的“气”，便不只是气候，也有人们的心气在里面。

夏至这一天，如果不下雨，就是最好的时辰。传统民谚说：夏至到，鹿角解，蝉始鸣，半夏生，木槿荣。这谚语说得非常有意思，前两句说物，鹿和蝉，一个动物，一个昆虫。鹿角成熟了，可以割角了；夏天炎热了，蝉开始叫唤了。这是典型夏至的标志，一个有形，一个有声，梅花鹿和金蝉，可以作为夏至的形象代言。

不过，我一直喜欢这个谚语的后两句。后两句说的是花，半夏和木槿都要开花了，这让夏至一下子和花木繁盛的春天有了对比和呼应，夏天并不仅是丰收的季节，也是花开的季节。如今，在城市里，半夏很少能见到，但是，木槿却是公园和住宅小区里常见的。其实，夏至之后，盛开的不仅有木槿，合欢、紫薇、玉簪……也都会相继盛开。谚语里的半夏和木槿不过是代表罢了，如果夏至真的要有一个 Logo 的话，鹿和蝉，半夏和木槿，还真的有一番 PK 呢。

夏至的天空，因有了它们而变得活色生香。想一想，鹿摇动着美丽的犄角，从青青草地上奔跑而来，蝉在树叶间比赛似的撒了欢儿地鸣叫，再有那些夏花之绚烂，争奇斗艳，真的是奏响了一支夏至交响曲，在整个天空中激情四溢地回荡。

夏至的天空，最美的时候，在夜晚。一年四季，夏至的夜晚是最短的，却也是最明亮的。在这时候眺望夜空，星河灿烂，能够看到很多一般日子里看不到的星星。即使不懂银河系里各种星座，也可以清晰地看到北斗七星、牵牛织女星、天狼星和太白星。这对于雾霾横行的今天而言，是格外难得一见的盛景，是夏至和夜空相互给予的一种馈赠。在我小时候，坐在四合院里，望着星光璀璨的夜空，认识并数点着那些星星的时候，会让心里觉得宇宙的浩瀚和生活的美妙。如果再能够看到一次流星雨的壮观，是额外的收获了。

在我小时候，在四合院里，还能够看到萤火虫。在夏至到来的日子里，这些发光的小虫，给我们孩子带来了欢乐。轻罗小扇扑流萤，是那时候最美的情景。看萤火虫飞上天空，和星星上下呼应对话，一起扑闪着明亮的眼睛，会让我觉得夜空真的非常美丽又神奇。如今，这样美丽神奇的夜景，已经很难看到了。前几天看报纸有消息说，在武汉东湖的牡丹园新造萤火虫馆，人们只能到那里去看人工制造的萤火虫夜景了。无论是玻璃罩，还是水泥罩，隔开了夜空的萤火虫，就像玻璃缸里的金鱼一样，还有天然的情趣吗？

在我国，夏至的夜空，最好去漠河。夏至前后，那里是白夜最好看的时辰，可以看到一年最美的壮观景色。夜空因白夜的到来而变得格外空阔辽远，那些星辰的闪烁，也变得异样的迷离。在北中国的夜空中，夏至把最神奇的景色托付给了漠河收藏并展示。

在国外，夏至的夜空，最好去挪威的首都奥斯陆。夏至前后，6 月的夜晚，那里要举办每年一度的室外音乐节。同漠河一样，那里也在欧洲遥远的北方，也有白夜无比的神奇。当“落日炮”响过之后，星星出来了，夜空还是一片明亮，音乐会开始了，动人的音符，像萤火虫一样翩翩飞上蔚蓝洁净的夜空。当年，挪威最伟大的音乐家格里格指挥过音乐会，并演奏过他自己创作的乐曲，那应该是献给夏至最美妙的音乐了。

小 暑

中国的节气设置很有意思，天冷了，有小寒大寒、小雪大雪之分；天热了，有小暑大暑之分；必要将冷与热的温度，如同官阶一样分出等级来。但是，这只是在一冷一热的两极中，才有的细致划分。在春秋两季中，是没有这样的划分的。

其实，对于一般人来讲，小暑节气的到来，就是说天热了。

但在农村老一辈人看来，小暑大暑的划分，是和种庄稼相关的。对于农民，小暑是不怕热的。因为有农谚说：小暑热得透，大暑凉飕飕。在老天爷那里，炎热会有起有伏，但总会让温度大致平衡均等，所谓背着抱着一般沉，小暑热够了、热透了，大暑就会凉快些，否则，三伏天更难熬。再热的天，农民总要下田干活的，冷热是切肤的，关乎出汗和庄稼。

对于城里人而言，有了闲钱和逸致，如今讲究旅游。但是，小暑不是旅游的好时候。这时候，天气猛的热了起来，不宜出门，而宜于坐在家中，独自一人，或邀请几位亲朋好友，来喝茶聊天，家长里短，天马行空。昆曲《牡丹亭》里唱的："有风有雅，宜室宜家。"

关于小暑饮茶，宋诗里有这样很出名的一联："一碗分来百越春，玉溪小暑却宜人。"宋朝时，讲究分茶，放翁也有诗句："晴窗细乳戏分茶。"那既是一种仪式，也是一种风俗，品的是恬静自如的心情，使得忙碌杂乱中如同牛嘴里咀嚼得皱巴巴的心舒展一下。所以，诗中在如此炎热的小暑节气里，一碗茶分得有了春天凉爽温馨的感觉。

不过，诗里说的茶，居然是论碗来盛的。这多少让人有些吃惊。也许，宋朝时说的碗，和我们现在用的碗不同。不过，提及碗来，总会想到“大口吃肉，大碗喝酒”，这是在《水浒传》里才会有这样粗犷的镜头。小暑的节气里，宜茶却不宜大碗饮茶。自然，也不必纤秀得如功夫茶一般，非得用泥壶小盅浅斟低饮；或讲究得如英国的下午茶一样，非要有点心来红袖添香。但是，小暑饮茶，毕竟不是大暑喝绿豆汤解暑一般，或者像是喝冰镇啤酒一样，抱着大碗咕咚咚豪饮。小暑饮茶，不是真的为了解暑，而是寻求一份平静的心境。

所以，越是天热，越是要饮热茶。当然，茶品，可以按照自己的喜好。我是饮绿茶的，觉得绿茶最宜小暑。泡在杯子里绿如春色的绿茶，在室外喷火的天气里，才越发对比得鲜明，衬托出小暑这个节气，是那样的别致有趣。仿佛它有一副火热的面容，又有一颗平静的心，动静自如，冷暖相知，能够让躁变静，让热降温，让跌宕起伏变平易。

如果说，大雪的节气里，最宜于饮酒，尤其是饮那种烫过的老酒，白雪红炉，一尊绿酒，是那个节气里最奔放的插图。那么，小暑的节气里，最宜于品茶，白日红霞，一杯绿茶，是这个节气里最温情的封面。

当然，如果这时候再能够有点儿音乐，就更加完美无缺了。唐诗里说：小暑夏弦应，徽音商管初。那里所说的“徽音商管”，是中国传统的丝竹古乐了。倒也不必那么古，那么的丝竹，只要是恬静一些的轻音乐，就好。就像无花草地上，宜牧牛羊；水平如镜的湖泊中，宜荡轻舟；小暑，宜茶，宜音乐。小暑，便既属于节气，也属于你自己了。

大暑

夏日难熬。在老北京，别看作为都城，到了盛夏，无论是皇上，还是王公大臣，都和平头百姓一样难熬。最有意思的是，到了这时候，皇上要给各位大臣发冰解暑。《燕京岁时记》中说："各衙门例有赐冰。届时由工部颁给冰票，自行领取，多寡不同，各有等差。"看这则旧记，我总想笑，在没有冰箱和空调的年代里，盛夏的日子，解暑唯有靠冰，发的冰多少，居然也得按官阶大小领取。这让现在的孩子，得笑掉大牙。在封建社会里，老天爷撒下人间的热，也不民主起来。

盛夏就处在大暑节气里。那时候，一般人家只能到冰窖厂去买冰。旧京都，一北一南，各有一个冰窖厂，专门在冬天结冰时藏于地下，就等着来年大暑时卖个好价钱。清时有竹枝词说：磕磕敲铜盏，沿街听卖冰。敲铜盏卖冰，成了那时京都一景。冰窖厂一直存活到北平和平解放之后，这两个地名一直还在。只是前些日子我旧地重游，冰窖厂街已经基本拆干净了。原来的冰窖厂，新中国成立后变为了一所学校，已经拆平成了宽敞的马路。

旧京都盛夏，还有一景，便是借太阳之烈来晾晒衣物，以防虫蠹，这很有点儿以毒攻毒的意思。老儒破书，贫女敝缊，寺中经文，都在晾晒之列。清时有诗说：辉煌陈列向日中，士民至今风俗同。不过，不少寺庙每年这时候的晒经会之后，风俗便开始变了味儿，逐渐成为庙会，人代替了经书，美女更是比经书养眼。《天咫偶闻》中说：“实无所晾，仕女云集，骈阗竟日而已。”

不过，这也可以看出老北京人对于生活的性情，贫也好，富也好，冷也罢，热也罢，无论在什么情况下，都能自寻其乐，用老北京话说，叫作“找乐儿”。

盛夏到来之际，老北京人找乐儿最好的去处，是宣武门外的护城河边。那时候，皇宫养象的象房就在宣武门内，很近，每年这时候，官校都要用旗鼓迎象出象房，再出城门，到护城河洗澡消暑。那时候，聚在河边看洗象，成了大暑天盛大的节日。有钱人，会如王士祯诗中所写的那样：玉水轻阴夹绿槐，香车笋轿锦成堆，千金更赁楼窗坐，都为河边洗象来。没有千金可以坐在楼窗前最好的位置的穷人们，则可以拥挤一身臭汗，在河边看热闹。想那时的情景，应该如现在看音乐会、歌剧一样，阔人有包间，穷人有站票，热闹得也就不怕热了。

在取消象房之后的清末民初之际，没有洗象的热闹可看，盛夏之际，一般人找乐儿，是去什刹海。那时有唱十不闲小曲的这样唱道：“六月三伏好热天，什刹海前正好赏莲。男男女女人不断，听完大鼓书，再听十不闲。逛河沿，果子摊儿全，西瓜香瓜杠口甜。冰儿镇的酸梅汤，打冰盏卖，了把子儿莲蓬，转回家园。”

这样的炎夏情景，今天在什刹海还能依稀见得到。子儿莲蓬，就是嫩莲蓬，在今天的什刹海，应该还可以买得到。这个节气，老北京人讲究吃子儿莲蓬。除了子儿莲蓬，还爱喝荷叶粥，嚼藕的嫩芽。《酌中志》里说这样大暑节气里要：“吃过水面，嚼银苗菜，即藕新嫩秧也。”看，这个特殊的节气，大自然不仅给予我们最炎热的温度，还馈赠我们最美丽的荷花，而且，那荷花连叶带根带果实，都成了我们的时令食品。当然，别忘了再来一碗过水面，在这样的节气里，我们就可以过得神清气爽了。

立 秋

尽管立秋过后还有一伏，炎热并没有过去，秋老虎依然厉害。但是，毕竟节气到了，秋天到来了。最明显的节气征候，是树上的叶子再没有春天那样碧绿，也没有夏天那样旺盛，而在悄悄地转黄，甚至开始飘落。过去有句成语，叫作叶落知秋。秋天，意味着大自然的生命开始一个新的轮回。

说起“叶落知秋”这个成语，忽然想起已故北大教授吴小如先生讲他父亲吴玉如先生的一段逸事，说吴玉如先生当年讲课时测试学生文学智商，出的试卷上有这样一道填空题：一叶落（　）天下秋。填“而”字满分，填“知”字及格，填“地”字不及格。“而”是虚词，有想象空间；“知”是实词，太实了；“地”，叶子不落在地上还落在天上吗？太糟了，肯定不及格。这道填空题，依然可以作为今天的试题，在立秋之日考考我们自己，应该算是关于立秋文化最简单却也最有意思的测试。

关于立秋文化，和树叶相关的还有很多。比如，在过去的老北京，立秋之日，讲究头上要戴楸叶。当然，是为了取和“秋”字的谐音，表示与秋共舞的意思。不过，也说明树叶和立秋的关系确实密切。春天，会在小孩子或姑娘的头上戴花，但是，立秋，是不会戴花的。并不是这时节里已经没有春天的花开得那样多了，立秋前后，正是栀子花、茉莉花和芙蓉花开得旺盛的时候，只是，人们不会选择花来戴了，因为和节气不符。这就是节气的厉害，在千百年中将习惯在民间化的过程约定俗成，成为一种民俗。

关于立秋的民俗，除了戴楸叶，还有很多。比如，贴秋膘、吃瓜果、不能再喝生水。如果说戴楸叶的传统，如今已经消失，但是后三者依然存活至今天人们的生活之中。

不能再喝生水，是说夏天天热喝点儿生水还行，但节气到了立秋，这时候的生水叫作“秋头水”，喝了会闹肚子，还会生暑痱子。这在明朝的《帝京景物略》中就有记载。

吃瓜果，当然是说这季节里正是瓜果上市的时候，尤其讲究是吃秋瓜，这里的瓜，指的不仅是西瓜、香瓜和甜瓜，还包括黄瓜、丝瓜和苦瓜，都应该是多吃而益善。在天津，听天津人说吃西瓜叫作“喝瓜”，觉得这个“喝”字非常形象，比北京人说的吃西瓜，有气魄，这气魄应该是说这时节要多吃西瓜。香瓜，我觉得北京的品种在退化，要吃还得吃东北的。在北大荒插队的时候，一年四季最美的时候，是立秋过后到瓜园摘香瓜吃。那种绿皮和白皮里藏着金黄色瓤的香瓜，即使不打开，放在屋子里还会满室飘香。至于说丝瓜和苦瓜，自然是南方的好，但是，要吃秋黄瓜，还是属北大荒，起码是东北的，别看没有北京的长得那样苗条，粗粗的，有些五短身材，但有一种清香味儿。

贴秋膘，讲究的是夏天人体消耗很大，要在立秋时补充一下营养了，对于北京人，贴秋膘，讲究是要吃涮羊肉。在我们老院里，那些老街坊常说，立秋之后，就是家里再穷，哪怕是袜子露出了脚后跟了，也得吃一顿涮羊肉。那时候，在我们的大院里，住的大多是普通人家，吃一顿涮羊肉是一年里唯一的一次享受，这得多亏了立秋这个节气的福。

在我们大院里，别看家家不富裕，但是关于节气的穷讲究可不少。立秋前后，是大院里夜来香开得最盛的时候。那时候，富裕的人家会养上一盆茉莉花，大街上，也会有卖茉莉花的。但是，我们大院的街坊们说茉莉花娇贵，不要养，还是夜来香好养，就像指甲草一样，不用花盆，往墙角旮旯里撒上籽就能活。夜来香浓郁的香味，像长上了翅膀一样，满院子飞翔的情景，成为我童年关于立秋最美好的记忆。

处 暑

我一直觉得，在大暑和处暑之间夹着一个立秋，显得不那么对劲儿。再怎么说立秋之后还有一伏，一个“秋”字，和暑天总是对立的，天气要凉快了，怎么可以将一个有些萧瑟之意的秋字，像夏天老佛爷爱吃的茯苓夹饼的馅一样，夹在两个热气腾腾的“暑”字之间呢？

当然，这是对于处暑的这个“处”字不理解。古人说“处”是“止”的意思，也就是说，处暑是指暑天到此止步了。不过，按照我固执且幼稚的想法，还是应该把处暑和立秋这两个节气的位置换一下，起码在字面上，可能让人觉得更对位一些。

对于处暑这个节气真正的认知，是当年插队在北大荒。这个节气里，麦子已经完全收割完毕，开始在场院上晾晒之后，就要灌麻袋入囤了。这是一年稼穑中重要的一环，对于庄稼人，就是最后的收获季节。这就是古书里说起处暑这个节气时爱说的话，叫作处暑到，禾乃登。节气和城里人的关系，远赶不上和乡里人的密切；文字上推敲的功夫，更赶不上庄稼的成熟速度。

这个季节里，晾晒麦子，至关重要，麦子晾晒得不干，入囤之后就容易发生霉变。因此，这个季节里，太阳就是麦子最好的朋友。但是，偏偏这个时候，老天爷爱下雨。尤其是在北大荒，那雨说来就来，没有个由头，像小孩的脸，说变就变。刚还是响晴薄日，转眼就可能是大雨倾盆。这时候，就得看晒场主任的眼力和指挥能力了。因为一晒场的麦子必须赶在雨前用草帘子或帆布做的苫布苫盖好。那节骨眼儿上，晒场主任简直就像指挥千军万马的将军，晒场上能够让他指挥得万马奔腾，硝烟四起。在整个这一季节里，就连队长也得看晒场主任的脸色行事。因为这关乎一年的收成。

那时候，我们队的晒场主任姓苏，山东汉子。一年时间里，在队上，他都不显山显水，好像没他这么个人似的。但到这时刻，他显得格外趾高气扬。他能够闻得见风起于青萍之末，可以赶在雨脚到来之前，抢先把麦子苫盖好。等雨刚刚过去，他又会敲响晒场上挂着的那块拖拉机的破链轨板，敲得震天动地的响，指挥大家抢时间赶紧把盖在麦子上的苫布和草帘子掀开晾晒。一天之内，这样的盖苫布掀苫布，不知有多少回，算得上是争分夺秒。

所以，那时候，这活儿叫作“抢场”。不知别处是不是也这么个叫法，一个“抢”字，活灵活现人们对于这个节气的心情。后来，在书上看到关于处暑时的若干民谚，其中有一句说：“处暑有雨万人愁。”那时候，我们队上最愁的是晒场主任老苏。没有那种抢场经历的人，是难以体会这句民谚的滋味的。

我曾经写过一首“抢场”的小诗：“云黑雷声隐，天低暑气浓。风来枝乱叶，雨去绿杂红。车陷一尺泥，屋生半地虫。抢场场院上，晒麦趁晴空。”现在看，写得实在是太文气了，把处暑抢场写得过于诗意浓浓了。如果让老苏看到了，一定会指着我的鼻子说道：“大雨来了，抢场的时候，谁还顾得上看‘枝乱叶’‘绿杂红’？我的眼睛里可全是麦子！麦子！”

没错，处暑节气里，在抢场的节骨眼儿上，麦子是唯此为大的，那时候真的是怕下雨。哪里像现在，处暑前后，暑气还没有完全消散，下点儿雨，天气能够凉快点儿，还能平添点儿诗意。对于同一个节气，人在不同的地方，人生在不同的季节，想法和心情是多么的不同。

白 露

在二十四节气中，白露是很特殊的一个。因为二十四节气的命名，一般都是中性的词，用简洁的两个字，客观而明确地说明现实，很少带有感情色彩。用白色的“白”这样颜色的形容词，来界定节气，只此一个。这便使得白露与众不同，具有了其他节气没有的鲜明色彩的特征。

关于白露，在我国古典诗词里最有名的，莫过于诗经中的“蒹葭苍苍，白露为霜”了。不过，我一直觉得将白露和霜连在一起，与节气不符，心情过于迫切了一些。露和霜是两种不同的形态，白露为霜，还有经过秋分和寒露两个节气，才能到达霜降呢。露，说到底，还是水的状态，而霜则明显是水的结晶，在向着雪靠拢了。虽两者都出现在秋天天气转凉之季，却像是一位女人的中老年之分，一个表现在初秋，一个表现在深秋了。

白露的“白”字，让其在二十四节气中鹤立鸡群，凸显洁白且晶莹透彻之态。这是这个节气里才有的，是大自然的馈赠。小雪、大雪节气，也可以是洁白且呈晶莹透彻之态，但没有将它们叫作白雪，就因为除洁白、晶莹透彻，它们二位缺少了水凝成露的那种露珠独有的珠圆玉润滚动之态，同时，又像是葡萄珠轻轻一碰即碎而湿润的惹人怜爱之态。

白露可以在日后转而为霜，但白露节气里不会有霜，正是这个节气的特别之处。即这个节气暑气尽退，天气转凉，这个“凉”字却是凉爽的凉，所以，在白露节气之后，还有一个寒露的节气，以寒字来区分这个凉字。因此，这个节气，并不显萧瑟之气，树的叶子还没有完全变黄和飘落，观赏北京有名的香山红叶的时节，也还没有来临。鲜花依然在做最后冲刺般的开放。北方的雁来红和鸡冠花，南方的木芙蓉和茉莉花，都开得正旺。更不要说南方北方都有的菊花，更是会伴随这个节气，一直绽放到深秋，渲染得秋色无比绚丽。古诗中说：诗有少陵难著语，菊无元亮不成秋。这里的秋，就是白露节气中的秋，是整个秋天最好的时辰，在这样的时辰里，秋才有了诗的味道。

当然，上面所说的这些，都是城里人眼睛里的白露节气时的风景。在乡间，人们关心更多的是庄稼。有这样一句谚语：白露高粱秋分豆。就是说在大田里，白露时节该收割高粱了。而在菜田里，则是冬瓜、南瓜可以下摘，白菜和萝卜则正处于浇秋水的关键阶段。如果这时候到乡间去，可以看到田野里这些庄稼和菜蔬的姹紫嫣红，大自然是一个调色盘，将一年四季最丰富的色彩，呈现在此时此刻。

过了白露，还有重要的收获，便是枣红了，核桃和栗子之类的坚果也要陆续成熟了。前些天，在市场上看见有核桃和红枣在卖，那核桃被剥去绿皮，砸破硬壳，露出鲜亮的白肉，却因为水分多，是很难储存的，买回家没几天就会萎缩枯干变黑。而那鲜亮的红枣上的红，更多可疑，因为颜色可以骗人，但节气是不会骗人的。

在中国古诗词中，关于白露，还有一句，也非常出名，便是宋代秦观《鹊桥仙》里的一句：金风玉露一相逢，便胜却人间无数。尽管它拟人化，更多是拿节气说感情，但因为有了感情的融入，让这个节气一下子越发的活色生香。秋属金，露从玉，才有了金风玉露一说。在我看来，更是金生火，露为水，如此对比得刚柔相济，又如此交融得相得益彰，才会让这个节气里的天气和人们的心情，相互补充，美好熨帖，成为一年四季中胜似人间无数的杰作。

秋 分

二十四节气中，有秋分和春分相对应，它们分别又是和立秋、立春相关联的。也就是说，立秋和立春是秋天与春天的开始，秋分和春分则是说秋天和春天都各自过去一半了。所谓“分”是均等的平分。俗话说的平分秋色，是这个意思；清诗里说的“雁将明日去，秋向此时分”，也是这个意思。

秋分到了，意味着深秋来临，和夏天里的仲夏，是一种相同的气候象征。这时候，是秋天最好的时候，不冷不热，凉爽宜人，即便人们常说是“一场秋雨一场寒”，那秋雨再凉，也是爽快的。在北京，这是一年四季最好的季节，秋高气爽，阳光明亮，却不再灼人。有歌在唱：“那段盛夏灿烂过，长过一声叶落……”叶落了，也是金黄色的、绛红色的，可以作为书签，夹在季节的记忆里。

在北京，这时候，是水果上市的时候，即便在以往交通不发达的日子里，没有南方水果，北京自己的水果品种也已经不少了。《北平风物类征》引《春明采风志》中，就记载有“雅尔梨、沙果梨、白梨、水梨、苹果、林擒、沙果、槟子、秋果、海棠、欧李、青柿、鲜枣、葡萄、晚桃、桃奴。又有带枝毛豆、果藕、红黄鸡冠花、西瓜”。这些水果中，有的现在已经见不到了，比如林擒果，如今到哪儿能买到？

这时候，北京城大街上会应时应令摆出许多大小摊子，专门卖水果，叫作“临节果摊儿”。当然，最集中也最热闹的，当属前门外的果子市。这是一条小街，北从鲜鱼口，南至珠市口，不过长一里地，却是果摊儿鳞次栉比，批发兼零售，如同现今西红门外的新发地。《都门记略》一书中说：“果子市在前门东……列灯火如昼，出诸果陈列，充溢一市。”

这时候，北京大街上还有一景，便是卖糖炒栗子的。《都门琐记》里说：“每将晚，则出巨锅，临街以糖炒之。”《燕京杂记》里说：“每日落上灯时，市上炒栗，火光相接，然必营灶门外，致碍车马。”那是清末民初时的情景了，巨锅临街而火光相接，乃至妨碍交通，想必很是壮观。而且，一街栗子飘香，是这时节最热烈而浓郁的香气了，盖过了这时节的桂花香。

在老北京，这时候，大街上另有一景，是卖兔儿爷的。这种兔儿爷是用黄土加水和泥做成的，烧干之后，涂上颜色，大小不一，造型不一，有的骑马，有的骑虎，有的穿着戏装，扎着靠旗，摞成小山一样，堆放在摊子上卖，有竹枝词说“瞥眼忽惊佳节近，满街争摆兔儿山”。这里说的佳节，指是中秋节，秋分节气是紧紧挨着中秋节的。今年，更是如此，秋分过后四天，便是中秋节。在以前的日子里，这时节，不仅是月饼上市的时候，更是少不了兔儿爷列阵的时候。这是属于我们中国的民间神话传说，是月宫里和嫦娥、和吴刚、和桂花树“四位一体”的捣药的玉兔，大小也是一尊神仙，是要请回家供奉的呢。

如今的北京，这时节水果琳琅满目的情景依然还在；虽然不再是巨锅临街火光相接，已经改成电火炉，但糖炒栗子香飘满街的情景，也依然还在。只是，兔儿爷有些沦落了。前两天，逛前门，在杨梅竹斜街上看到一家小店，店门的窗户上写着“北京兔儿爷”几个红色大字，专门卖兔儿爷，其他地方还真的少见了。如今，各种新潮的变形金刚之类的玩具占据了市场。但是，兔儿爷，这种带有我们民族与民俗特色的玩意儿，却是有故事可以娓娓道来的，是和节气密切联系在一起的呀。

又想起了那句诗：“雁将明日去，秋向此时分。”秋可以向此时分，雁也可以在明日去，但是，带有我们民族民俗文化传统的东西，不要也一起远去了呀。

寒露

白露、寒露和霜降，是三个紧密连在一起的节气。这三个节气，是秋天渐行渐远的脚步，以水凝结呈露再进而为霜这样三种形态为标志，让一个秋季特别是深秋季节，变得如水墨画一样，可触可摸。在这里，露两次出现，显示出在秋季位置的重要性，与蒹葭或落叶或鸿雁等秋季常出现的象征物相比，都要格外别致。如果说前者都有些秋季的萧瑟感觉，唯独露显示出秋季的晶莹剔透的一面。

寒露时节，露是主角。尽管它们只是在夜里出现，在清晨的阳光下消失，但是它们就像一幕大戏里那些主宰全剧命运的神灵，在倏忽一闪中，在不动声色里，主宰着季节的征候，让开放了整整一个夏季绚烂的花朵尽情凋零，让春天就开始长出缤纷叶子的树木纷纷飘落，让秋草可以一夜变黄。古诗里说：素秋寒露重，芳事固应稀。又说：九月寒露白，六关秋草黄。说的都是寒露不可阻挡的力量。在中国古诗里，有很多这样和节气密切相关的诗句，中国古诗为节气立传，体现对大自然的敬畏。中国古代文化讲究天人合一。如今的诗歌，讲究自我和内心，向内转化的过程中，流失了很多的东西，是非常可惜的。

寒露时节，大雁和菊花是不可或缺的配角。在寒露的节气三候里，它们占了两候，说是“鸿雁来宾，菊有黄华”。它们一为动物，一为植物，一动一静，一天一地，作为这个时节与露水相配的配角，是再合适不过了。尽管落叶纷纷，来年还可以重新绿满枝头，但是，落叶毕竟有死亡的特征。大雁南飞，来年依然可以飞回来，和落叶的含义本是一样的，却因为生命的存在，便像去南飞过冬串门走亲戚一样，让人有了期盼的情感。孟郊有诗：秋桐故叶下，寒露新雁飞。他在大雁前偏偏用了一个“新”字，是修饰，便也是强调了大雁来年飞回时新的生命意义。

菊花在这时候开得最旺。在中国传统文化中，梅花是冬天的象征，荷花是夏天的象征，兰花是春天的象征，菊花在秋天的象征的地位是不可取代的。咏菊的诗多如牛毛，如果不算屈原的菊花中过于强烈的个人情感意义，陶渊明的“采菊东篱下，悠然见南山”，可以说是鼻祖。清淡如菊，淡雅而有味道，是只有人生到达这个季节里才会有的心态和境界。

寒露时节，登高是最好的选择，其实，登高，任何时候都可以，但在寒露时节登高，却是传统中国文化的一种特征。这时候登高，才会看到大雁南飞，菊花盛开，更会看到“无边落木萧萧下，不尽长江滚滚来”的壮观。这时候，大自然的生老病衰，一下子显得格外醒目，生命在对比中显示出特别的色彩和意义。所以，唐代刘禹锡的诗里才会说：凝光悠悠寒露坠，此时立在最高山。他强调寒露和山的最高处。应该说，这更是这个季节里人在大自然的感召下最高的心态和境界。

霜 降

在中国传统的节气里，是讲究吃的。到什么时候吃什么，一招一式不能乱。比如，元旦要吃驴肉，谓之“嚼鬼”；春节吃荔枝干、龙眼干、栗子、红枣、柿饼等杂伴儿，叫作“百事大吉”；立春要吃萝卜，谓之“咬春”；五月吃新玉米，叫作“珍珠笋”；重阳节吃花糕（一种双层、三层乃至更多层的点心，中间夹着枣栗等果仁），叫作“层层登高步步高升”。

今年，过重阳节后第三天就是霜降节气。吃完了重阳的花糕之后，该吃点儿什么呢？

霜降日，是初伏过后整一百天。这个节气，是秋天结束，冬天到来的交界点，对于讲究秋收冬藏的中国人而言，当然是需要格外讲究的。老北京人，这时候讲究喝菊花酒，吃迎霜兔，这在《酌中志》里早有记载。不过，这个传统，今天已经没有了，菊花酒早被二锅头取代，而迎霜兔，恐怕没有多少人知道了。为何这节气里要特别吃兔子，而且还要特别蘸鹿舌酱一起吃。这种民俗，恐怕和清入关以后皇上爱好打猎有关。皇上到关外的木兰围场打猎，一般旗人到京城的西山。于是，野味成了此时的最佳选择。兔子应霜降之日，美名曰迎霜兔，鹿舌大概是皇家的特色，一般人是以麻辣为主。可以说，这是旗人之俗，以后繁衍为老北京人的一种时令吃食。只是，如今，除了稻香村这个时候还专门卖熏兔肉，名曰霜兔，聊以能多少回味一点儿前朝风情，一般人对这样的传统已经隔膜得有些遥远了。

在我小时候，还讲究霜降前后吃鸭广梨。以前一直不知道为何这种梨叫作鸭广梨，后来看《燕京岁时记》，书中说这种梨“形如木瓜，色如鸭黄，广者，黄之转音也”。这种梨不如鸭梨脆，越放越软，吃起来是面面的，却别有一种香味。如今，这种梨偶尔能够见到有卖的，但是，年轻人不大认了，已经被黄冠等新品种无情地取而代之。

一直延续至今而被北京人热衷的吃食，应属涮羊肉了。老北京人管涮羊肉，一般叫作涮锅子。这个时节是吃涮锅子的开始之时。不少饭馆的涮锅子，从立秋就开始了，但讲究的，是在霜降前后。入冬之后，白雪红炉之时，当然也可以吃涮锅子，但讲究的，一般那时候是吃炙子烤肉。

还有一种吃食，也延续至今，不过，不像涮锅子那样被北京人认可，已经是日渐被冷落一旁了。这种吃食，便是大白菜。民谚说：霜降砍白菜。这时候，到立冬，北京大街小巷，都在卖白菜，过去叫作冬储大白菜，几乎全家出动，人们推着小车，拉着平板，一车车的买回家，堆在自家屋檐下，用棉被盖着，要吃一冬，一直到青黄不接的开春。可以说，这是老北京人的看家菜。过去人们常说：萝卜白菜保平安。

清时有竹枝词说：几日清霜降，寒畦摘晚菘。一绳檐下挂，暖日晒晴冬。这里说的晚菘，指的就是大白菜。过去人们讲究吃霜菘雪韭，是把这种家常菜美化成诗的文人的书写。《北平风物类征》一书引《都城琐记》这样解释：“白菜嫩心，椒盐蒸熟，晒干，可久藏至远，所谓京冬菜也。”这里说的是储存大白菜过冬的一种方法，即晾干菜。渍酸菜也是一种方法。这是物质不发达时代所产生的民俗。

如今，大棚蔬菜和南方蔬菜多种多样，四季皆有，早乱了时序与节气。冬储大白菜，已经属于北京人的记忆。一些与时令节气相关的吃食，可以随时代变迁而更改，却不会完全颠覆或丧失。这不仅关乎人们的味觉记忆，更关乎节气的民俗传统与传承。

立 冬

立冬前，从中国来到美国，正赶上这里要过万圣节。同样是冬天即将来临，同样是树上的叶子变红变黄，脚下的落叶一片瑟瑟之声。节气的共同性，让东西两半球如此相似，大自然的语言无须翻译即可人人懂得。我们的立冬，和他们的万圣节只相隔一个星期。心里便忍不住，将中西这两个节做一番比较。

如今，立冬在中国已经算不上是一个节日了，而仅仅是一个节气。即便民间还有立冬吃饺子的习俗，也只是吃一顿饺子而已，没有什么节日的气氛了。这时候的美国，万圣节的气氛已经很浓，无论是公园、商店，还是各家的门前，各种各样的古怪幽灵在粉墨登场，在风中尽情摇曳，而金色的南瓜更是耀眼的一片金黄，成了这个时候重要的色彩。

在我国古时候，立冬曾经不仅是一个重要的节气，也是一个重要的节日。起码在周代，君王要率领文武百官出郊外到大自然中举行盛大的仪式，谓之“迎冬”，和后代君王要祭天祭地的意义是一样重大的，体现了原始对自然的崇拜。如今，这样的仪式，已经被一顿饺子所替代，足见历史的变迁与时代的进化，也足见民俗的力量。民俗让立冬从君王的盛大典礼到百姓的庸常生活之间，大自然曾经给予我们祖先那种神秘敬畏之感，让位于冷暖之间的实际温度感觉与感受。立冬，便也就完成了从节日到节气的转化。

其实，在我国二十四节气里，不仅仅立冬早已经完成了这种世俗化的过程。很多节气，在这样世俗化的过程中，已经化繁为简衍化为了吃。二十四节气里，民俗讲究吃饺子的，不止立冬一个。“好吃不如饺子，舒服不如倒着”，这句民谚道出了农耕时代的中国人普遍的价值观，饺子便成了节庆的一种象征物，就像美国这里万圣节的南瓜。更何况，立冬是一年四季里冬季到来的门槛，民谚讲：立冬补冬补嘴空。吃就尤为重要，饺子的象征意义更是明显，不像万圣节的南瓜灯，早已将最早夜间驱鬼的意思，化为一种游戏的玩偶，很像我们灯节里的花灯，点燃节日的气氛和心情，渲染得到处花开一般烂烂漫漫。

万圣节，源于古凯尔特人新年之际喜迎善灵平安过冬的传统。这一点上，和我们的立冬有相似之处，祈求平安过冬，休养生息，在我们中国，讲究的是一个“藏”字。我们的立冬的冬字，古意是“终”，也就是稻谷收割归仓，万物尽要收藏了。以后，冬才渐渐演变为世俗的冷的意思，冬天到了，天气转寒，需要避寒取暖，平安过冬。在民间，这个节气里，尤其在北方，要糊窗户，砌暖炕；要缝棉被，添寒衣，是迎冬的具体表现。特别是寒衣，成为我国传统准备过冬的一种象征物，曾经在我们的古诗中百般吟咏。早在《诗经》里就说“七月流火，九月授衣”。这里的九月，正是立冬前后的时候。杜甫诗中更是说这个节气里“寒衣处处催刀尺”。只不过，我们的迎冬，过于实际，显得有些寒意萧萧；而万圣节将迎冬的意思化为孩子们戴面具、穿彩衣，挨家敲门讨要糖果的热闹游戏，将寒意融化在孩子的欢乐之中。我们有点儿像是用寒衣捂暖这个冬天；他们则有点儿像用孩子的欢笑叫醒这个冬天。

我们的立冬和万圣节还有一点重要的相似之处，常常被人们忽略——不仅是我们，连同西方人一样，都将其曾经拥有的古老意义忽略——便是祭祀亡灵。我国古代君王率领文武百官到郊外举行盛典迎冬，其中重要一项内容是祭祀亡灵，尤其是为国捐躯的将士。万圣节，也是将祭祀亡灵和祈求善灵联系在一起的。如此，迎冬的休养生息才会安稳，立冬的意义才有了重要的生命依托。

小雪

今年立冬之前，北京下了一场小雪。这是多年没见过的。记得去年初雪是在大年初一，按照日子算，今年的初雪早了整整3个月。前年的初雪则是立春过后的第三天，相比起来，今年的初雪来得真够早的，有点儿急不可耐赶赴冬天的什么约会。

难怪人们常常将初雪比作初恋，那种晶莹洁白，落地转瞬即化的样子，很像是纯真又飘忽乃至飘逝无花果般的初恋。记得很多年以前，曾经读过一篇小说，讲一个少女的初潮来临的那一天，她跑出门外大叫，正好看见初雪飘落。当然，小说是虚构的，是想以初雪比喻初潮，让这样红白对比得更纯洁而美好，是初恋朦胧的前奏，也是人生新的觉醒和开始。

其实，小雪节气时赶上初雪的概率是很低的。因为，小雪只是立冬过后的第一个节气，不过是冬天刚刚起步，天气渐冷，却还没有完全寒冷彻骨，到了飘雪的时候。我喜欢放翁的一句诗：久雨重阳后，清寒小雪前。这句诗里的小雪是对仗于重阳的节气，并非指真的下雪。小雪未雪，是北方尤其是干燥的北京常见的，只是这个节气里，天气变得如放翁所说的，有些清寒。这“清寒”二字，是这个节气最恰当而形象的指示牌。如果说冬至后的大寒才会露出冬天真正的面目，那时候的寒冷可以被称为酷寒，“小雪”节气里的“清寒”，便由此对比得如同一位清瘦的旗袍女人，而那种“酷寒”的季节，则像是一个必得穿上羽绒服的臃肿的胖美人了。所以，在我国从古至今，给女孩子起名字的，有叫小雪的，而很难见到叫大寒的。

小雪时节，赶上真的飘起细碎小雪花的，在我漫长的人生中，只赶上一次。那是 47 年前，我刚刚到北大荒插队不久，记得很清楚，是大田里的豆子刚割完收到场上，还没有完全入囤。一天上午，天忽然飘了小雪花。由于北大荒的田野甩手无边，一眼望过去，无遮无拦，一直连到远远的地平线。那种小雪花仿佛迈着细碎的小碎步，跳着芭蕾的小精灵一般，从天边慢慢地飘过来。起初，根本看不见，渐渐地，才见它们拉着洁白的轻纱一样，罩满了天空和田野，也罩满了我们的晒场。那时候，我正在晒场上装满满一麻袋一麻袋的豆子入囤，眼瞅着小雪花就铺满了晒场的地上，绒毛毛的薄薄的一层，像是前些日子早晨起来常常看到过的秋霜。而沾在大豆上的雪花，更像是割豆子时常常冻僵我手指的霜花。而连接入囤要爬上的那三阶高高的跳板上，已经像铺上了一层银白色的地毯一样，飘忽在雪花中。

北大荒地处我国最北方，天气显得更冷，小雪前下雪很常见。当地老农告诉我，还有在十一国庆节就下雪的时候呢。但是，对于我却是第一次见到这么早下雪的。而且，雪越下越大，到了下午，已经是铺天盖地，白茫茫一片。跳板上全是雪花，太滑，入囤的活儿没法干了。队上放假，我们跑到当时的知青大食堂里玩，那里有我们自制的乒乓球球台，年轻时，吃凉不管酸，以苦为甜，找乐穷开心。尽管 47 年过去了，记忆里情景还是那样的清晰，我和伙伴打乒乓球比赛，谁输谁要买一桶罐头请客。那时候，队上小卖部只剩下了香蕉罐头，那种香蕉罐头，到现在我也忘不了，一个罐头里，直杵杵的，只立着四根，是两根香蕉从中间切成了两截。我们的比赛，一直打到小卖部的香蕉罐头卖光，我们把罐头里的香蕉吃光。

以后，小雪时节，我再没有见过下雪。当然，我再也没有见过这样的香蕉罐头。

大 雪

我特别喜欢民间的谚语，充满智慧，既是对生活经验的总结，又是对大自然规律的提炼，下接地气，上敬天神。曾经有这样一句谚语：小雪腌菜，大雪腌肉。还有一句：小雪封地，大雪封河。这两句谚语，很有意思，前面一句，说的是民俗；后面一句，说的是自然。也可以这样说，前面一句，是平常百姓居家过日子的生活；后面一句，是过日子的自然背景。两者之间的关系，是相互勾连在一起的，互为表里。

这两句谚语，我小时候在北京就听，长大了到北大荒插队时还听。两地的老人好像是一所学校里毕业的。只是，无论小时候还是长大以后，无论是在北京还是在北大荒，小雪腌菜还有，主要是腌雪里蕻，渍酸菜，但大雪腌肉没有了，因为那时候肉奇缺而显得格外珍贵，每人每月几两猪肉的限量，是无法腌的。不过，小雪封地，大雪封河，却是有的，无法更改。这凸显了这句谚语的力度，是远远高于“小雪腌菜，大雪腌肉”这句谚语的。生活的经验可以改变，大自然的规律是无法改变的。人在大自然面前，是渺小的，记得一位欧洲的科学家曾经说过：人在自然和生活之间，只是一个比例中项。所以，尊重自然，敬畏自然，是人应该的本分。

当年，我所在北大荒的大兴农场，前后被七星河和挠力河两条河环绕。“小雪封地，大雪封河”这句谚语，在北大荒，比在北京还要格外彰显其准确性，灵验得就像安徒生童话里说的：“一支手轻轻一动，就可以让冻僵的玫瑰花盛开，也可以让盛开的玫瑰花冻僵。”

记得刚去的第一年冬天，顶着飘飞的大雪，我到七星河畔修水利，就是挖土方，准备来年开春将七星河两岸的沼泽地开垦成田地，当时的口号是：开发荒原，向荒原进军。那时候，已经到了大雪的节气，地冻得邦邦硬，一镐头下去，只显现出牙咬的一个浅浅的白印。而七星河已经完全封冻，居然可以在河面上跑十轮卡车。这是我从来没有见过的情景。在北京，即便是大雪封河，封冻的河面不会那么厚，那么结实，敢在冰面上跑汽车的。夏天，我们从北京来这里的时候，过七星河，还要乘坐小火轮呢，河水清澈见底，游鱼历历可数。两岸的沼泽地中芦苇丛生，起飞着白鹭、仙鹤和好多不知名的水鸟。冬天来了，大雪飘飞的时候，七星河完全变成了另一种模样，安静而温顺得任十轮卡车在它的上面尽情奔跑，任我们的镐头在它的两岸纷飞挥舞。

真的，一辈子没见过这么纷纷扬扬的大雪，没见过这么结实的封冻的河面。那时候，大雪封河和大雪封门这两个词是连起来一起用的。但是，大雪封门的时候，我们会铲掉门前的雪，依然出工到七星河畔去修水利，我们也会用炸药炸开河面厚厚的冰层，去捕捞河底的鲤鱼吃。我们没有想过，大雪封门的时候，我们就需要休息；大雪封河的时候，河同样也需要休养生息。

四十多年过去了。前几年，我回过一次北大荒。站在七星河畔，我格外惊讶，河水是那样的浅、那样的瘦，和当年我最初见到它时完全两个样子，仿佛一下子苍老成了一个瘦骨嶙峋的老人。河两岸当年被我们用双手开发成的田野，现在正在逐步恢复原有的沼泽地，说那是湿地，是七星河两岸的肾。河水滋养着沼泽地，沼泽地也滋养着河水。我感叹我们青春徒劳的无用功，更感叹大自然真的是一尊天神，不可冒犯，冒犯了，便会给予我们惩罚。

如今，依旧是小雪腌菜，大雪腌肉；依旧是小雪封地，大雪封河。只是，七星河的河面冰封时不再有原来那样厚、那样宽了。十轮卡车也不再在河面上跑了，因为河上架起一座人工修造的七星桥。

冬 至

冬至，才是真正冬天的到来。入九了，一年里最冷的日子来了。在老北京，即使这节气里大雪纷飞，寒风彻骨，街头卖各种吃食的小摊子也不会少。萝卜挑儿，是其中一种。

萝卜是老北京人冬天里常见的一种吃食。特别是夜晚，常见卖萝卜的小贩挑着担子穿街走巷的吆喝：“萝卜赛梨！萝卜赛梨！”老北京人管这叫作“萝卜挑儿”。萝卜赛梨，自然是一种夸张，就像北京人这时候卖烤白薯，爱吆喝“卖白薯，栗子味儿的”一样。不过，不能怪老北京人爱攀高枝，实在是那时候冬天没有什么水果，便将萝卜当成了水果吃的。

萝卜挑儿一般卖心里美和卫青两种萝卜，卫青是从天津那边进来的萝卜，皮青瓤也青，瘦长得如同现在说的骨感美人。北京人一般爱吃心里美，不仅圆乎乎的像唐朝的胖美人，而且切开里面的颜色也五彩鲜亮，透着喜气，这是老北京人几辈传下来的饮食美学，没有办法。心里美也有多种，分绿皮红心、白皮粉心、红皮白心、红皮绿心。其中最佳品种是红皮白心，说是白心，其实是白色如雪中夹杂着一丝丝红线，好像血丝，红白相间，透着细腻喜人。这种心里美，水分最足，还带着丝丝甜味。如果切成丝，撒点儿糖，点点儿醋，拌着吃，颜色就诱人无比。

萝卜挑儿，一般爱在晚上出没，担子上点一盏煤油灯或电火石灯。那是专门为那些喝点儿小酒的人准备的酒后开胃品。在冬至前后最冷的日子里，在朔风呼啸或者大雪纷纷的胡同里，听见他们脆生生的吆喝声，就知道脆生生的萝卜来了。那是北京冬天里温暖而清亮的声音：“卖心里美嘞！卖卫青儿嘞！”和北风的呼啸呈混声二重唱。民国竹枝词里也有专门唱这种萝卜挑儿的：“隔巷声声唤赛梨，北风深夜一灯低，购来恰值微醺后，薄刃新剖妙莫题。”

人们出门到他们的挑担前买萝卜，他们会帮你把萝卜皮削开，但不会削掉，萝卜托在手掌上，一柄萝卜刀顺着萝卜头上下挥舞，刀不刃手，萝卜皮呈一瓣瓣莲花状四散开来，然后再把里面的萝卜切成几瓣，你便可以托着萝卜回家了。如果是小孩子去买，他们可以把萝卜切成一朵花或一只鸟，让孩子们开心。萝卜在那瞬间成了一种老北京人称之的“玩意儿”，“玩意儿”可就是现在我们所说的可以把玩的艺术品呢。

前辈作家金云臻先生曾经专门写过卖萝卜的小贩给萝卜削皮的情景，写得格外精细而传神：“削皮的手法，也值得一赏。一只萝卜挑好，在头部削下一层，露出稍许心子，然后从顶部直下削皮，皮宽约一寸多，不薄不厚（薄了味辣，厚了伤肉），近根处不切断，一片片笔直连着底部。剩下净肉心，纵横劈成十六或十二条，条条挺立在内，外面未切断的皮合拢起来，完全把萝卜芯包裹严密，绝无污染。拿在手中，吃时放开手，犹如一朵盛开的荷花。”

这时候，心里美的萝卜，便显示出它区别于卫青的得天独厚的地方，萝卜芯鲜艳的颜色，映着地上的白雪，是那么明艳，真的像是开放着冬天里的一朵花呢。

卖萝卜的不把萝卜皮削掉，除了为好看，还为了不糟践萝卜，因为萝卜皮有时候比萝卜还要好吃，爆腌儿萝卜皮，撒点儿盐、糖和蒜末，再用烧开的花椒油和辣椒油一浇，最后点几滴香油，喷一点儿醋，又脆又香，又酸又辣，是老北京的一道物美价廉的凉菜。这是老北京人简易的泡菜，和四川泡菜有一拼，比韩国和日本的泡菜萝卜好吃多了。

当然，更重要的，冬天这时候吃萝卜，在老北京人看来，更有其养生的功效，叫作这时候的萝卜赛人参。北京人的比喻爱夸张，但这时候的萝卜确实有一种自得的妙处。

这时候，还有另一种小吃有可以和萝卜相媲美的养生功效，便是柿子。在民间有这样的方子，即在入九后把柿子放在窗台上冻上，从一九到九九的每个数九的第一天，吃一个冻柿子，可以止咳。这一冬天都能不咳不喘，比通三益的秋梨膏和中药房里的枇杷止咳露都灵。只是那时候的老北京，卖柿子的专门有卖柿子的摊子，萝卜挑儿上只卖萝卜。

如今，冬至前后的日子里，萝卜挑儿早不见了。而且，近几年天津的沙窝萝卜，由于甜度和水分都格外地高而走俏，菜市上卖传统心里美的都已经见少，有点儿抵挡不住沙窝萝卜的高调入侵。

小 寒

我国节气的名字，有些起得有点儿怪。小暑和大暑的“大”与“小”字，同字面的意思相同，是大暑要比小暑的天气热。但是，小寒和大寒的“大”和“小”字，在节气的意义里，却意思正相反，小寒要比大寒冷得多。不知道当初是怎么起的，应该将小寒和大寒颠倒过个儿来才是。

小寒时节，是一年最冷的时候。如果拿唱歌作比，一年二十四节气，比我们古代音乐里的宫商还要丰富，高音低音，起承转合，此起彼伏，让四季有了变幻多姿多彩的韵律。那么，小寒唱的是最高音，是帕瓦罗蒂一般扯直了嗓子将寒冷唱到最高亢。

因此，即便民谚中常常会将小寒大寒放在一起说，比如最常见的是“小寒大寒，冻成一团”，但是，小寒大寒毕竟不是一对孪生兄弟，小寒毕竟要冷于大寒，冻成一团之中，温度是有差别的。

当年，在北大荒，也有一句民谚，是关于农事方面的：“小寒大寒，猪栏关严。”虽说也是将小寒和大寒放在一起说的，一样也是有所侧重的，是将重点放在小寒上面的。那时，我在生产队里的猪号喂猪，北大荒军事化管理，负责猪号的，是位山东汉子，姓王，当时叫作班长，领导猪号四个人。他和一个姓陈的山东汉子管烀猪食，我和另一个叫小尹的年轻的山东汉子负责挑猪食和挑水喂猪。晚上，班长和山东汉子收工回家，我和小尹都没有结婚成家，当地唤作“跑腿子的”，就住在烀猪食旁边的一间草房子里。每逢到了小寒前后，班长会格外叮嘱我们两个“跑腿子的”：“夜里睡觉警醒点儿，后半夜一定要起来看看猪圈的门关严没有。”

北大荒的小寒时节，比北京要冷得多，零下二十多摄氏度是常有的事情。冷不怕，怕的是暴风雪，北大荒称之为“大烟泡儿”。暴风雪袭来，真的是昏天黑地。北大荒地阔人稀，特别是我们的猪号后面就是一片莽莽荒原，“大烟泡儿”一来，刮得像是狼烟翻滚，对面都看不见人。小寒前后，是北大荒“大烟泡儿”最为肆虐的时候，猪栏被风雪刮开，也是常有的事情，我和小尹没少半夜起来查看猪栏是否关严，有没有被风雪刮开。

记得暴风雪最厉害的一次，是半夜里听到草房被吹得地动山摇，摇摇晃晃像是风浪中的一只船。我和小尹赶紧从热炕上爬起来，就往猪圈跑。猪圈围栏的门已被风雪吹开，满猪号里的猪都跑了出来，跑到荒原去了。这样暴风雪的天，冻上一夜，这些“猪八戒”就都得冻死，这可不是小事。小尹赶紧冲我喊：“你去喊老王他们过来，我去追猪！”我刚跑到半截儿，老王和老陈已经往猪号这边赶了过来。我们四个人在风雪荒原上追猪，成了青春最难忘的回忆。记忆中，难忘的是踩着没膝深的雪窝子，将那头种猪赶回圈。那家伙，当地人叫作“跑卵子猪”，力气大，脾气大，我们四个人费了好大的气力才算把它赶进圈，最后长舒一口气，关上了圈门。

那一夜，冻得我半死，尝到了小寒天气的厉害。回到屋里，小尹烫酒，老王把他的皮大衣披在我的身上，好半天才暖和了过来。后来，我曾经写过一首小诗：“茫茫天欲白，猪号腊冬忙。跑卵实难治，嗷嗷吼似狼。回鞭风正急，归圈雪将狂。酒暖缘小尹，心温赖老王。”

小寒时节，有难忘的寒冷，也有难忘的温暖。

大寒

又到了大寒。这是二十四节气的最后一个节气。大寒中的“大”字，在这里方显出其真正的意思来。在我的理解中，就是说天气再冷，到这时候也冷到头了，物极必反，天要渐渐转暖了。如果按照旧时画九九消寒图的传统，数九之后，每过一九，要在消寒图上的那九朵白梅花中的一朵上涂上鲜红的颜色，大寒时节，颜色要将那最后一朵白梅花涂满。变成一枝大红梅了。

这个大寒的“大”字，就是终结的意思，到头的意思。民谚中有“大寒到顶端，日后天渐暖”一说，印证了我的想法。这时候，才会明白古人用字之精心，没有把最冷的日子叫大寒，而将小寒错位移到二十四节气最后。你得佩服二十四节气每个节气的名字起得个个经得起岁月的推敲和审视。

二十四节气过完，一年就算过完了，中国人最讲究的春节就要到了。所以，民谚又有“大寒过了就是年”一说。这和民谚中另一说“进了腊八就是年”的传统是一致的，相互呼应的。今年大寒的节气，在腊八后的第三天，是真的进入了过年的日程表里的。过年日子，一天接近一天，日渐热闹起来，让人充满喜悦的期待，是大寒整个节气里的主旋律。在中国所有的节日里，春节当稳坐于第一把交椅的位置上，大寒这一节气，自然也就在二十四节气中不同凡响，连带着节日的喜气而有了红红火火的意思，大寒中“寒”字，自也有了些温暖的温度，与小寒的“寒”字，意思不尽相同。

小时候，在这些个日子里，随着大寒这一节气渐渐走完，过年的气氛日益加浓。进入腊月二十三小年之后，达到高潮。那应该也算是大寒这一节气的高潮。虽然都是二十四节气中的一个，但大寒在这二十四节气中所占领的位置不一样，很有些统领二十四节气，一览众山小的意思呢。

那时候，有一首童谣，是我们所有孩子都会唱的："二十三，糖瓜粘。二十四，扫房日；二十五，推糜黍（做年糕的黏面）。二十六，煮大肉。二十七，宰只鸡。二十八，把面发。二十九，蒸馒头。三十晚上守一宿，大年初一扭一扭。"唱着这样的童谣，想着大人们从腊月二十三之后到年三十的日子里，每一天都不能够闲着，要安排好年夜饭和到正月十五整个过年这样密密麻麻的节目单，就像老太太絮新棉花被一样，一层层地絮上，絮厚，把年的气氛一步步烘托得足足的，如今的童谣，再也没用出现过这样地道富有生活气息和民俗意义，又朗朗上口一学就会的了。

那时候，过年真的是件大事，大人们都在忙乎采购过年的东西，称之为"年货"，个个忙得跟个陀螺不停在转。那时候，我家住在前门外。我妈忙不过来，分配给我采购年货的任务，是到鲜鱼口的金糕张那儿去买金糕，说是你爸最爱吃那里的金糕，买回来过年时候咱们拌白菜心吃。金糕张是家清朝时候就有的一家老店，据说，当年慈禧太后爱吃他们店里的金糕，还曾送过金匾给店里。我爸就认老店，吃什么都讲究吃老店里的。那里离我家很近，穿过几条胡同就到。我去那里，看店家用锃光闪亮的大片刀，切开那种鲜红颜色的金糕，再在外面包一层薄薄透明的江米纸。在买回家的半路上，我先忍不住偷偷地吃上几口，连着江米纸一起吃，真的是好吃。

现在想起那时候的情景，迎着腊月的寒风，走在熙熙攘攘的街头，小心翼翼偷吃金糕的样子，大概应属于大寒中最富有怀旧色彩的一幅画了。

2015 年春节于北京至 2016 年春节前夕于布鲁明顿